普通高等教育规划教材

多媒体技术及应用

主 编 靳 敏

副主编 许宪东 刘长松

参 编 郁 宇 靳 朗

于 放

机械工业出版社

本书根据应用型本科院校多媒体技术课程的教学要求编写。全书共分为 7 章，包括：多媒体技术概述、音频技术及音频处理软件基础、图像技术及 Photoshop 应用基础、计算机动画技术及软件应用基础、视频技术及视频处理软件、多媒体应用的策划与设计以及多媒体素材的准备、制作和集成等。

本书由长期从事一线教学的教师编写，具有通俗易懂、实用性强、接近实际的特点。本书既可作为应用型本科院校、高职院校计算机专业多媒体技术课程教材，也可作为非计算机专业教材或从事多媒体项目开发与应用的工程技术人员的参考书。

图书在版编目（CIP）数据

多媒体技术及应用/靳敏主编 . —北京：机械工业出版社，2010.8
普通高等教育规划教材
ISBN 978-7-111-31287-1

Ⅰ.①多… Ⅱ.①靳… Ⅲ.①多媒体技术 – 高等学校 – 教材
Ⅳ.①TP37

中国版本图书馆 CIP 数据核字（2010）第 134846 号

机械工业出版社（北京市百万庄大街 22 号 邮政编码 100037）
策划编辑：王小东 责任编辑：任正一 责任校对：纪 敬
责任印制：杨 曦
北京市朝阳展望印刷厂印刷
2010 年 9 月第 1 版第 1 次印刷
184mm×260mm · 12.25 印张 · 301 千字
标准书号：ISBN 978-7-111-31287-1
定价：24.00 元
凡购本书，如有缺页、倒页、脱页，由本社发行部调换
电话服务　　　　　　　　　　网络服务
社服务中心：(010)88361066　门户网：http://www.cmpbook.com
销 售 一 部：(010)68326294
销 售 二 部：(010)88379649　教材网：http://www.cmpedu.com
读者服务部：(010)68993821　**封面无防伪标均为盗版**

普通高等教育应用型人才培养规划教材
编审委员会委员名单

主　任：刘国荣　湖南工程学院

副主任：左健民　南京工程学院

陈力华　上海工程技术大学

鲍　泓　北京联合大学

王文斌　机械工业出版社

委　员：(按姓氏笔画排序)

刘向东　华北航天工业学院

任淑淳　上海应用技术学院

何一鸣　常州工学院

陈文哲　福建工程学院

陈　峻　扬州大学

苏　群　黑龙江工程学院

娄炳林　湖南工程学院

梁景凯　哈尔滨工业大学（威海）

童幸生　江汉大学

计算机科学与技术专业分委员会委员名单

主　任：黄陈蓉　南京工程学院
副主任：吴伟昶　上海应用技术学院
委　员：（按姓氏笔画排序）
　　　　汤　惟　江汉大学
　　　　沈　洁　扬州大学
　　　　陈文强　福建工程学院
　　　　肖建华　湖南工程学院
　　　　邵祖华　浙江科技学院
　　　　靳　敏　黑龙江工程学院

序

工程科学技术在推动人类文明的进步中一直起着发动机的作用。随着知识经济时代的到来，科学技术突飞猛进，国际竞争日趋激烈。特别是随着经济全球化发展和我国加入 WTO，世界制造业将逐步向我国转移。有人认为，我国将成为世界的"制造中心"。有鉴于此，工程教育的发展也因此面临着新的机遇和挑战。

迄今为止，我国高等工程教育已为经济战线培养了数百万专门人才，为经济的发展作出了巨大的贡献。但据 IMD1998 年的调查，我国"人才市场上是否有充足的合格工程师"指标排名世界第 36 位，与我国科技人员总数排名世界第一形成很大的反差。这说明符合企业需要的工程技术人员特别是工程应用型技术人才市场供给不足。在此形势下，国家教育部近年来批准组建了一批以培养工程应用型本科人才为主的高等院校，并于 2001 年、2002 年两次举办了"应用型本科人才培养模式研讨会"，对工程应用型本科教育的办学思想和发展定位作了初步探讨。本系列教材就是在这种形势下组织编写的，以适应经济、社会发展对工程教育的新要求，满足高素质、强能力的工程应用型本科人才培养的需要。

航天工程的先驱、美国加州理工学院的冯·卡门教授有句名言："科学家研究已有的世界，工程师创造未有的世界。"科学在于探索客观世界中存在的客观规律，所以科学强调分析，强调结论的唯一性。工程是人们综合应用科学（包括自然科学、技术科学和社会科学）理论和技术手段去改造客观世界的实践活动，所以它强调综合，强调方案优缺点的比较并做出论证和判断。这就是科学与工程的主要不同之处。这也就要求我们对工程应用型人才的培养和对科学研究型人才的培养应实施不同的培养方案，采用不同的培养模式，采用具有不同特点的教材。然而，我国目前的工程教育没有注意到这一点，而是：①过分侧重工程科学（分析）方面，轻视了工程实际训练方面，重理论、轻实践，没有足够的工程实践训练，工程教育的"学术化"倾向形成了"课题训练"的偏软现象，导致学生动手能力差。②人才培养模式、规格比较单一，课程结构不合理，知识面过窄，导致知识结构单一，所学知识中有一些内容已陈旧，交叉学科、信息学科的内容知之甚少，人文社会科学知识薄弱，学生创新能力不强。③教材单一，注重工程的科学分析，轻视工程实践能力的培养；注重理论知识的传授，轻视学生个性特别是创新精神的培养；注重教材的系统性和完整性，造成课程方面的相互重复、脱节等现象；缺乏工程应用背景，存在内容陈旧的现象。④教师缺乏工程实践经验，自身缺乏"工程训练"。⑤工程教育在实践中与经济、产业的联系不密切。要使我国工程教育适应经济、社会的发展，培养更多优秀的工程技术人才，我们必须努力改革。

组织编写本套系列教材，目的在于改革传统的高等工程教育教材，建设一套富有特色、有利于应用型人才培养的本科教材，满足工程应用型人才培养的要求。

本套系列教材的建设原则是：

1. 保证基础，确保后劲

科技的发展，要求工程技术人员必须具备终生学习的能力。为此，从内容安排上，应保证学生有较厚实的基础，满足本科教学的基本要求，使学生日后具有较强的发展后劲。

2. 突出特色，强化应用

围绕培养目标，以工程应用为背景，通过理论与工程实际相结合，构建工程应用型本科教育系列教材特色。本套系列教材的内容、结构遵循如下 9 字方针："知识新、结构新、重应用"。教材内容的要求概括为："精"、"新"、"广"、"用"。"精"指在融会贯通教学内容的基础上，挑选出最基本的内容、方法及典型应用；"新"指将本学科前沿的新进展和有关的技术进步新成果、新应用等纳入教学内容，以适应科学技术发展的需要，妥善处理好传统内容的继承与现代内容的引进两者间的关系，用现代的思想、观点和方法重新认识基础内容和引入现代科技的新内容，并将它们按新的教学系统重新组织；"广"指在保持本学科基本体系下，处理好与相邻以及交叉学科的关系；"用"指注重理论与实际融会贯通，特别是注入工程意识，包括经济、质量、环境等诸多因素对工程的影响。

3. 抓住重点，合理配套

工程应用型本科教育系列教材的重点是专业课（包括专业基础课）教材的建设，并做好与理论课教材建设同步的实践教材的建设，力争做好与之配套的电子教材的建设。

4. 精选编者，确保质量

遴选一批既具有丰富的工程实践经验，又具有丰富的教学实践经验的教师承担编写任务，以确保教材质量。

我们相信，本套系列教材的出版，对我国工程应用型人才培养质量的提高，必将产生积极作用，为我国经济建设和社会发展作出一定的贡献。

机械工业出版社颇具魄力和眼光，高瞻远瞩，及时提出并组织编写这套系列教材，他们为编好这套系列教材做了认真细致的工作，并为该套系列教材的出版提供了许多有利的条件，在此深表衷心感谢！

编委会主任
湖南工程学院院长　　　　　刘国荣教授

前　言

多媒体技术涉及面相当广泛，主要包括音频处理技术、图形图像处理技术、计算机动画处理技术、视频处理技术以及多媒体作品开发技术等。其广泛应用于教育与培训、广告与出版、通信、娱乐、可视电话、视频会议等领域，并且还在不断地发展和开拓新的应用领域。许多专业的学生尤其是计算机专业的学生都应当学习多媒体技术的相关知识，具有一定的实际应用多媒体技术的能力。

本书针对应用型本科的实际需求，以培养多媒体技术的高级实用人才为目的，结合多年的多媒体技术教学及应用开发经验编写而成。本书的编写努力注意做到：

1. 从多媒体技术的实际应用出发，以理论联系实际、偏重实际应用为依据。编写时力求突出重点、加强基础。各章的内容均为先介绍基本概念理论而后突出其实际应用，力求符合学生认知规律。

2. 本书编写参考了全国计算机技术与软件专业技术资格（水平）考试"多媒体应用设计师"考试大纲，可作为参与考试的相关人员的辅导书。

3. 充分考虑多媒体技术各部分内容的相关性，以一个完整的多媒体软件的制作过程为例，综合各章节的内容的使用，便于学生更好地掌握本书内容。

本书既可作为应用型本科院校、高职院校计算机专业多媒体技术课程教材，也可作为非计算机专业教材或从事多媒体项目开发与应用的工程技术人员的参考书。

本书由靳敏任主编，由许宪东、刘长松任副主编。第 1 章由靳敏编写，第 2、6、7 章由许宪东编写，第 3 章由郁宇编写，第 4、5 章由刘长松编写，靳朗、于放参与编写了第 5、7 章部分内容。全书由靳敏统稿和定稿。

在本书的编写过程中，得到了许多同行的大力支持，提出了许多宝贵意见，在此表示深深的谢意。

限于编者的水平，书中难免纰漏之处，敬请读者不吝批评指正。

编　者

2010 年 6 月

目　　录

第1章 多媒体技术概述

多媒体技术是基于计算机、网络和电子技术发展起来的一门新技术，它与计算机技术和网络技术相互融合、相辅相成。现代多媒体技术的发展和应用，正在对信息社会及人们的工作、学习和生活产生着重大影响。

1.1 多媒体技术的基本概念

1.1.1 多媒体与多媒体技术

1. 媒体

媒体（Media）又称媒介或媒质。人们在计算机领域所说的"媒体"，是信息存储、传播和表现的载体，主要有两种含义：一是表示存储信息的实体，如纸张、磁盘、光盘、半导体存储器等；另一是表示信息的表现或传播形式，如数字、文字、声音、图形、图像等。多媒体技术中的媒体指的是后者。根据国际电信联盟（International Telecommunication Union，ITU）电信标准部推出的 ITU—TL374 建议的定义，可以将媒体划分为如下五类：

（1）感觉媒体 感觉媒体（Perception Medium）指能直接作用于人的感官，使人直接产生感觉的媒体。如视觉类媒体（包括图像、图形、符号、视频、动画等）、听觉类媒体（包括语音、音乐和音响等）、触觉类媒体、嗅觉类媒体和味觉类媒体等。

（2）表示媒体 表示媒体（Representation Medium）指为加工、处理和传输感觉媒体而人为研究、构造出来的媒体，如文字、音频、图形、图像、动画和视频等编码表示。

（3）表现媒体 表现媒体（Presentation Medium）指表现和获取信息的物理设备，有输入媒体（如键盘、鼠标器、送话器）和输出媒体（如显示器、打印机、音箱）。

（4）存储媒体 存储媒体（Storage Medium）指用来存放表示媒体，以便计算机随时调用和处理信息编码的媒体，如磁盘、光盘和内存等。

（5）传输媒体 传输媒体（Transmission Medium）指传输数据的物理载体，如电缆、光缆等。人们通常所说的媒体是指感觉媒体，但计算机所处理的媒体主要是表示媒体。

2. 多媒体

多媒体（Multimedia）一词来源于英文"Multiple"（多样的）和"Media"（媒体）的合成。

多媒体目前没有标准定义，通常将感觉媒体中各种成分的综合体，即文字、图像、声音以及多种不同形式的表达方式的综合称为多媒体。现在人们所说的"多媒体"不仅指多种媒体信息本身，而且还包括处理和应用各种媒体信息的相应技术。因此，"多媒体"实际已成为"多媒体技术"的同义语。

3. 多媒体技术

多媒体技术是指对多媒体信息进行获取（采集）、处理（数字化、压缩、解压）、编辑、存储、传输、显示等的技术。通常情况下，"多媒体"并不仅仅指多媒体本身，而主要指处理和应用它的一整套技术。简单地说，多媒体技术就是计算机综合处理各种媒体信息的技术。

1.1.2 多媒体中的媒体元素

多媒体中的媒体元素是指多媒体应用中可以显示给用户的媒体成分。常用的媒体元素主要包括文本、图形、图像、声音、视频、动画等。

1. 文本

文本指各种文字，包括各种字体、尺寸、格式及色彩的文本。在多媒体应用系统中适当地组织使用文字可以使显示的信息更容易理解。多媒体应用中使用较多的是带有段落格式、字体格式、边框等格式信息的文字。这些文字可以先使用文本编辑软件（例如 Word）编辑成文本，或使用图形图像制作软件将文字编辑处理成图片，再输入到多媒体应用程序，也可以直接在多媒体创作软件中进行制作。

2. 图形

图形是指从点、线、面到三维空间的黑白或彩色几何图。图形是计算机绘制的画面，图形文件中记录图形的生成算法和图形的某些特征信息，例如图形的大小、形状、关键点位置、边线宽度、边线颜色、填充颜色等。图形也称为矢量图，需要显示图形时，绘图程序从图形文件中读取特征信息，调用对应的生成算法，并将其转换为屏幕上可以显示的图形。

图形可以移动、旋转、缩放、扭曲，放大时不会失真。图形中的各个部分可以在屏幕上重叠显示并保持各自的特征，可以分别控制处理。由于图形文件只保存算法和特征信息，所以图形文件占用的存储空间较小，但在显示时需要经过调用生成算法计算，所以显示速度比图像慢。目前图形应用于制作简单线条的图画、工程制图、制作艺术字等。常用的矢量图形制作软件有 FreeHand、Illustralor、CorelDraw 等。另外，动画制作软件 Flash 和 3DS Max 中创建的对象也是矢量对象。

3. 图像

图像是由图像输入设备例如数码相机、扫描仪捕捉的实际场景画面，或者以数字化形式存储的任意画面。图像由排列成行列的像素点组成，计算机存储每个像素点的颜色信息，因此图像也称为位图。图像显示时通过显示卡合成显示。图像通常用于表现层次和色彩比较丰富、包含大量细节的图，一般数据量都较大，例如照片。常用图像处理软件有 Photoshop、PhotoImpact 等。

4. 声音

声音是携带信息的重要媒体。计算机获取、处理、储存的人类能够听到的所有声音都称为音频，它包括噪声、语音、音乐等。音频可以通过声卡和音乐编辑处理软件采集、处理。储存下来的音频文件使用对应的音频程序播放。

数字音频（Audio）可分为波形声音和 MIDI 音乐。波形声音是对声音进行采样量化，将声音数字化后再处理并保存，相应的文件格式是 WAV 文件或 VOC 文件。MIDI 音乐是符号化了的声音，它将乐谱可转变为符号媒体形式。MIDI 音乐记录再现声音的一组指令，由声卡将指令还原成声音。MIDI 音乐对应的文件格式有 MID 文件、CMF 文件等。

5. 视频

视频是由单独的画面序列组成，这些画面以每秒超过 24 帧的速率连续地投射在屏幕上，使观察者产生平滑连续的视觉效果。计算机中的视频信息是数字的，可以通过视频卡将模拟视频信号转变成数字视频信号，进行压缩，存储到计算机中。播放视频时，通过硬件设备和软件将压缩的视频文件进行解压。视频标准主要有 NTSC 制和 PAL 制两种。NTSC 标准为 30fps，每帧 525 行。PAL 标准为 25fps，每帧 625 行。常用视频文件格式有 AVI、MPG、MOV 等。

6. 动画

动画是活动的画面，实质是一幅幅静态图像的连续播放。由于人类眼睛具有"视觉暂留"的特性，看到的画面在 1/24s 内不会消失，所以如果在一幅画面消失前播放出下一幅画面，就会给人造成一种流畅的视觉变化效果，形成动画。计算机动画按制作方法可以分成帧动画和造型动画。帧动画由一幅幅位图组成连续的画面，快速播放位图产生动画效果。造型动画是对每一个运动的物体分别进行设计，赋予每个动元一些特征，然后，由这些动元构成完整的帧画面，动元的表演和行为由脚本来控制。另外，从空间的视觉效果角度，计算机动画又可以分为平面动画和三维动画。从播放效果角度，计算机动面还可以分为顺序动画和交互式动画。目前常用的动画制作软件有 Flash、3DS Max 等。

1.2　多媒体技术的发展史

多媒体技术是和计算机技术、网络技术融合在一起的综合技术。计算机技术和网络技术的发展，不断呼唤着多媒体技术，不断提出对多媒体技术的新需求。多媒体技术的发展与应用，反过来又使得计算机技术和网络技术的发展如虎添翼，使得多媒体技术和计算机网络技术的应用更加深入广泛。

多媒体技术的发展有以下几个具有代表性的阶段。

1）1984 年，美国 Apple 公司开创了适应计算机进行图像处理的先河，创造性地使用了位映射、窗口、图符等技术，同时引入了鼠标作为交互设备。对多媒体技术的发展做出了重要贡献。

2）1985 年，美国 Commodore 公司将世界上第一台多媒体计算机 Amiga 系统展示在世人面前，它是多媒体计算机的雏形。

3）1986 年 3 月，荷兰 Philips 公司和日本 Sony 公司共同制定了 CD-I 交互式紧凑光盘系统标准，使多媒体信息的存储实现了规范化和标准化。

4）1987 年 3 月，RCA 公司制定了 DVI（Digital Video Interactive）技术标准，在交互式视频技术方面进行了规范化和标准化，使计算机能够利用激光盘以 DVI 标准存储图像，并能存储声音等多种信息模式。

5）随着多媒体技术应用日益广泛，业界和用户根据各自的利益，都迫切需要一个统一的国际标准，用以规范技术、规范市场。多媒体技术标准是多媒体技术发展的必然产物，可以保证多媒体技术的有序发展。1990、1991、1993 和 1995 年，多媒体个人计算机的 MPC-I 标准、MPC-II 标准和 MPC-III 标准陆续出台，表 1-1 给出了这三种标准配置。多媒体技术标准的制定，也预示着多媒体技术的更大发展。先后制定的多媒体技术标准有：多媒体个人计算机的性能标准、数字化音频压缩标准、电子乐器数字接口（MIDI）标准、静态图像数据压缩标准、音视频数据压缩标准、网络的多媒体传输标准与协议及多媒体其他标准。

表 1-1　MPC-Ⅰ、MPC-Ⅱ 和 MPC-Ⅲ 标准配置

基本部件	MPC-Ⅰ	MPC-Ⅱ	MPC-Ⅲ
CPU	16MHz 的 80386SX	25MHz 的 80486SX	75MHz 的 Pentium
内存	2MB	4MB	8MB
软盘	1.44MB	1.44MB	1.44MB
硬盘	30MB	160MB	540MB
CD-ROM	数据传输率 150KB/s，符合 CD_DA 规格	数据传输率 300KB/s，平均存取时间 400ms，符合 CD-XA 规范	数据传输率 600KB/s，平均存取时间 250ms，符合 CD-XA 规范
音频卡	量化位数 8 位，8 个音符合成器	量化位数 16 位，8 个音符合成器	量化位数 16 位，波形合成技术
显示适配器	VGA 640×480，16 色 或 320×200，256 色	Super VGA 640×480，65535 色	Super VGA 640×480，65535 色
用户接口	101 键 IBM 兼容键盘	101 键 IBM 兼容键盘	101 键 IBM 兼容键盘
I/O	串行接口、并行接口、MIDI 接口、游戏杆串口	串行接口、并行接口、MIDI 接口、游戏杆串口	串行接口、并行接口、MIDI 接口、游戏杆串口

6）随着多媒体模拟信号数字化技术、多媒体数字压缩技术、调制解调技术和网络宽带技术的发展，使本来就传输数字信号的计算机网络，传输数字化了的多媒体信息成为现实，本来就传输模拟信号的广播电视网与电信网的数字化也同时得以实现，于是三网合一成为定局。三网合一，大大推动了多媒体技术的发展，扩大了多媒体信息的共享范围与多媒体技术的应用范围。多媒体技术渗透到各行各业，深入到各家各户，影响到每一个人的工作、学习与生活，世界从此变得绚丽多彩。

1.3　多媒体技术的基本特性

构成多媒体的基本要素是指文字、图形、图像、声音、视频和动画等素材。如文字本身是图形的一种再抽象，这里的字体是指各种不同风格的文字以及艺术字等。图形图像都作为图片，但图像是自然空间的照片，即任务、景物等实际场景拍摄下来的静止画面；图形是图像的一种抽象，是计算机通过算法生成的画面或画家笔下的作品。声音是指各种声音信号，包括人类语言、音乐和自然界的各种声音等。视频是指由摄像机、摄影机等拍摄的反映真实生活场景的活动画面。动画是由一系列静止画面组成，按一定顺序播放，产生出活动感觉的画面。

多媒体计算机技术具有多维化、数字化、集成性、交互性、实时性等特点。

1. 多维化

多维化是指信息媒体的多样化和媒体处理方式的多样化。它使用文本、图形、图像、声音、动画以及视频等多种媒体来表示信息。这些信息媒体的处理方式又可分为一维、二维和三维三种不同方式。例如，文本属于一维媒体，图形属于二维或三维媒体。

2. 数字化

数字化是指多媒体中的各种信息都是以数字形式存储、处理和传输的。

3. 集成性

集成性是指以计算机为中心，综合处理多种信息媒体的特性。它包括信息媒体的集成和处理这些信息媒体的设备与软件的集合。相对于独立的单一媒体而言，多媒体将各种不同的媒体有机地集成为一体，使它们能够充分发挥综合作用，效应更加明显。

4. 交互性

交互性是指用户可以通过与计算机内的多媒体信息进行交互的方式，更有效地控制和使用多媒体信息。具体来讲，用户可以在操作或播放多媒体软件时，根据自己的意愿做出某种程度的人工干预，从内容上、方式上实现有选择地操作或播放。同时，计算机系统也会向用户提供方便友好的界面，提供更有效地控制和使用信息的手段，以便提高多媒体软件的使用效果，开辟更广泛的应用领域。

5. 实时性

在多媒体播放系统中，各种媒体（特别是声音和视频）之间是同步的，播放的时序、速度及各媒体之间的其他关系也必须符合实际规律。多媒体系统在存储、压缩、传输和进行其他处理时，必须重视实时性，支持实时播放。

1.4 多媒体关键技术

现在，多媒体技术得到了长足的发展。在硬件方面，人们购买计算机时，已经没有人像20 世纪 90 年代那样关心有没有多媒体功能，而是关心声卡、显卡、音箱的品质，显示器的分辨率，关心自己的投入带来的是什么等级的享受。多媒体软件的发展更是惊人，无论是开发工具还是应用软件，现在已经多得不可枚举。多媒体涉及的技术范围越来越广，已经发展成多种学科和多种技术交叉的领域。

多媒体的关键技术主要包括以下几个方面。

1. 音频和视频数据的压缩和编码技术

目前大部分电视机、收音机得到的信息是模拟信号，而多媒体计算机技术中的视频、音频技术是数字化技术，所以，信号的数字化处理是多媒体技术的基础。

数字化的声音和图像的数据量大得惊人。例如，用 11.02 kHz 采样的 1 min 声音，每个采样点用 8 位（bit）表示时的数据量约为 660KB；一幅分辨率为 640×480 的彩色图像，每个像素用 24bit 表示，数据量约为 7.37KB。因此，多媒体中的声音、视频等连续媒体，都是具有大数据量的信息，实时地处理这些信息对计算机系统来说是一个严峻的挑战。

多媒体数据压缩和编码技术是多媒体系统的关键技术。利用先进的数据压缩和编码技术，多媒体计算机系统就具有了综合处理声音、文字、图形、图像的能力，并能够面向三维图形、立体声音和真彩色高保真全屏幕运动画面。

2. 超大规模集成（VLSI）电路制造技术

多媒体信息的压缩处理需要进行大量的计算，视频图像的压缩处理还要求实时完成。对于这样的处理，如果由通常的计算机来完成，需要用中型机甚至大型机才能胜任，而其高昂的成本将使多媒体技术无法推广。由于 VLSI 技术的进步使得生产出价格低廉的数字信号处理器（DSP）芯片，使通常的个人计算机完成上述问题成为可能。DSP芯片是为完成某种特定信号处理设计的，而且价格便宜，在通常的个人计算机上需要多条指令才能完成的处理，在DSP上只用一条指令就能完成。DSP完成特定处理时的计算能力与普通中型计算机相当。因此，VLSI技术为多媒体技术的普及创造了必要条件。

3. 大容量光盘存储技术

数字化的多媒体信息虽然经过了压缩处理，但仍然包含了大量的数据。视频图像在未经压缩处理时，每秒播放的数据量为28MB，经压缩处理后每分钟的数据量则为8.4MB，不可能存储于一张软盘上，而一般硬盘的存储介质由于不方便携带和交换，也不适宜用于多媒体信息和软件的大量发行。

大容量只读光盘存储器CD-ROM的出现，正好适应了这样的需要。目前常用的CD-ROM光盘的外径为5in，容量约为700MB，并像软盘那样可用于信息交换，大量生产时的价格也相当低廉。

存储容量更大的是DVD光盘。DVD（Digital Video Disc），意思是"数字电视光盘"。DVD的特点是存储容量比现在的CD-ROM光盘大得多，最高可达到17GB。一张DVD光盘的容量大约相当于现在的25张CD-ROM，而它的尺寸与CD-ROM相同。DVD所包含的软硬件要遵照由计算机、消费电子和娱乐公司联合制定的规格，目的是能够根据这个新一代的CD规格开发出存储容量大且性能高的兼容产品，用于存储数字电视的内容和多媒体软件。

4. 多媒体同步技术

多媒体技术需要同时处理声音、文字、图像等多种媒体信息。在多媒体系统处理的信息中，各个媒体都与时间有着或多或少的依从关系。例如，图像、语音都是时间的函数；声音和视频图像要求实时处理同步进行；视频图像更是要求以视频速率25帧/s更新图像数据。此外，在多媒体应用中，通常要对某些媒体执行加速、放慢、重复等交互性处理。多媒体系统允许用户改变事件的顺序并修改多媒体信息的表现形式。各媒体具有本身的独立性、共存性、集成性和交互性。系统中各媒体在不同的通信路径上传输，将分别产生不同的延迟和损耗，造成媒体之间协同性的破坏。因此，多媒体同步是一个关键问题。

5. 多媒体网络技术

Internet是一个通过网络设备把世界各地的计算机互联在一起的计算机网络。在这个网络上，使用普通的语言就可以相互通信、协同研究、从事商业活动、共享信息资源。现在人们越来越多地在通信中使用多媒体信息。多媒体技术的发展必然要与计算机网络技术相结合，以便使丰富的多媒体信息资源得以共享。为此，要解决网络中心的大容量存储和网络数据库管理的问题，使用户的本地操作和远端的网络中心数据库相连接，以便顺利地对各种信息进行访问、创建、复制、编辑和处理，达到共享信息资源的目的。多媒体网络技术是目前最热门的计算机多媒体技术之一。

6. 多媒体计算机硬件体系结构的关键——专用芯片

多媒体计算机需要快速、实时完成视频和音频信息的压缩和解压缩、图像的特技效果、图形处理、语言信息处理，这些都要求有高速的芯片。

7. 多媒体信息检索技术

随着接触到的视听多媒体信息越来越多，需要使用这些信息时，首先就要找到和定位这些信息。可是，要在日益增长和大量潜在的有用信息中找到某一具体的多媒体信息已经变得越来越困难，这一挑战使人们急需一种能在各种多媒体信息中快速定位有用信息的方法，这就是多媒体信息检索技术。MPEG-7（多媒体内容描述接口）建立了一种对多媒体数据的描述标准。建立在符合这些标准的多媒体信息上的模型将使信息的检索、过滤更加方便和容易，以便用户能够用尽量少的时间找到自己感兴趣的信息。

1.5　多媒体技术的应用

多媒体技术、网络技术及通信技术的有机结合，使得多媒体的应用领域越来越广泛，几乎覆盖了计算机应用的绝大多数领域，而且还开拓了涉及人们工作、学习、生活和娱乐等多方面的新领域，多媒体技术正在不断地成熟和进步。

1. 计算机辅助教学（Computer Assisted Instruction，CAI）

教育领域是应用多媒体技术最早的领域，也是进展最快的领域。多媒体技术的特点最适合于教育领域，它将声、文、图集成一体，使计算机表示的信息更丰富、形象，这是一种更合乎自然的交流环境和方式。人们在这种多媒体环境中通过多种感觉器官接受信息，可以加速理解和接受知识信息的过程，有助于联想和推理等思维活动。这种形式还可以提高学习者的兴趣和注意力，使学习者在较短的时间内获得更多的信息，并留下深刻的印象，提高知识吸收率。

CAI 是利用多媒体技术设计和制作的多媒体教学软件来进行教学的，它的最大优点是具有个别性、交互性、灵活性和多样性。多媒体教学软件是一种根据教学目标设计、能表现特定的教学内容，反映一定教学策略的计算机教学系统。它具有存储、传递和处理教学信息，让学生与计算机进行交互操作的功能。多媒体教学软件的基本任务是：正确和生动地表达课程的知识内容、确定教学过程和教学策略、提供学生与计算机进行信息交换的交互界面、提出问题、判断正误和教学指导等。多媒体教学软件的基本模式包括课堂演示模式、个别化交互模式、训练复习模式、资料查询模式和教学游戏模式。

2. 计算机辅助设计

计算机辅助设计是指利用多媒体技术中的二维、三维绘图技术和动画技术、RGB 调色技术等进行各种设计，例如美术图案设计、服装设计、工艺设计、动画设计、土木建筑设计、园林设计等。计算机辅助设计可以实现设计迅速准确、模拟与修改灵活方便，设计效果好，同时又便于计算机辅助制造和自动化作业。

3. 远程工作系统

远程教育是利用多媒体网络技术、多媒体教学软件和多媒体课件，通过课程上网、网上培训和网上学历教育等形式，完成教学、答疑、布置与批改作业、考试与答辩、教学管理等任务。远程教育可以共享教育资源（教学环境和设备、教学资料、师资等），使受教育者不受时间和地点的限制，自主地接受教育，而且成本低、效果好。

至于远程教学，目前，中央电大、各大专院校都在花力量重点实施，以提高边远地区的教育质量，普及专业文化。一般的解决办法是通过卫星发射和接收，只要是能接收到卫星频道的地方，就可以接受一流学校优秀教师的现场教学。

远程医疗是利用多媒体网络技术进行远程数据检查与图表分析、远程诊断与会诊、远程治疗与健康咨询等。远程医疗可以共享医疗资源，不论相隔多远，如同面对面一般。

利用双向或双工音频及视频，可以实现与病人面对面交谈，进行远程咨询和检查，从而进行远程会诊，在远程专家的指导下进行复杂的手术，并为医院与医院之间，甚至国与国之间的医疗系统建立信息通道，实现信息共享。

远程工作的内容还包括视频会议、远程查询、文件的接收与发布、协议/合同的签订以及分布式多媒体计算机系统支持的远程协同工作等。

4. 多媒体家电

多媒体家电是计算机应用中一个很大的领域。过去人们常说计算机和电视机合一，即计算机电视和电视计算机。现在，在计算机上插上一块电视卡就可以看电视了。数字电视也即将走入市场，它是将电视信号进行数字化采样，经过压缩后进行播放。

5. 商业和文化服务业

多媒体技术已广泛应用于商业活动中，包括商业广告（影视广告、市场广告、企业广告等）、网上购物和电子商务等。利用多媒体技术制作的广告不同于平面广告，它使人们的视觉、听觉和感觉全部处于兴奋状态，其绚丽的色彩、变化多端的形态和特殊创意的效果，不但使人们了解了广告的意图，而且得到了艺术的享受。

声、文、图并茂的逼真实体模拟的游戏，画面、声音更加逼真，特技、编辑技术更加高超，趣味性、娱乐性更强，文化娱乐业出现了空前繁荣景象。在多媒体网络上，电影、电视、歌曲和广播的点播业务发展很快，人们不受地点和时间的限制，随心所欲地点播节目，深受广大用户的欢迎。

6. 多媒体数据库

多媒体数据库支持文字、文本、图形、图像、视频、声音等多种媒体的集成管理和综合描述，支持同一媒体的多种表现形式，支持复杂媒体的表示和处理，能对多种媒体进行查询和检索。多媒体数据库有非常广阔的应用领域，能给人们带来极大的方便。

7. 虚拟现实

虚拟现实是用多媒体计算机及其他装置虚拟现实环境，其实质是人与计算机之间或人与人之间借助计算机进行交流，这种交流十分逼真，人的所有感觉都能在虚拟的环境中得到体现。虚拟现实技术广泛用于科学研究、各种训练、多维电影和游戏等方面，用户不仅有身临其境的感觉，而且效果好、成本低。

8. 多媒体技术在其他方面的应用

多媒体技术在其他很多方面都得到了广泛应用。例如，军事方面的应用有军事指挥与通信、目标识别与定位、导航等；在设备运行、化学反应、天气预报等自然现象的诸多方面，采用多媒体技术可以模拟其发生过程，使人们更形象地了解事物变化发展的原则和规律；多媒体技术应用于旅游业，可以为顾客提供对景点更真实的介绍、提供检索和咨询等服务信息，旅游公司更可以将其信息通过互联网传送到世界各地。

1.6　多媒体计算机系统的组成

具有多媒体功能的计算机被称为多媒体计算机，其中最广泛、最基本的是多媒体个人计算机（Multimedia Personal Computer，MPC）。多媒体计算机系统是指能对文字、声音、图形、图像、视频等多种媒体进行处理的计算机系统，即具有多媒体功能的计算机系统。

多媒体计算机系统由多媒体硬件系统和多媒体软件系统两部分组成。

多媒体硬件系统是多媒体技术的基础，为多媒体的采集、存储、传输、加工处理和显示提供了物理条件，使多媒体技术的实现成为可能。多媒体软件系统是多媒体技术的灵魂，它综合利用了计算机处理各种媒体的最新技术，如数据采集、数据压缩、声音的合成与识别、图像的加工与处理、动画等，能灵活地调度使用多媒体数据，使多媒体硬件和软件协调地工作。

多媒体计算机系统应具有以下三个基本特性：

1）高度的集成性，即能高度地综合集成各种媒体信息，使得各种多媒体设备能够相互协调地工作。

2）良好的交互性，即用户能够根据自己的意愿很方便地调度各种媒体数据和使用各种媒体设备。

3）完善的多媒体操作系统、相关的功能强大的多媒体工作平台和创作工具。

1.6.1　多媒体计算机的硬件系统

在个人计算机系统上增加声卡、视频卡和 CD-ROM 驱动器，就构成了多媒体计算机（MPC）。由于 MPC 与普通的 PC 在处理对象上的区别，所以对硬件的性能和功能上的要求有所不同。此外，MPC 要处理多种媒体形式，因而需要支持各种不同媒体表现的输入输出设备。由此可见，多媒体计算机硬件系统除了需要传统的显示器、硬盘、鼠标、键盘外，还必须有 CD-ROM 驱动器、声卡和视频卡。功能比较完全的多媒体计算机系统，还应配有视霸卡、解压卡，甚至还配有数码相机、数字摄像机、立体声音响系统和扫描仪等设备。

1. 带多媒体功能的 CPU 与内存

随着计算机技术的发展，带多媒体功能的 CPU 已面市并快速发展。多媒体功能的 CPU 是在传统的 CPU 芯片中增加一些专门用于处理多媒体信息的指令，这些包含在 CPU 中的特定程序，提高了计算机处理多媒体信息的性能，更好地协调了多媒体设备的使用。同时，各种功能强大的多媒体工作平台和性能优越的多媒体应用软件在 Windows 98、Windows 2000、Windows XP、Windows NT 等 32 位操作系统的流行中陆续推向市场。目前，多媒体计算机的内存一般在 64MB 或 128MB 以上。

2. 声卡

多媒体技术的特点就是计算机交互式综合处理声、文、图信息。声音是携带信息的重要媒体。音乐与解说的加入，使得静态图像变得更加丰富多彩。音、视频的同步，也使得视频图像更具有真实性。然而在声卡面世前，计算机除了用 PC 扬声器发出简单的声音之外，从某种程度来说，基本就是一个"哑巴"。从新加坡创新公司于 20 世纪 80 年代末发明声卡至今，声卡已得到了广泛的应用，包括计算机游戏、多媒体教育软件、语音识别、人机对话、电视会议、影视娱乐节目等。

声卡是最基本的多媒体设备，是实现数/模、模/数转换的器件。声卡由音频技术范围内的各类电路做成的芯片组成，插入计算机主板的扩展槽内，实现计算机的声音功能。

声卡用来处理音频信息，它可以把由送话器、激光唱机、录音机、电子乐器等输入的声音信息进行模/数转换和压缩处理，也可以把经过计算机处理的数字化声音信号通过解压缩和数/模转换，用扬声器放出或记录下来。声卡还具有提供 MIDI 接口、输出功率放大等功能。

声卡有三个主要技术指标：采样频率（应当支持 11.025kHz、22.05kHz 和 44.1kHz）、采样数据位数（支持 8 位、12 位、16 位和 32 位）、声道数（支持单声道和多声道）。声卡的类型主要根据声音采样量的二进制位数确定，通常分为 8 位、12 位、16 位、32 位或更高。位数越高，其量化精度越高，音质也越好，但占用空间也越多。

声卡的种类很多，目前国内外市场上至少有上百种不同型号、不同性能和不同特点的声卡。图 1-1 所示为几种声卡的图片。

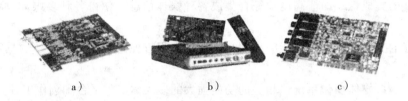

图 1-1   声卡

a）多声道声卡   b）民用高级声卡   c）专业录音卡

3. 视频卡

多媒体技术中的一大支柱是视频技术，它使得动态映像能在计算机中输入、编辑和播放。视频技术通过软、硬件都能实现，但目前用得较多的是视频卡。视频卡是一种多媒体视频信号处理平台，它可以汇集录像机、摄像机、视频源、音频源等多种信息，经过编辑处理产生最终的画面。而且这些画面可以被捕捉、数字化处理、存储、输出等。视频卡的种类繁多，没有统一的分类标准。按功能可分为视频转换卡、视频采集卡、视频压缩卡、动态视频捕捉播放卡等。

（1）视频转换卡   视频转换卡可以将视频图像的模拟信号经过模/数转换成数字化的混合视频信号，然后依次经过解码、颜色空间变换形成 RGB 数字信号，RGB 数字信号经过视频转换卡的一系列操作处理后，将保存在计算机硬盘中或被显示在显示器上。

电视卡（TV 卡）是一种特殊的视频转换卡，它是能够接收全频道、全制式彩色电视节目的视频信号的转换卡。因此，在多媒体计算机上插入电视卡，便可以将一台普通的计算机变为一台彩色电视机。

（2）视频采集卡   视频采集卡的主要功能是从活动的视频图像中捕捉静态的或短时间动态图像并存储于硬盘中，以便以后进行编辑。它可以实现将摄像机、录像机中的模拟视频信号采集到计算机内，也可以通过摄像机将现场的图像实时输入计算机。

（3）视频压缩卡   视频压缩卡的主要功能是将静止和动态的图像按照国际压缩标准（JPEG 标准或 MPEG 标准）进行压缩和还原。

（4）动态视频捕捉播放卡   动态视频捕捉播放卡的主要功能是实现动态视频、声音的同时捕获，并对其进行压缩、存储和播放等，它是一种功能比较全面的视频卡。

此外，视频卡还包括 MPEG 影音解压卡、模拟视频叠加卡、视窗动态视频卡和视频输出图形卡等。

视频卡与声卡必须要有相应的软件系统，并能与计算机的硬件和软件相配合，才能进行各方面多媒体技术的运用。

4. CD-ROM 驱动器

CD-ROM 驱动器简称光驱，其作用是通过伺服机构控制光盘的转速，控制光束的定位、聚焦，以检测并读出光盘上所存储的信息。

CD-ROM 驱动器是多媒体计算机应用的关键技术之一。为了存储大量的影像、声音、动画、程序数据和高分辨率的图像信息，必须使用容量大、体积小、价格低的 CD-ROM 盘片，否则多媒体无法得到推广。图 1-2 所示的是两种光驱的图片。

按 CD-ROM 驱动器的传输速率，CD-ROM 驱动器分为单速（150 KB/s）、双倍速（300KB/s）、三倍速（450KB/s）、四倍速（600KB/s）、六倍速（900KB/s）、八倍速（1200KB/s）、十倍速（1500KB/s）、四十倍速等。随着技术的进步和工艺的提高，支持高倍速的 CD-ROM 驱动器不断地推入市场，性能越来越好，价格越来越低，对多媒体技术的发展和应用起到了很大的促进作用。同时，可写的和可擦写的光驱（即光盘刻录机）已成为广大开发多媒体软件的用户的必选设备。

a)　　　　　　　　　　　　　　　　　　　　　b)

图 1-2　光驱

a）HP CDRW9600se 外置式光驱　b）Ricoh CDRW8040se PC 笔记本两用光驱

5. 触摸屏

多媒体硬件技术的发展强调用户界面的改善，笔式计算机和触摸技术就是用户界面的一大发展。随着计算机应用技术的发展和普及，多媒体计算机产品需要更复杂的图形控制功能和无键盘操作，这就促进了触摸屏技术的发展。

触摸屏是一种坐标定位装置，属于输入设备。图 1-3 所示的是巨而威 ST 系列触摸屏。触摸屏有红外线触摸屏、电阻式触摸屏、电容式触摸屏、压感式触摸屏、电磁感应式触摸屏等。作为一种特殊的计算机外设，它提供了简单、方便和自然的人机交互方式。输入人员无需懂得操作系统和软件、硬件等，只要用手去触摸屏幕，即可启动计算机、查询资料、分析数据、输入数据或调出下一级菜单。

ST1系列　　　　　　　　ST5系列　　　　　　　　ST7系列

图 1-3　巨而威 ST 系列触摸屏

触摸屏广泛应用于银行资金查询、股票交易操作、导游查询、计算机点歌、游戏厅的游戏娱乐和控制系统等。

6. 其他设备

在实际应用中，为适应不同需要，经常配置的其他硬件设备还有扫描仪、数码相机、数码摄像机、立体声音响系统等。

图 1-4 是两种数码相机的示意图，图 1-5 是扫描仪的示意图。

图 1-4　数码相机　　　　　　　　　　　　　　图 1-5　扫描仪

1. 6. 2　多媒体计算机的软件系统

多媒体计算机的应用除了要具有一定的硬件设备外，更重要的是软件系统的开发和应用。著名的 Microsoft、IBM 和 Apple 等公司相继推出了在基本功能上旗鼓相当的多媒体软件平台，而其特点又都是在已有的操作系统上追加实现多媒体功能的扩充模块而形成的，这就为用户提供了较为方便和实用的使用环境。

多媒体计算机软件系统包括支持多媒体功能的操作系统、多媒体信息处理工具和多媒体应用软件。

1. 支持多媒体功能的操作系统

目前市场上常见的 Windows 9X、Windows 2000、Windows XP 等操作系统，在传统的操作系统基础上，增加了同时处理多种媒体的功能，具有多任务的特点，并能控制和管理与多种媒体有关的输入、输出设备。例如，对计算机硬件的检测和设置是智能化的，当计算机上增加某种多媒体设备时，操作系统能感受到新设备的增加，并提示安装驱动程序，使该设备能方便地进入可使用状态，这就是所谓的"即插即用"功能，这一功能大大方便了新硬件的添加。

2. 多媒体信息处理工具或软件

多媒体信息处理就是把通过外部设备采集来的多媒体信息，包括文字、图像、声音、动画、影视等，用软件进行加工、编辑、合成、存储，最终形成一个多媒体产品。在这一过程中，会涉及各种媒体加工工具和集成工具。

（1）文字处理软件　文字是使用频率最高的一种媒体形式，对文字的处理包括输入、文本格式化、文稿排版、在文稿中插入图片等。常用的文字处理软件有：Windows 中的记事本和写字板软件、Word、WPS 等。

（2）图形图像处理软件　图形图像的处理包括：改变图形图像大小、图形图像的合成和编辑、添加诸如马赛克、模糊、玻璃化、水印等特殊效果、图形图像的输出打印等。常用的图形图像处理软件有：Photoshop、PhotoDraw、CorelDraw、FreeHand 等。

（3）声音处理软件　声音的处理包括录音、剪辑、去杂音、混音和声音合成等。常用的声音处理软件有：Ulead Audio Edit 、Creative 的录音大师、Cake Walk 等。

（4）动画处理软件　处理动画的软件主要有 3DS、3DS Max 和 Flash 等。利用这些软件制作动画，能产生逼真的效果。

（5）视频处理软件　视频的处理主要指利用影像、动画、文字和图片等素材进行编辑处理，或利用与其他外部辅助设备如摄像机、录像机等的连接，完成影视等节目的编辑、制作等工作。比较优秀的视频处理软件有 Adobe Premiere、Storm Edit、MGI Video Wave 等。

（6）多媒体集成工具　除了单个媒体的加工处理软件外，开发一个多媒体软件产品时，必须有一个多媒体集成软件，把各种单媒体有机地集成为一个统一的整体。目前，应用比较广泛的多媒体集成软件有图标式多媒体制作软件 Authorware 、基于时间顺序的多媒体制作软件 Director、用于网页制作的 FrontPage 、Dreamweaver 等。

3. 多媒体应用软件

多媒体应用软件是利用多媒体加工和集成工具制作的、运行于多媒体计算机上的具有某种具体功能的软件，如教学软件、游戏软件、电子工具书等。这些软件的一般特色是：

（1）多种媒体的集成　多媒体应用软件中往往集成了文字、声音、图像、视频和动画等多种媒体信息，在使用这些软件时，可同时从两种以上的感官得到信息。

（2）超媒体结构　多媒体最先起源于超文本。超文本是一种非线性结构，以结点为单位组织信息，在结点与结点之间通过表示他们之间的关系链加以连接，构成特定内容的信息网络，用户可以有选择地查阅自己感兴趣的内容。这种组织信息的方式与人类的联想记忆方式有着相似之处，从而可以更有效地表达和处理信息。这种表达方式用于文本、图像、声音等形式时，就称为超媒体。

（3）交互操作　多媒体应用软件强调人的主动参与。通过超媒体结构，应用软件中的不同媒体能够有机地结合，用户可以按照自己的方式方法对多媒体信息进行操作。

1.7　多媒体数据压缩技术

多媒体技术最令人注目的地方是它能实时地、动态地、高质量地处理声音和运动的图像，这些过程的实现需要处理的数据量相当大。由于数据压缩技术的成熟，使得多媒体技术得以迅速地发展和普及。

1.7.1　多媒体数据压缩的必要性

多媒体数据压缩技术是多媒体计算机的关键技术。多媒体计算机系统需要具有综合处理声、文、图数据的能力，能面向三维图形、立体声、真彩色高保真全屏幕运动画面，应当能实时处理大量数字化视频、音频信息。这些操作对计算机的处理、存储、传输能力都有较高的要求。

多媒体信息的特点之一就是数据量非常庞大。例如，1min 的声音信号，用 11.02kHz 的频率采样，每个采样数据用 8 位二进制位存储，则数据量约为 660KB。一帧 A4 幅面的图片，用 12 点/mm 的分辨率采样，每个像素用 24 位二进制位存储彩色信号，数据量约为 25MB。一幅中等分辨率（640 ×480）的彩色图像的数据量约为 7.37MB/帧。

随着网络时代的到来，网络已走进人们的生活中。通过网络，人们可以看到或听到几万公里以外的信息，包括录像、各种影片、动画、声音和文字。网络数据的传输速率要远远低于硬盘和 CD-ROM 的数据传输速率。所以，要实现网络多媒体数据的传输，实现网络多媒体，数据不进行压缩是不可能实现的。

对多媒体信息必须进行实时压缩和解压缩，如果不经过数据压缩，实时处理数字化的较长的声音和多帧图像信息所需要的存储容量、传输率和计算速度都是目前普通计算机难以达到的。数据压缩技术的发展大大推动了多媒体技术的发展。

数据压缩是一种数据处理的方法，它的作用是将一个文件的数据容量减小，而又基本保持原来文件的内容。数据压缩的目的就是减少信息存储的空间，缩短信息传输的时间。当需要使用这些信息时，需要通过压缩的反过程——解压缩将信息还原。研究结果表明，选用合适的数据压缩技术，有可能将原始文字量数据压缩 1/2 左右；语音数据量压缩到原来的 1/21 ~ 1/10，图像数据量压缩到原来的 1/2 ~ 1/60。

1.7.2　数据压缩的种类

1. 无损压缩

无损压缩是利用数据统计特性进行的压缩处理，压缩效率不高。无损压缩是一种可逆压缩，即经过压缩后可以将原来文件中包含的信息完全保存的一种数据压缩方式，例如，常用的压缩软件 WinZip 和 WinRAR 就是基于无损压缩原理设计的，因此，可以用它来压缩任何类型的文件。

显然，无损压缩是最理想的，不会丢失任何信息，然而，它只能得到适中的压缩比。

2. 有损压缩

经过压缩后不能将原来的文件信息完全保留的压缩，称为有损压缩，它是不可逆压缩方式。有损压缩是以损失原文件中某些信息为代价来换取较高的压缩比，其损失的信息多数是对视觉和听觉感知不重要的信息，基本不影响信息的表达。例如电视所接收到的电视信号和收音机所接收到的广播信号与从发射台发出时相比，实际上都不同程度地发生了损失，但都不影响收看、收听和使用。

1.7.3　数据压缩的主要指标

数据压缩的主要指标包括以下三个方面。

1. 压缩比

压缩比即压缩前后的数据量之比，如果文件的大小为 1MB，经过压缩处理后变成 0.5MB，那么压缩比为 2∶1。高的压缩比是数据压缩的根本目的，无论从哪个角度看，在确保压缩效果相同的前提下，数据压缩比越高越好。

2. 压缩和解压缩的时间

数据的压缩和解压缩是通过一系列数学运算实现的。其计算方法的好坏直接关系到压缩和解压缩所需时间。但是，压缩速度和解压缩速度是衡量压缩系统性能的两个独立指标。其中解压缩的速度比压缩速度更重要，因为压缩只有一次，是生产多媒体产品时进行的。而解压缩则要面对用户，有更多的使用者。

3. 解压缩后信息恢复的质量

对于文本等文件，特别是程序文件，是不允许在压缩和解压缩过程中丢失信息的，因此，需要采用无损压缩，而无损压缩不存在压缩后恢复质量的问题。

　　对于音频和视频，经过数据压缩后允许部分信息的丢失。在这种情况下，信息经解压缩后不可能完全恢复，压缩和解压缩质量就不能不考虑。因此，是否具有好的恢复质量是数据压缩的另一个重要指标。

　　好的恢复质量和高的压缩比是一对矛盾。高的压缩比是以牺牲好的恢复质量为代价的。无损压缩的压缩比通常较小，是因为一般用于无损压缩的文件数据量较小。对于图像和声音文件，特别是活动图像和视频影像，数据量特别大，希望压缩比也要尽量大。

1.7.4　多媒体信息的压缩方法和标准

　　多媒体信息的压缩主要是指对音频、静态和动态图像等多媒体信息的压缩。

1. 音频信息的压缩和 MPEG 标准

　　音频信号能够被压缩和编码的依据有两个，一是声音信号存在着数据冗余；二是利用人的听觉特性来降低编码率。人的听觉具有一个强音能抑制一个同时存在的弱音现象，这样就可以抑制与信号同时存在的量化噪声。音频信号的压缩编码方式可分为波形编码、参数编码和混合编码等几种。

　　（1）波形编码　波形编码是基于音频数据的统计特性进行编码，其目标是重建语音波形保持原波形的形状。它的算法简单，易于实现，可获得高质量的语音。常见的三种波形编码方法为：脉冲编码调制、差分脉冲编码调制及自适应差分编码调制。

　　（2）参数编码　通过建立起声音信号的产生模型，将声音信号用模型参数来表示，再对参数进行编码，在声音播放时根据参数重建声音信号。参数编码法算法复杂，计算量大，压缩比高。

　　（3）混合编码　混合编码是把波形编码的高质量和参数编码的低数据率结合在一起，可以取得较好的效果。

　　音频信号的压缩方法分为有损压缩和无损压缩。常见的无损压缩有 Huffman 编码和行程编码；常见的有损压缩方法是波形编码中的脉冲编码调制方法，Windows 中的 Wave 文件便使用该方法。

　　MPEG 音频标准是由三种音频编码和压缩组成，称为 MPEG 音频层-1（MPEG layer 1）、MPEG 音频层-2（MPEG layer 2）和 MPEG 音频层-3（MPEG layer 3）。随着层数的增加，压缩算法的复杂性也增大。因此，层 3 最复杂。所有的三层都分别兼容。MPEG 音频标准达到的压缩比分别为：

MPEG layer 1：　　4:1

MPEG layer 2：　　6:1 ~ 8:1

MPEG layer 3：　　10:1 ~ 12:1

　　MP3 是 MPEG layer 3 的缩写，是一种具有最高的压缩比的波形音频文件的压缩标准，利用该技术可以使压缩比达到 12:1，同时还保持较高质量的音响效果。例如，一首容量为 30MB 的 CD 音乐，压缩成 MP3 格式后仅为 2MB 多。平均起来，1min 的歌曲可以转换为 1MB 的 MP3 音乐文档，一张 650MB 的 CD 可以录制 600 多分钟的 MP3 音乐。

　　MP3 采用的是有损压缩技术，但由于它利用人耳听觉系统的主观特性，压缩比的取得来自去掉人耳感觉不到的信息细节，也就是说对正常的人耳而言感觉不到失真。经 MP3 压缩的音频必须经过解压还原才能播放，因而 MP3 的音质取决于还原技术、音响系统以及听者的主观感受。由于 MP3 的高性能，使得资源宝贵的因特网也用其进行音频文件的传输，大大丰富了网络音乐、视频会议等网上新兴多媒体应用。MP3 音乐光盘以及支持 MP3 的专用播放机和 VCD 产品也相继在市场推出。

2. 静态图像的压缩和 JPEG 标准

图像在计算机中是以数据的形式表现，这些数据具有相关性，因而可以使用大幅压缩的方法进行压缩，其压缩的效率取决于图像数据的相关性。

（1）图像压缩的概念　图像数据的相关性首先表现在相邻平面区域的像素点有相近的亮度和颜色值。假如一幅照片是蓝天、白云、海滩和站立的人，那么照片上天空部分是蓝色和白色，海滩部分也大都是黄色的，当然会有很多细微的亮度色调的变化，但总的来说具有比较高的相关性。照片中人的部分相对来说可能复杂一点，但也是具有相关性的。例如，人脸和人的衣服总是表现为比较相近的色调，正是这些相关性使图像的压缩有了可能。

（2）静态图像的 JPEG 国际标准　多媒体技术中数据压缩的方法很多，不同的压缩方法需要用相应的解压缩软件才能正确还原。因此应当有一个通用的压缩标准。

JPEG（the Joint Photographic Experts Group）是由国际标准化组织（ISO）和国际电报电话咨询委员会（CCITT）联合制定的，是适用于彩色和单色多灰度或连续静止数字图像的压缩的国际标准。它是目前为止用于摄影图像的最好的压缩方法，主要应用于摄影图像的存储和显示。

JEPG 包括空间方式的无损压缩和基于离散余弦变换（DCT）和哈夫曼（Huffman）编码的压缩两部分。空间方式是以二维空间差分脉冲编码调制为基础的空间预测法，它的压缩率低，但可以处理较大范围的像素，解压缩后可以完全复原。DCT 包含量化过程，解压缩是非可逆的，但可以利用较少的比特数获得相当好的图像质量。当压缩比为 20∶1 ~ 40∶1 时，人眼基本上看不出失真。

JPEG 在审议图像压缩的标准化方案时，委员会接纳了更多的具有不同要求的应用，从而拓宽了标准的应用范围，使得 JPEG 标准能支持多种色彩空间和大范围空间分辨率的各类图像。JPEG 标准是从 12 个方案中，经过几轮测试和评价，最后选定 ADCT 作为静态图像压缩的标准化算法。

3. 动态图像的压缩及 MPEG 标准

全屏幕活动视频图像是多媒体技术最终要达到的目标之一。实现这一目标的关键是对动态图像进行有效地压缩，因而制定统一的视频压缩技术标准变得十分重要。标准化可以使各生产厂家的产品相互兼容，超大规模集成电路批量生产才有可能性。

（1）动态图像信息中的冗余　动态图像是由一系列静态图像构成的，所以对静态图像的压缩同样适用于对动态图像的压缩。在表示动态信息的数据中，实际上主要存在着两种类型的冗余数据：时间冗余和空间冗余。例如，视频中包含了大量的图像序列，图像序列中两幅相邻的图像之间有着较强的相关，这表现为时间冗余，而相应的声音数据中也存在着类似的时间冗余；同一幅图像中，规则物体和规则背景的表面物理特性具有相关性，这些相关性的光成像结果在数字化图像中就表现为数据冗余，这是一种空间冗余。由此可见，动态图像中相邻帧之间的相关性表现在以下几个方面：

1）动态图像以每秒 25 帧播放，在如此短的时间内，画面通常不会有大的变化。

2）在画面中变化的只是运动的部分，静止的部分往往占有较大的面积。

3）即使是运动的部分，也多为简单的平移。

这种帧与帧之间存在的相关性，为进一步的压缩提供了可能。

（2）动态图像压缩的基本思路 考虑到帧与帧之间存在相关性，一个很自然的想法是，将相邻的画面相减。例如将第 1 帧记作 A，第 2 帧记作 B，定义 B′ = B − A。这里两帧相减是将后一帧画面 B 中的每一个点的像素值减去前一帧画面 A 中相应点的像素值，称为差异帧。同样可将第三帧记作 C，C′ = C − B。依此类推，B′ 和 C′ 可看做是一帧帧图像，压缩后的动态图像文件用 A、B′、C′ 等来描述。

由于相邻帧大多数点的像素值可能相同，再用静态图像的压缩方法压缩，可以得到相当大的压缩比。用差异帧代替原来的帧，以揭示帧间的相关性，这是动态图像压缩的基本出发点。

（3）动态图像的 MPEG 标准 MPEG（Moving Picture Experts Group）标准是 ISO/IEC（国际标准化组织和国际电工技术委员会）的第 11172 号标准草案是一种动态图像的压缩标准。其方法是先利用动态预测及差分编码方式去除相邻两张图像的相关性，因为对于动态图像而言，除了正在移动的物体附近，其余的像素几乎是不变的，因此可以利用相邻两张甚至多张来预测像素可能移动的方向与亮度值，再记录其差值。将这些差值利用转码或分频式编码将高低频分离，然后用一般量化或向量量化的方式摄取一些画质而提高压缩比，最后再经过一个可变长度的不失真压缩得到最少位数的结果，这种结果可以得到 50:1 到 100:1 的压缩比。

MPEG 分成两个不同的规范，即 MPEG-1 和 MPEG-2。MPEG-1 的数据传输速率为 1 ~ 1.5Mbit/s，是为有限带宽传输设计的，可实现普通电视质量（VHS，320×240）的全动态图像和 CD 质量立体声伴音的压缩。MPEG-2 的数据传输速率为 10Mbit/s，用于高带宽传输，实现对每秒 30 帧的 720×572 分辨率的视频信号进行压缩或更高清晰度的视频影像。

本 章 小 结

现代多媒体计算机技术的发展是人类 20 世纪最伟大的发明之一，它提供了一条把科学和艺术结合起来的道路。它将音乐、声音等组合起来，创造出无比神奇的效果，给人们带来感官上的享受。

本章讨论了多媒体技术领域的一些基础知识，包括多媒体及多媒体技术的概念和特点、多媒体计算机系统的组成、多媒体关键技术、多媒体数据压缩技术以及多媒体技术的应用。

思 考 题

1-1 什么是多媒体？什么是多媒体技术？多媒体有哪些关键技术？

1-2 简述多媒体技术的应用，最好能结合实际，举出实例。

1-3 简述多媒体计算机系统的组成，与传统计算机系统相比，多媒体计算机系统有什么特点？

1-4 举例说明多媒体技术中数据压缩的重要性。

1-5 MPEG 和 JPEG 两种压缩方法有哪些相同点和不同点？

1-6 试述对多媒体、多媒体技术、多媒体应用的理解和体会。

第 2 章　音频技术及音频处理软件基础

声音是多媒体产品中必不可少的对象，主要包括语音、乐音、动物发出的声音以及自然界的声音（风声、雷声和雨声）等。多媒体领域主要研究的是语音和音乐。本章将首先介绍声音的基本知识，然后介绍常见的声音处理软件及其基本功能，最后介绍广为应用的语音识别技术。

2.1　基本概念

2.1.1　音频的基本特性

声音是在具有弹性的媒质中传播的一种机械波，叫声波，也具有反射、折射和衍射现象。它来源于发声体的振动，属于纵波。当声音传入人耳时，引起鼓膜振动并刺激听神经使人产生了声的感觉。带宽为 20Hz ~ 20kHz 的信号称为音频（Audio）信号，可以被人的耳朵感知。从物理学上看，声音信号是由许多频率不同的分量信号组成的复合信号。复合信号的频率范围称为带宽。声音的质量与声音的带宽有关，一般来说频率范围越宽，声音质量也就越高。常见声音的带宽如表 2-1 所示。

表 2-1　常见声音的带宽　　　　　　　　　　　　　　（单位：Hz）

声 音 类 型	带 宽	声 音 类 型	带 宽
电话语音	200 ~ 3.4k	调频广播	20 ~ 15k
调幅广播	50 ~ 7k	CD	20 ~ 20k

构成复合信号的单一信号称为分量信号。人的发音器官发出的声音的频率范围大概是 80 ~ 3400Hz，人们把这种范围的信号称作语音（Speech）信号。

声音物理上是以声波的形式存在的，而描述声音信号的两个基本参数就是频率和幅度。声音的特性可由三个要素来描述，即响度、音调和音色。

响度：人耳对声音强弱的主观感觉称为响度。响度和声波振动的幅度有关。一般说来，声波振动幅度越大则响度也越大。当我们用较大的力量敲鼓时，鼓膜振动的幅度大，发出的声音响；轻轻敲鼓时，鼓膜振动的幅度小，发出的声音弱。

音调：人耳对声音高低的感觉称为音调。音调主要与声波的频率有关。声波的频率高，则音调也高。当我们分别敲击一个小鼓和一个大鼓时，会感觉它们所发出的声音不同。小鼓被敲击后振动频率快，发出的声音比较清脆，即音调较高；而大鼓被敲击后振动频率较慢，发出的声音比较低沉，即音调较低。频率越高，振动越快，声音越尖。

音色：音色是人们区别具有同样响度、同样音调的两个声音之所以不同的特性，或者说是人耳对各种频率、各种强度的声波的综合反应。由基音与泛音的比例、泛音的分布、泛音随时间的衰减变化决定。不同发音源（乐器）的材质、形状不同，其泛音的排列组合也不同，也就构成了这一物体特殊的音色。例如当我们听胡琴和扬琴等乐器同奏同一个曲子时，虽然它们的音调相同，但我们却能把不同乐器的声音区别开来。这是因为，各种乐器的发音材料和结构不同，它们发出同一个音调的声音时，虽然基波相同，但谐波构成不同，因此产生的波形不同，从而造成音色不同。

2.1.2　音频的数字化

声音信息的数字化，归结为如何将随时间连续变化的声音波形信号进行量化。由于声音信号是典型的连续信号，不仅在时间上是连续的，而且在幅度上也是连续的。要在计算机内处理声音，首先要进行将模拟的声音信号进行数字化。声音进入计算机的第一步就是数字化，声音数字化的两个步骤是采样和量化。外部声音经由送话器进入计算机，送话器把机械振动转换成电信号，模拟音频技术中以模拟电压的幅度表示声音强弱。而在数字音频技术中，把表示声音强弱的模拟电压用数字表示。最终将声音数据表示为计算机的二进制数据格式，这称之为编码，一个模拟电压幅度、量化、编码的关系如表 2-2 所示。

表 2-2　模拟电压、量化和编码举例

电压范围/V	量化（十进制）	编码（二进制）
0.5 ~ 0.7	3	011
0.3 ~ 0.5	2	010
0.1 ~ 0.3	1	001
−0.1 ~ 0.1	0	000
−0.3 ~ −0.1	−1	111
−0.5 ~ −0.3	−2	110
−0.7 ~ −0.5	−3	101
−0.9 ~ −0.7	−4	100

由于模拟声音在时间上是连续的，而以数字表示的声音是一个数据序列，在时间上只能是断续的。因此当把模拟声音变成数字声音时，需要每隔一个时间间隔在模拟声音波形上取一个幅度值，这称之为采样或抽样。

采样（Sampling）：将声音信号在时间上离散化，即每隔相等的一段时间抽取一个信号样本（图 2-1），而计算机每秒钟采集多少个声音样本则称为采样频率。

那么，对不同的声音，该取多少个样点合适（即采样频率为多少）？采样的依据是奈奎斯特定理，奈奎斯特理论指出：采样频率不应低于声音信号最高频率的两倍，这样就能把以数字表达的声音还原成原来的声音，称为无损数字化。例如，语音信号最高频率约为 3.4kHz，所以采样频率取为 8kHz。常用的音频采样频率有：8kHz、11.025kHz、16kHz、22.05kHz、37.8kHz、44.1kHz、48kHz 等。

量化：量化就是把采样得到的声音信号幅度转换为数字值。量化的过程：先将整个幅度划分成为有限个小幅度（量化阶距）的集合，把落入某个阶距内的样值归为一类，并赋予相同的量化值。例如，对于如图 2-1 所示的采样得到的声音信号其量化图如图 2-2 所示。

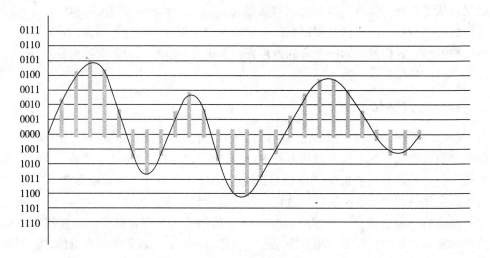

图 2-1　采样

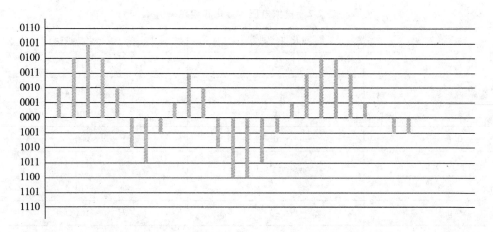

图 2-2　对采样信号进行量化

采样精度：样本大小是用每个声音样本的位数 bit/s（即 bps）表示的，它反映度量声音波形幅度的精度。例如，每个声音样本用 16bit（2B）表示，测得的声音样本值是在 0 ~ 65536 的范围里，它的精度就是输入信号的 1/65536。样本位数的大小影响到声音的质量，采样精度越高，位数越多，表示的数值范围越大，数字化后波形振幅的精度越高，声波的还原越细腻，声音的质量越好，需要的存储空间越多；位数越少，声音的质量越低，需要的存储空间越少。16bit 是最常见的采样精度，此外还有 8bit、24bit 等。采样精度的另一种表示方法是信号噪声比，简称为信噪比（Signal-to-Noise Ratio，SNR），并用下式计算：

$$SNR = 10\log\left[(Vsignal)2 / (Vnoise)2\right] = 20\log (Vsignal / Vnoise)$$

式中，Vsignal 表示信号电压，Vnoise 表示噪声电压，SNR 的单位为分贝（dB）。

需要说明的是，量化后的数字音频信号直接存入计算机会占用很大的存储空间，往往需要通过编码去除信号冗余和量化噪声，减少数据的存储量。

影响所获声音质量的还有声道数，声道数即采样时同时生成的波形个数，一次生成一个声波数据，称为单声道；一次生成两个声波数据，称为双声道或立体声；立体声音质、音色好，能产生逼真的空间感，但所占空间比单声道多一倍。描述声音的数字化性能指标很重要的还有数据率（比特率）：即数字化或还原1s声音（未压缩）所需传输的数据位数：

未经压缩的数字声音的数据率（bit/s）＝采样频率（Hz）×样本精度（bit）×声道数

如表2-3所示，给出了不同质量声音的数字化性能指标。

表2-3 不同质量声音的数字化性能指标

质量	采样频率/kHz	样本精度/bit	单道声/立体声	数据率/（kbit/s）	频率范围/kHz
电话	8	8	单道声	64	200～3400
AM	11.025	8	单道声	88	50～7000
FM	22.050	16	立体声	705.6	20～15000
CD	44.1	16	立体声	1411.2	20～20000
DAT	48	16	立体声	1536	20～20000

一般说来，要求声音的质量越高，则量化级数和采样频率也越高，为了保存这一段声音的相应的文件也就越大，就是要求的存储空间越大。

2.1.3 音频文件的存储格式

在多媒体技术中，存储声音信息的常用文件格式主要有 WAV 文件、VOC 文件、MP3 文件、WMA 文件、AIF 文件、MIDI 文件、SND 文件和 RM 文件等。

1. WAV 文件

WAV 为微软公司（Microsoft）开发的一种声音文件格式，它符合 RIFF（Resource Interchange File Format）文件规范，用于保存 Windows 平台的音频信息资源，被 Windows 平台及其应用程序所广泛支持。

WAV 文件来源于对声音模拟波形的采样。用不同的采样频率对声音的模拟波形进行采样可以得到一系列离散的采样点，以不同的量化位数（8bit 或 16bit）把这些采样点的值转换成二进制数，然后存入磁盘，这就产生了声音的 WAV 文件，即波形文件。

用前面介绍的公式可以简单地推算出 WAV 文件所需的存储空间的大小。

WAV 文件所占容量 ＝（采样频率×采样位数×声道）×时间/8，单位为 B（1B ＝ 8bit）。

标准格式化的 WAV 文件和 CD 格式一样，也是 44.1kHz 的取样频率，16bit 量化数字，因此在声音文件质量和 CD 相差无几。例如，用 44.1kHz 的采样频率对声波进行采样，每个采样点的量化位数选用 16bit，则录制 1s 的立体声节目，其波形文件所需的存储容量为

$$44100 \times 16 \times 2/8 = 176.4 \text{kB}$$

由此可见，若采用标准的 WAV 文件所需的存储容量相当大。但是，在实际应用中，一般应用 WAV 的场合是对声音质量要求不高，则可以通过降低采样频率，采用较低的量化位数或利用单音来录制 WAV 文件，此时 WAV 文件可以成倍地减小。

WAV 音频格式的优点包括：简单的编/解码（几乎直接存储来自模/数转换器（ADC）的信号）、普遍的认同/支持以及无损耗存储。WAV 格式的主要缺点是需要音频存储空间。

对于小的存储限制或小带宽应用而言，这可能是一个重要的问题。

WAV 格式支持支持多种音频位数、采样频率和声道，但其缺点是文件体积较大（1min 的 44kHz、16bit Stereo 的 WAV 文件约要占用 10MB 左右的硬盘空间），所以不适合长时间记录。

2. VOC 文件

VOC 是创新公司发明的音频文件格式。也是声霸卡使用的音频文件格式。由于 MPC 发展初期，创新公司（Creative）的声音卡成了 PC 平台上的多媒体声卡事实标准，因此这种格式有很大的影响。

每个 VOC 文件由文件头块（Header Block）和音频数据块（Data Block）组成。文件头块包含一个标识、版本号和一个指向数据块起始的指针。数据块分成各种类型的子块，如声音数据、静音、标记、ASCII 码文件，重复以及终止标记、扩展块等。

VOC 格式音频文件的文件头构成如下：

00H ~ 13H 字节：文件类型说明。前 19B 包含下面的正文：Creative Voice File。最后是 EOF 字节（1AH）。

14H ~ 15H 字节：其值为 001AH。

16H ~ 17H 字节：文件的版本号。小数点后面的部分在前。如版本号为 1.10，则这两个字节内的值为 0A01H。

18H ~ 19H 字节：是一个识别码。由这个代码可以检验其文件是否是真正的 VOC 文件。其值是 16H 和 17H 单元中所存文件版本号的反码再加上 1234H。例如，版本号为 1.10，010AH 的反码是 FEF5H，则这个代码为 FEF5H + 1234H = 1129H。

主要用于 DOS 游戏，文件扩展名是 .VOC。VOC 文件适用于 DOS 操作系统，是声霸卡使用的音频文件格式。

3. MP3 文件

MP3 是当今较流行的一种数字音频编码和有损压缩格式，它设计用来大幅度地降低音频数据量，而对于大多数用户来说重放的音质与最初的不压缩音频相比没有明显的下降。CD 是以 1.4MB/s 的数据流量来表现其优异音质的，而 MP3 仅仅需要 112kbit/s 或 128kbit/s 就可以表现出直逼 CD 的音质。

MP3 本质就是一种音频压缩技术，由于这种压缩方式的全称叫 MPEG Audio Layer3，所以人们把它简称为 MP3。MP3 是利用 MPEG Audio Layer 3 的技术，将音乐以 1:10 甚至 1:12 的压缩率，压缩成容量较小的文件，换句话说，能够在音质丢失很小的情况下把文件压缩到更小的程度。而且还非常好地保持了原来的音质。之所以有这么大的压缩率，是因为 MP3 格式丢弃掉脉冲编码调制（PCM）音频数据中对人类听觉不重要的数据，从而大大缩小了文件大小。MP3 音频可以按照不同的位速进行压缩，提供了在数据大小和声音质量之间进行权衡的一个范围。MP3 格式使用了混合的转换机制将时域信号转换成频域信号。MP3 不仅有广泛的用户端软件支持，也有很多的硬件支持，比如便携式媒体播放器（指 MP3 播放器）DVD 和 CD 播放器。

由于 MP3 具有体积小、音质高的特点，使得 MP3 格式几乎成为网上音乐的代名词。1min 音乐的 MP3 格式只有 1MB 左右大小，这样每首歌的大小只有 3 ~ 5M 左右。

4. WMA 文件

WMA 的全称是 Windows Media Audio，它是微软公司推出的与 MP3 格式齐名的一种新的音频格式。由于 WMA 在压缩比和音质方面好于 MP3，即使在较低的采样频率下也能产生较好的音质，因此得到了比较广泛的应用。据微软声称，用它来制作接近 CD 品质的音频文件，其体积仅相当于 MP3 的 1/3。在 48kbit/s 的传送速率下即可得到接近 CD 品质（Near-CD Quality）的音频数据流，在 64kbit/s 的传送速率下可以得到与 CD 相同品质的音乐，而当连接速率超过 96kbit/s 后则可以得到超过 CD 的品质。

高版本的 WMA（WMA 7 之后）支持证书加密，未经许可（即未获得许可证书），即使是非法复制到本地，也是无法收听的。对于低数据率的情况，相对于 MP3 文件较小。但是 WMA 主要改善了极低数据率下高频信号的回放，在大于 128kbit/s 时与 MP3 相比并无优势。

5. AIF（AIF/AIFF）文件

AIFF 是音频交换文件格式（Audio Interchange File Format）的英文缩写，是 Apple 公司开发的一种声音文件格式，被 Macintosh 平台及其应用程序所支持，Netscape Navigator 浏览器中的 LiveAudio 也支持 AIFF 格式，SGI 及其他专业音频软件包也同样支持 AIFF 格式。AIFF 支持 16bit 44.1kHz 立体声。

6. Mid（MIDI）文件

MIDI 是乐器数字接口（Musical Instrument Digital Interface）的英文缩写，是数字音乐/电子合成乐器的统一国际标准。MIDI 本身并不能发出声音，它是一个协议，只包含用于产生特定声音的指令，而这些指令则包括调用何种 MIDI 设备的音色、声音的强弱及持续的时间等。计算机把这些指令交由声卡去合成相应的声音（如依指令发出钢琴声或小提琴声等）。相对于保存真实采样数据的声音文件，MIDI 文件显得更加紧凑，其文件的大小要比诸如 WAV 文件小得多。

关于 MIDI 文件的详细介绍见 2.3 节。

对于音频文件的编辑，包括剪辑、合成、制作特殊效果、增加混响等，一般是通过音频编辑软件来完成的。下面简单介绍几种常见音频编辑软件的使用方法。

2.2　常见音频编辑软件的使用

2.2.1　GoldWave

1. GoldWave 简介

GoldWave 是一个体积小巧而功能却比较完善的数字音乐编辑器，它可以对音频内容进行播放、录制、编辑以及转换格式等处理。可以使用它来创建音乐光盘、舞蹈曲目、网站的声音文件和 Windows 声效等。它的音频处理特效内含丰富，包括一般特效如多普勒、回声、混响、降噪到高级的公式计算等。下面以 GoldWave5.2 为例，介绍其使用方法。

首先介绍 GoldWave5.2 的工作界面：单击桌面上的 GoldWave 图标，或者在安装文件夹中双击 GoldWave 图标，就可以运行 GoldWave。第一次启动时会弹出一个错误提示对话框，单点"是"即可，自动生成一个当前用户的预置文件，如图 2-3 所示。

图 2-3　GoldWave 启动时弹出的错误提示对话框

接下来，进入工作界面。工作界面的构成及各部分名称如图 2-4 所示。

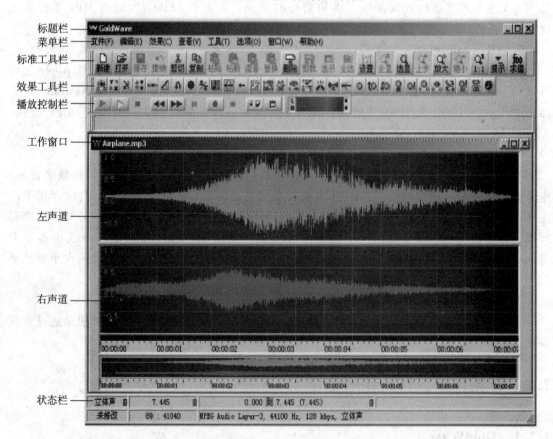

图 2-4　GoldWave 工作界面

其各部分说明如下：

（1）**标题栏**　用于显示正在编辑的声音对象的名称等。

（2）**菜单栏**　包括文件（File）、编辑（Edit）、效果（Effect）、查看（View）、工具（Tool）、选项（Options）、窗口（Window）和帮助（Help）8 个选项。用户可以单击选择这些菜单选项，从弹出的下拉菜单中选择相应的子命令，即可执行相应的功能。

（3）**标准工具栏**　如图 2-5 所示，从左到右依次是新建音频文件、打开音频文件、保存音频文件等常见的命令的快捷方式。

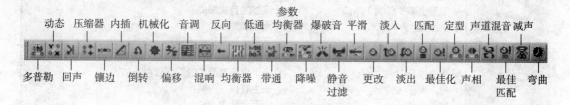

图 2-5 标准工具栏

（4）**效果工具栏** 如图 2-6 所示，用于填加音频处理特效，包括多普勒、回声、混响、降噪、淡入、减声等常用的音效的快捷方式。

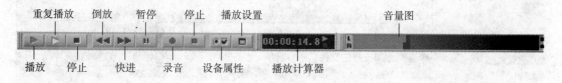

图 2-6 效果工具栏

（5）**播放控制栏** 如图 2-7 所示，它是用来控制播放的，并通过控制器属性，完成播放、录音、音量等完成录音等播放与录音参数的设置。

重复播放   倒放   暂停   停止   播放设置   音量图

播放   停止   快进   录音   设备属性   播放计算器

图 2-7 播放控制栏

（6）**左声道和右声道** 工作窗口内显示当前编辑的音频，其中左声道波形图和右声道波形图表示立体声信号的两个声道信息，可以直接修改波形图中的波形，从而达到编辑声音的目的。

（7）**状态栏** 状态栏用于显示当前编辑音频文件的文件类型、采样频率、时间长度、编辑区间的时间长度等信息。

2. GoldWave 对声音文件的操作

（1）打开已有的音频文件

1）单击工具栏上的"打开"按钮，在"查找范围"下拉列表内选择音频文件位置，然后在弹出的打开声音文件对话框中选择要打开的音乐文件，可单击右侧的试听按钮进行试听。若为所需打开的音频文件，选择"打开"按钮可打开音频文件，如图 2-8 所示。

2）打开文件后，会发现工作窗口内显示左右声道的音频，状态栏显示音乐的时间长度，同时右边的播放控制器也可以使用。在控制器中，绿色三角是播放按钮，蓝色方块是停止，下面的两道竖线是暂停，红色圆点是录音按钮；此时，若要播放音频可以单击一下绿色的播放按钮，工作窗口中出现一条移动的指针，表示当前播放的位置，而在控制器里则显示精确的时间。

（2）新建音频文件、保存音频文件 若需要获得外界的声音（如语音），可新建音频文件进行录音。先将送话器接到计算机上，然后做如下操作：

1）选择"菜单"中的"文件"|"新建"，弹出对话框，如图 2-9 所示。

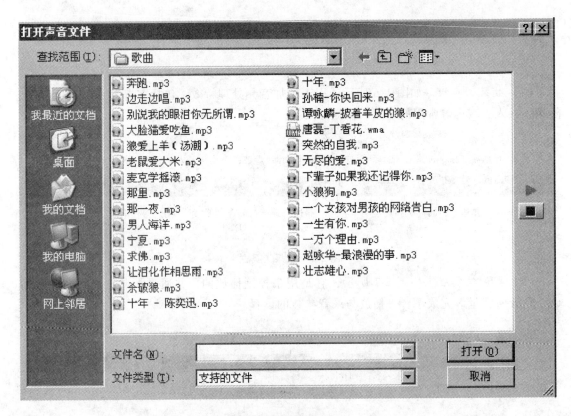

图 2-8　打开音频对话框

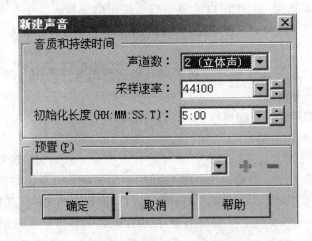

图 2-9　新建音频对话框

2）设定参数，选择确定，工作窗口变成新建空白文件界面，如图 2-10 所示。

3）选择"菜单"中的"选项"｜"控制器属性.."，弹出控制器属性对话框，选择"音量"选项卡，如图 2-11 所示。

在面板中间的输入设备中，选择下边的"麦克风"，打勾选中，也就是从送话器（麦克风）中录音，单击"确定"返回。

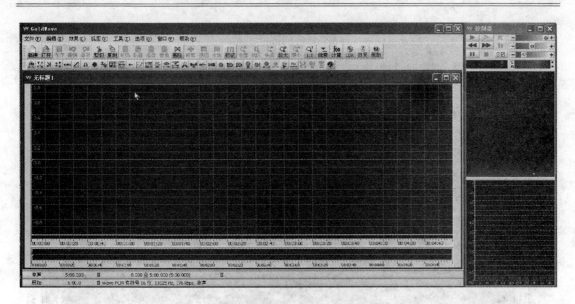

图 2-10　新建空白文件界面

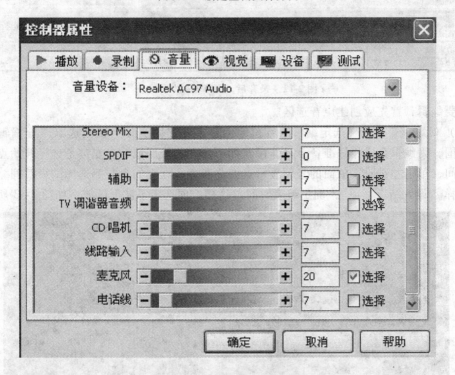

图 2-11　控制器属性对话框

4）单击红色圆点的"录音"按钮■，然后对着送话器录音。单击红色的方块按钮■，是停止，两条竖线是暂停录音■，如图 2-12 所示。

5）选择"菜单"中的"文件"|"另存为"，对文件命名，选择保存位置保存文件到文件夹。

3. GoldWave 声音文件的编辑

常见的文件编辑有复制声音片段、剪切声音片段、粘贴声音片段等。对于打开的音频文

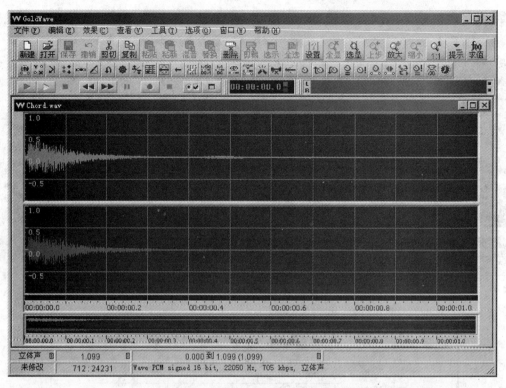

图 2-12　录音后 GoldWave 波形状态

件，若要编辑，首先应创建声音选区。

（1）创建声音选区（选定编辑区域）　　创建声音选区实际上就是选取声音编辑对象的编辑范围，为编辑合成作好准备。具体操作如下：在工作区域单击左键是选择开始点即选定开始时间，单击左键时，前面的音频显示就变为灰色；在起始点右侧选择结束时间，单击右键，选择"设置结束标记"，确定结束时间。这样，便选定了波形区域，如图 2-13 所示。

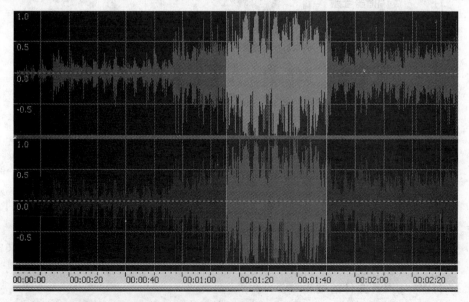

图 2-13　选定波形区域

（2）音频的复制　若需要复制这段音频，单击右键，选择复制，单击需粘贴的位置，选择"编辑/粘贴"将文件复制到对应位置。

其他如剪切声音、静音等，通过选择编辑菜单进行类似的操作。

4. 为声音添加特效

常见的特效有淡入淡出效果、回声效果、混响效果、音量调整、时间调整及音频合成等。现以淡入淡出效果为例，简述添加特效的实现过程。"淡入"和"淡出"是指声音的渐强和渐弱。淡入效果使声音从无到有、由弱到强。而淡出效果则正好相反，使声音逐渐消失。通常用于两段音乐（音频）的切换以及产生渐近渐远的音响效果等场合。

1）选定需要淡入部分（通常为音频开头部分），选择"效果"｜"音量"｜"淡入"，出现如图 2-14 所示对话框，在对话框中设定初始音量等参数后，选择确定。

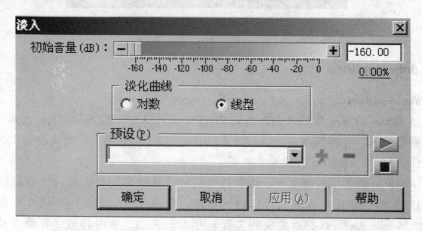

图 2-14　淡入对话框

2）选定需要淡出部分（通常为尾部分），然后选择菜单中"效果"｜"音量"｜"淡出"，出现如图 2-15 所示对话框，在对话框中设定最终音量等参数，选择确定。

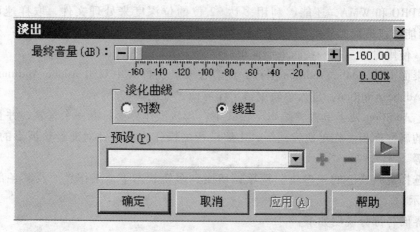

图 2-15　淡出对话框

一个经过两端设定淡入淡出音频的波形如图 2-16 所示。

除了以上功能以外，GoldWave 还有其他一些功能，限于篇幅这里就不多作阐述了。

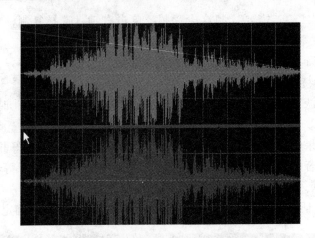

图 2-16　加入淡入淡出后的音频

2.2.2　Adobe Audition

1. Adobe Audition 简介

Adobe Audition 的前身为 Cool Edit Pro，2003 年 5 月 Adobe 向 Syntrillium 收购了 Cool Edit Pro 软件的核心技术，并将其改名为 Adobe Audition，版本号 1.0。后来又改为 1.5 版。2006 年 1 月 18 日，Adobe Audition 升级至 2.0 版。

Adobe Audition 提供了高级混音、编辑、控制和特效处理能力，是一个专业级的音频工具，允许用户编辑个性化的音频文件、创建循环、引进了 45 个以上的 DSP 特效以及高达 128 个音轨。Adobe Audition 拥有集成的多音轨和编辑视图、实时特效、环绕支持、分析工具、恢复特性和视频支持等功能，为音乐、视频、音频和声音设计专业人员提供全面集成的音频编辑和混音解决方案。Adobe Audition 提供了直观的、客户化的界面，允许用户删减和调整窗口的大小。Adobe Audition 广泛支持工业标准音频文件格式，包括 WAV、AIFF、MP3、MP3PRO 和 WMA，还能够利用多达 32 位的位深度来处理文件，取样速度超过 192 kHz，从而能够以最高品质的声音输出磁带、CD、DVD 音频。相对于 GoldWave，Audition 要强大得多，使用时也复杂一些。下面简单介绍一下 Adobe Audition2.0 的使用。

单击桌面上的 Adobe Audition 图标，或者在安装文件夹中双击 Adobe Audition 图标，就可以运行 Adobe Audition，进入单轨编辑工作界面，如图 2-17 所示。

此时，Audition 处于单轨"编辑"模式下。单轨操作界面只有一个音轨，并且没有针对这个音轨的属性面板。在单轨模式下，主要进行的操作内容是针对此音轨波形的效果处理、降噪处理等。

也可选择工具栏上的"多轨"选项，切换到多轨状态下，工作界面及其各部分名称如图 2-18 所示。

多轨界面各部分说明如下：

（1）标题栏　用于显示正在编辑的声音对象的名称等。

（2）菜单栏　包括文件、编辑、剪辑、查看、插入、效果、选项、窗口和帮助等 9 个选项。用户可以单击这些菜单选项，从弹出的下拉菜单中选择相应的子命令，即可执行相应的功能。

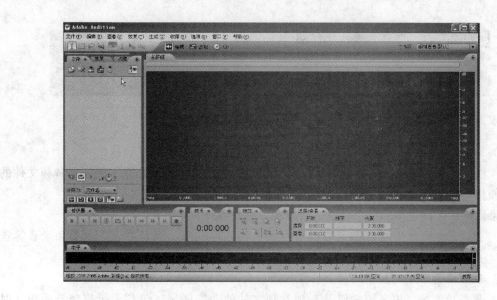

图 2-17　Adobe Audition2.0 单轨编辑界面

图 2-18　Adobe Audition2.0 多轨界面

（3）**工具栏**　如图 2-19 所示为工具栏，包括：时间选择面板、框择工具、索套选择工具、刷选工具，以及多轨下的混合工具、时间选择工具、移动/复制剪辑工具、刷选工具，还有进行视图切换的编辑、多轨、CD 视图切换工具。其各部分功能如下：

时间选择工具——以时间为单位进行音频范围的选择。

移动/复制剪辑工具——对多轨文件中的音频剪辑位置进行移动。

混合工具——混合工具通常使用于多轨状态下，它同时具有时间选择工具、移动工具等的特点。

编辑、多轨和 CD 工具：切换到编辑视图、多轨视图和 CD 视图。

图 2-19　工具栏

（4）文件/效果器列表栏

文件栏：可以对音轨显示区打开的波形文件以列表的方式显示出来，便于对音频文件的管理和操作。

效果器栏：可以直接对各个音轨进行处理，制作各种音频效果。

（5）音轨属性面板　对当前音轨的音量调节、相位调节、以及静音、独奏和录音等选项。

（6）波形显示窗口　显示当前声音文件所包含的不同音轨的声音波形。

（7）基本功能区　用来控制以及观测音频文件的功能区域，包括走带控制器面板、时间面板、缩放面板、选择/查看面板、工程属性面板，如图 2-20 所示。

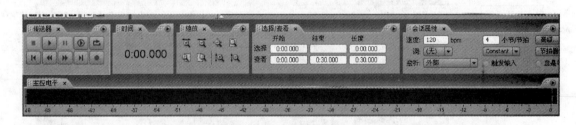

图 2-20　基本功能区

使用 Adobe Audition 进行数字音频编辑的一般经历以下 5 个步骤：

1）创建新的音频文件，这可通过录制声音或从 CD、视频文件中导入音频来完成。

2）为音频文件设置所需的参数。

3）单轨模式下（编辑模式下）对需要处理的各个音频文件进行单轨编辑和效果处理。

4）在多轨模式下，对多个音轨进行剪切、粘贴、合并、重叠声音等编辑。

5）保存或输入所编辑的音频文件。

下面简单介绍一下各功能的实现。

2. Audition 对声音文件的操作

（1）打开已有的音频文件　可通过多种方法来实现这一功能，具体方法如下：

1）"文件"｜"打开"，选择音频文件位置，在弹出的打开对话框中选择要打开的音乐文件，打开它，或通过在文件面板单击右键，选择"文件导入"命令可以向当前的声音工程中导入音频文件。如图 2-21 所示导入后，在文件面板中就出现了音频文件的名称。编辑或处理，只要将这个文件从文件面板中直接拖放到音轨中即可。

如果在多轨状态下导入文件，则可以通过"插入"菜单下的"音频"，就可以选择文件夹和文件了，然后会直接导入文件，出现如图 2-22 所示"读取数据"状态。

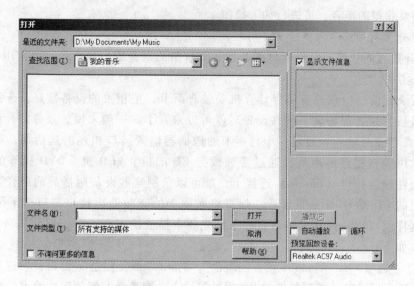

图 2-21　打开音频文件对话框

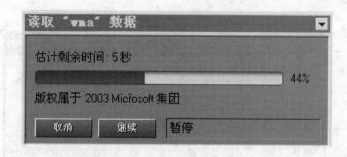

图 2-22　"读取数据"状态图

　　如果出现导入不成功的情况，原因是音频格式为不支持的格式，或者虽然格式正确，但是采样率为 Audition 所不兼容。

　　2）打开文件后，如图 2-23 所示。

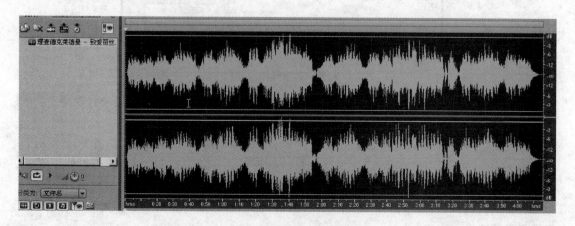

图 2-23　导入后的波形文件

如果需要获得的声音，可进行如下操作。

（2）声音素材的获取与声音文件的转换

1）声音素材的获取：声音素材可以是一段录制的语音或一段音乐，可使用 Audition 的录音功能来实现。

在进行录音前，应该检查确保计算机安装有声卡，把相关的设备接好，选择好录音的音源。在进行完录音前的软、硬件设置后就可以录音了。一般来说，录音的音源可以是送话器、CD 或者线路输入。通过一个与声卡的送话器输入接口相连的送话器，可以录制人的语音、歌声等自然界的声音。通过音频线把 CD 唱机、VCD 机、DVD 机等的输出接口与声卡的线性输入接口（line in）连接上，就可以录制这些设备所播放的声音了。如果是用计算机上的 CD 或 DVD 光驱录音，则需将光驱上的音频输出接口与声卡上的 CD IN 接口相连，这样就可以在计算机内部直接录制光驱中播放的声音。下面以使用 Audition 录音的主要操作如下：

① 选择"选项"｜"Windows 录音控制台"，打开"录音控制"窗口，勾选"麦克风"，说明此时音源为送话器。若选择通过 CD 唱机等输入，则选择左侧的线性输入。如图 2-24 所示。

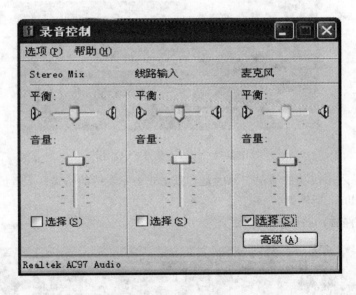

图 2-24 录音控制对话框

② 使用"文件"｜"新建"命令打开"新建波形"对话框窗口，设置录音参数，如图 2-25 所示。

③ 单击传送器上的录音按钮，开始录音。录音结束，单击停止按钮。如图 2-26 所示。

④ 选择"文件"｜"另存为"，保存录制的声音文件。保存文件的时候，可以使用 MP3、WMA 等压缩格式来存储你的作品，以便发布到网络上或本地存档。

2）声音文件的转换：选择"文件"｜"另存为"，选择所需的"保存类型"保存就可完成相应的转换。

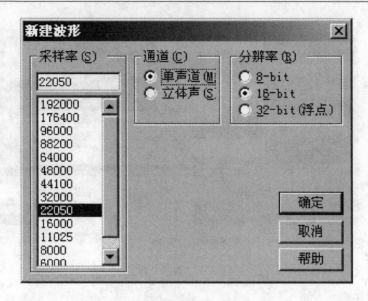

图 2-25　新建波形对话框

图 2-26　传送器

3. 使用 Adobe Audition 编辑声音

一般而言，录制的声音或者收集到的素材无法直接使用，需要进行编辑。Audition2.0 提供了单音轨文件编辑和多音轨编辑。常用的音频编辑方法主要是对音频波形进行裁剪、合并、锁定、编组、删除、复制以及对音频进行包络编辑和时间伸缩编辑。音频编辑工作通常是在单轨编辑模式窗口中进行的，所以在进行音频编辑时需进行多轨视图与编辑视图的切换。若要切换到单轨编辑模式，可在 ![编辑][多轨][CD] 里面单击进行切换。切换到"编辑模式"要在"文件面板"里选中要编辑的音频文件，然后再单击"编辑"，不然默认编辑文件面板里面第一个文件。而切换到"多轨模式"则不用选任何文件，直接单击即可。也可以在多轨模式中双击某个音轨的音频波形，进入相应音频的单轨编辑界面。进而可通过录音或导入音频文件获取所需编辑声音素材，从而可进行相应的编辑。

（1）裁剪（剪切）音频　先用时间选择工具选取波形，在工具栏中按下 ![I] 工具按钮，然后在波形显示面板中拖动鼠标，选中需要进行裁剪的音频区域，单击鼠标右键，在快捷菜单中选择"剪切"命令。若要选择整个波形，可在波形区双击选择整个显示窗口的波形。如图 2-27 所示。

（2）复制　选中需要复制的区域范围后，单击鼠标右键，在快捷菜单中选择"复制"进行复制，然后将位置指针移动到需要粘贴的位置，单击鼠标右键，在快捷菜单中选择

图 2-27　剪切音频

"粘贴"实现粘贴。

（3）删除　选中需要删除的区域范围后，单击鼠标右键，在编辑菜单中选择"删除所选"命令可实现删除。剪切、复制、粘贴等可通过快捷键来实现，其对应关系与 Windows 文件操作类似。剪切——"Ctrl + X"、复制——"Ctrl + C"、删除——"Del"、粘贴——"Ctrl + V"、恢复操作——"Ctrl + Z"。

（4）添加音频特效　在 Audition2.0 的效果菜单中提供了 10 多种常用音频特效的命令。一般添加音效的过程如下：

首先根据需要在菜单中选择相应效果种类，然后调整参数或调用预置参数，最后试听效果，若满意则可保存。

例如，添加淡入淡出效果。可通过选择所需添加音效的音频，然后选择"效果/幅度"中选择"放大/淡化"，选择"淡化"中的"淡入"来完成淡入效果设定。同样，若添加淡出效果，可通过选择所需添加音效的音频，然后选择"效果/幅度"中选择"放大/淡化"，选择"淡化"中的"淡出"来完成。

也可通过选择文件/效果器列表栏中的效果选项，在下拉效果列表中选择所添加效果的类型，展开后选择所需的效果。Audition2.0 提供了多种效果器。主要有 EQ 均衡器、压缩器/限制器、混响效果器、延迟效果器、合唱效果器等。其中 EQ（Equalizer）均衡器是一个可以对音频各个频段进行增益或者衰减的工具。压缩器（或限制器）主要是对声音信号的动态进行压缩，它可以对声音的振幅进行控制，还可以改变输入增益等，压限效果处理能对高音部分的声音效果进行限制。混响效果器可将干涩的声音处理为在空旷的房间中具有多次反射回响的特殊效果。延迟效果器可以使单薄的声音变得厚实丰满。合唱效果器可将人声处理为合唱效果，如图 2-28 所示。

（5）降噪　由于录音环境中的走路声、扫地声、远处的人声等声音影响录制声音的质量，所以一般要做降噪处理。降噪处理的目的是为了降低噪声对于声音的干扰，使声音更加清晰，音质更加完美。

降噪主要分为两步，采集噪声文件和降噪。降噪之前一定要进行标准化操作，因为只有经过了标准化操作后，音频得到充分的放大，才有可能降低那些很微小的噪声。

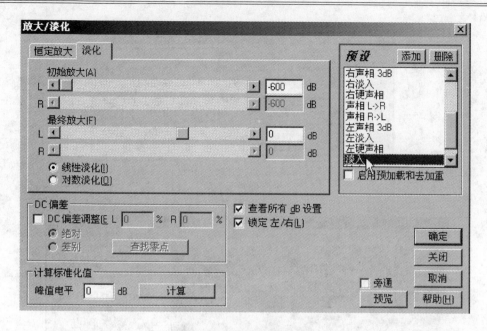

图 2-28　放大/淡化对话框

标准化操作：首先是整个文件波形的选取。可以在轨道上用右键选择"整个波形"。然后选择"文件/效果器"列表栏中的"效果"选项，选择"幅度"展开后选择"标准化（处理）"，接着在弹出菜单上，选择"分贝格式"复选框，最后输入所需标准化的程度值，如图 2-29 所示。

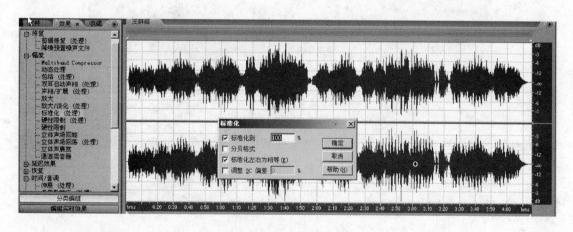

图 2-29　标准化界面

之后就可以开始降噪的过程了，先进行噪声预置文件的采集。

噪声预置文件的采集：首先选择一段纯噪声区域，然后选择"效果器栏"栏里面的"修复"菜单下的"降噪预置噪声文件"，如图 2-30 所示。

降噪：噪声采集完成后，再次选择所有波形。单击效果栏里面的"恢复/降噪"，弹出一个对话框，在这个对话框里面，降噪电平的滑块和"降为××分贝"后面的数值可以自己边预览边调节，直至调到自己满意的程度，其他参数可用默认值，弹出如图 2-31 所示对话框。

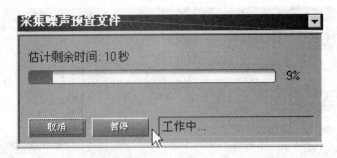

图 2-30 采集噪声预置文件过程

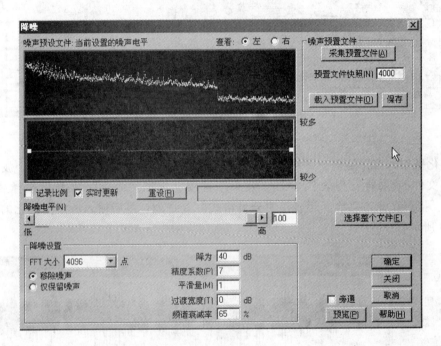

图 2-31 降噪对话框

若预览的同时选择了"旁通",可以把未处理的声音同将要处理成的效果之间对比试听,最后对于已经降噪好的文件进行保存。

2.3 音乐合成与 MIDI

2.3.1 音乐合成

使用电子元器件(计算机)生成音乐的技术称为电子音乐合成。电子音乐合成器又称为"魔音琴"。电子音乐合成方法分为两大类:模拟合成法和数字合成法。

1. 模拟合成法

在模拟合成法中,电子乐器中采用的是模拟式电子合成器。它是通过对振荡器的控制来实现的,电压控制振荡器是通过改变电压大小控制振荡频率的电子电路(VCO),而由此产生的振荡信号还需要再加入调制信号来进行各种乐器效果,然后由电压控制放大器(VCA)

来完成对音量的控制。同时为了使得模拟合成器具备真实乐器的特性，通常要通过包络（或波封）来控制 VCO 的幅度特性。乐音合成器的先驱 Robert Moog 采用了模拟电子器件生成了复杂的乐音。模拟合成法分为两种：

1）减法合成器：用复杂的波形作为样本，然后按照要产生声音的波形的频率情况，即目标波形的要求，把样本波形中的一些频率滤除，从而产生不同的目标波形。早期的模拟电子合成器中有很大一部分是由减法合成器产生声音的。

2）加法合成器：同减法合成器相比，加法合成更为复杂。它首先由基本波形出发，然后按照目标波形的要求把不同频率的泛音加入基本波形，产生声波的和谐共振，从而产生不同的音色。

2. 数字合成法

数字合成法包括 FM 频率调制合成法和乐音样本合成法（波表合成法）。数字合成法是现在用得比较多的方法。下面对两种方法简单加以介绍：

1）频率调制（FM）合成法：数字 FM 合成法是由斯坦福大学开发出来的一种数字式电子合成器方法。它利用乐器音色合成的方法产生声音，具体方法是对多种乐器发出的声音波形的频率、振幅进行采样，再经过波形产生器及累加器组合成所需的声音。FM 合成法的发明使合成音乐工业发生了一次革命。这种方式由于需经过许多振荡器来实现，如果振荡器数目过少，发出来的声音就会非常单调，有明显的电子合成感。为了降低成本，很多早期低档 FM 音效卡只使用几个振荡器来进行 FM 合成，音质非常差。现在这种音频合成方式已逐渐被淘汰。

2）乐音样本合成法：乐音样本合成法是把真实乐器发出的声音以数字的形式记录下来，播放时靠声卡上的微处理器或 PC 系统的 CPU 经过调整、修饰和放大，生成各种音阶的音符。乐音样本通常放在 ROM 芯片上，播放时以查表的方式给出，所以这种合成器又叫做波表（Wave Table）合成器。由于它采用的是真实乐器的采样，所以效果自然要好于 FM。一般波表的乐器声音信息都以 44.1kHz、16Bit 的精度录制，以达到最真实回放效果。根据取样文件放置位置和由专用微处理器或 CPU 来处理的不同，波表合成又常被分为软波表和硬波表。

例如创新的 Sound Blaster AWE32 是第一块广为流行的波表声卡。该卡采用了 EMU8000 波表处理芯片，提供 16 位 MIDI 通道和 32 位的复音效果。波表合成的声音比 FM 合成的声音更为丰富和真实，但由于需要额外的存储器存储音色库，因此成本也较高。而且音色库越大，所需的存储器就越多，相应的成本也就越高。

2.3.2　MIDI

从 20 世纪 80 年代初期开始，MIDI 已经逐步被音乐家和作曲家广泛接受和使用。音乐编导可以用 MIDI 功能辅助音乐创作，或按 MIDI 标准生成音乐数据传播媒介，或直接进行乐曲演奏。

MIDI（Musical Instrument Digital Interface）即"电子乐器数字接口"，是用于在音乐合成器（Music Synthesizers）、乐器（Musical Instruments）和计算机之间交换音乐信息的一种标准协议。MIDI 使得计算机、合成器、声卡以及电子乐器能互相控制、交换信息。

MIDI 是将数字式电子乐器的弹奏过程记录下来，它只包含用于产生特定声音的指令。这些指令指示电子音乐合成器要做什么、怎么做（如演奏某个音符、加大音量、生成音响效果）计算机把这些指令交由音频卡去合成相应的声音，根据记录的乐谱指令，通过音乐合成器生成音乐声波，经放大后由扬声器播出。MIDI 实质上是由 MIDI 控制器（或 MIDI 文件）的一套标准指令。所以 MIDI 不是声音信号，而是动作指令。

可通过 MIDI 系统产生与播放 MIDI 音乐，MIDI 系统主要由音乐合成器、音源、音频接口以及其他设备如录音设备、监听设备、音响功放等组成。一个简单的 MIDI 系统如图 2-32 所示。

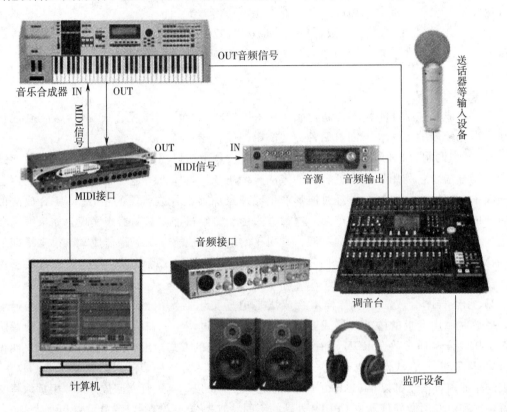

图 2-32　一个简单的 MIDI 系统

音乐合成器：解释 MIDI 消息并产生音乐。含有键盘、音色和音序器。其中比较重要的是音序器（Sequencer），也叫编曲机，它是 MIDI 系统核心部分。音序器可将演奏者实时演奏的音符、节奏信息以及各种表情控制信息，如速度、触键力度、颤音以及音色变化等以数字方式，在计算机时钟的基础上，按时间或节拍顺序记录下来，然后对记录下来的信息进行修改编辑，经过编辑修改的演奏信息在任意时刻都可以发送给音源，音源即可自动演奏播放。属于不同声部的演奏信息可被音序器记录在不同的 MIDI 通道中，通过音源，音序器可将所有 MIDI 通道中的演奏信息同时自动播放演奏。音序器既可以是硬件（比较著名的有雅马哈和 Roland 等。图 2-33 中所示为音序器为 Yamaha QY100），也可以通过软件方

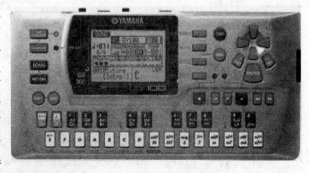

图 2-33　音序器 Yamaha QY100

式实现。

目前多采用以音序器软件为核心的计算机个人音乐系统，使原来需要由多人才能完成的工作只需一个人即可完成，记录音乐的方式也由原来的乐谱变成了 MIDI 文件，音乐作品也可以任意地进行编辑修改。常用的音序器软件有如：Cakewalk Sonar、MIDIsoft Studio、Cakewalk 以及 MIDIGraphy 等。它们是 MIDI 作曲和配器系统的核心部分。

音源：也分硬件和软件两种。硬音源，通常指声卡本身把音色库集成在芯片上，回放时直接播放，基本不占用系统资源（比如 CPU）。它的优点是速度快，没有延迟。现在的中档声卡可以满足普通人欣赏和制作 MIDI 音乐的需要。另一种硬件音源是音源卡，它可以提供比任何一块声卡上的波表都要好很多的音色，这些独立音源基本上是专业人士使用的，常见的型号有 Roland JV1080，JV2080 和 Yamaha MU100R 等。软音源就是独立于硬件，由软件计算产生声音的回放。软件音源也是随着计算机的高速发展而产生的，它们也必须安装在计算机上才能使用。大家熟悉的软音源有：YAMAHA XG 系列：如 Yamaha S-YXG100；ROLAND GS 系列：如 Roland VSC88 等。图 2-32 所示的 MIDI 系统实际上是一个小型的个人音乐工作室，其余部分就不一一介绍了。

MIDI 的特点：由于 MIDI 只是记录音乐信息的数字代码，所以生成的文件比较小，便于传播，也便于编辑修改。MIDI 音乐常作为背景音乐。与 MP3、WAV 等音频格式不同的是 MIDI 的播放质量很大程度上取决于硬件或软件的音源环境，也就是说同样的 MIDI 文件在不同的计算机上可能有非常明显的效果差别，究其原因是因为它们调用的波表音色库不一样。

MIDI 三个标准：由于早期的 MIDI 设备在乐器的音色排列上没有统一的标准，造成不同型号的设备回放同一首乐曲时也会出现音色偏差。为了避免这一问题，产生了 GS、GM 和 XG 这类音色排列方式的标准。ROLAND 公司于 1990 年制定出称为 GS 的标准，它完整地定义了 128 种乐器的统一排列方式，并规定了 MIDI 设备的最大复音数不可少于 24 个等详尽的规范。

1991 年，在 GS 标准基础上制定出 GM 标准，主要规定了音色排列、同时发音数和鼓组的键位，而把 GS 标准中重要的音色编辑和音色选择部分去掉了。GM 的音色排列方式基本上沿袭了 GS 标准，只是在名称上进行了无关痛痒的修改，如把 GS 的 Piano 1 改名为 Acoustic Grand Piano 等。Yamaha 于 1994 年 9 月提出了自己的音源标准——XG。XG 同样在兼容 GM 的基础上做了大幅度的扩展，如加入了"音色编辑"和"音色选择"功能，在每一个 XG 音色上可以叠加若干种音色。

2.4 语音识别

2.4.1 语音识别的发展与应用

人的表达方式有多种，其中语音是最迅速、最常用和最自然的一种。让人们与"机器"也通过语言进行信息交流，则是科学家们多年来一直探索的领域。早在 20 世纪 70 年代，国外就开始致力于语音识别技术的研究。80 年代末期，由 CMU 推出的 SPHINX 系统，首先克服了语音识别中非特定人、连续语音、大词汇量三大难题，被世界公认为语音识别技术发展中的一个里程碑。1994 年 CMU 又推出了 SPHINXII 系统。1997 年 9 月，IBM 推出了 Via-

Voice 中文连续语音识别系统。经过多年的探索，语音识别技术经历了从最初的特定人、小词汇量、非连续、非独立扬声器的语音识别到今天的非特定人、大词汇量、连续、独立扬声器的语音识别的发展历程，而且识别速度和准确率都有极大提高。随着计算机科学和应用的飞速发展，语音技术已日益广泛地应用于实际中。例如 Bell 实验室开发语音识别服务系统，在电话业务中得到了较好的应用。在日本，NTT 公司开发的 ANSER 系统，已经用于银行服务系统。

2.4.2　语音识别技术的基本原理

　　语音识别以语音为研究对象，它是语音信号处理的一个重要研究方向，是模式识别的一个分支，涉及到生理学、心理学、语言学、计算机科学以及信号处理等诸多领域，甚至还涉及到人的体态语言（如人在说话时的表情、手势等行为动作可帮助对方理解），其最终目标是实现人与机器进行自然语言通信。

　　目前语音识别的主要应用是通过 TTS（Text-to-Speech，文本—语音转换器）和 SR（Speech Recognition，语音识别器）实现的。TTS 和 SR 是为应用开发者增加的两个用户接口设备，开发者可将 TTS 和 SR 加入到应用程序中。文语转换（Text-to-Speech）是将文本形式的信息转换成自然语音的一种技术，其最终目标是力图使计算机能够以清晰自然的声音，以各种各样的语言，甚至以各种各样的情绪来朗读任意的文本，也就是说，要使计算机具有像人一样、甚至比人更强的说话能力。因而它是一个十分复杂的问题，涉及到语言学、韵律学、语音学、自然语言处理、信号处理、人工智能等诸多的学科。一个简单的 TTS 系统的处理流程及其各部分的功能如图 2-34 所示。

　　　语音应用程序　　　　语音合成引擎　　　　声卡　　　　扬声器

图 2-34　一个简单的 TTS 系统的处理流程

　　1）语音应用程序：在这一部分通过应用程序把语言以纯文本的形式输出。

　　2）语音合成引擎：通过语音合成引擎将文本转换为音素和韵律符号，生成连续的数字音频。

　　3）声卡：声卡将数字音频转换为声音信号，经由扬声器播放。

　　语音识别属于模式识别，它与人的认知过程一样，语音识别分为训练和识别两个过程。在训练阶段，语音识别系统对人类的语言进行学习，学习结束把学习内容组成语音库存储起来；在识别阶段就可以把人们当前输入的语音在语音库中查找相应的词义或语义。从信号处理的角度来看，任何一个语音识别系统都可以如图 2-35 来表示。

　　可以看出语音识别系统实质上是一种模式识别系统，它与常规模式识别系统一样，包括特征提取、模式匹配以及参考模式库等三个基本单元。语音识别所应用的模式匹配和模型训练技术主要有动态时间归正技术（DTW）、隐马尔可夫模型（HMM）和人工神经元网络（ANN）。语音识别的方法主要以所采用模型的不同来区分。

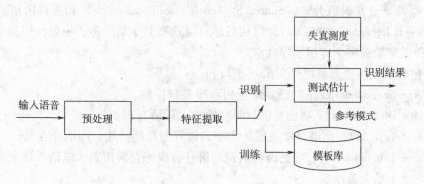

图 2-35　语音识别系统原理框图

2.4.3　语音开发平台 Microsoft Speech SDK 简介

语音识别与语音合成这两项技术很复杂,需要相关的语音引擎(speech engine)来支持。而许多软件厂商都有自己的语音识别引擎,这些引擎之间并不兼容,如果一个软件要使用语音功能,开发者必须得从众多的语音引擎中挑选一个来使用。如果将来想要换一个语音引擎,就必须为新引擎重新改写程序,为了解决这个问题,微软公司推出了一组新的 API——Speech API(SAPI)。微软希望这组 API 能够成为业界标准,让软件设计者利用此 API 编写语音软件。Speech API 结构在应用软件与语音引擎之间,隔离了应用软件与语音引擎之间的联系,使得语音引擎的更换不会影响到原有应用程序的运行。SAPI 只提供了一系列接口,它本身并不能做任何事情,因此 API 编写的程序还需要语音引擎的支持才能运行。于是微软在此基础上推出了 Speech SDK 这个开发工具,帮助软件开发人员轻而易举地能使自己的程序能说又能听。这个语音引擎既能够朗读和识别英文,也能朗读和识别其他的语言,包括中文。

微软的 Speech SDK 5.1 是微软视窗环境的开发工具包。它也是采用 COM 标准开发,底层协议都以 COM 组件的形式独立于应用程序层。因此,我们在实现语音合成软件的时候,只需考虑系统的功能实现和页面控制,不用考虑复杂的语音技术的实现算法。

这个 SDK 中含有语音应用设计接口(SAPI)、微软的连续语音识别引擎(MCSR)以及微软的串联语音合成(又称语音到文本(TTS))引擎等等。语音引擎通过 DDI 层(设备驱动接口)和 SAPI 进行交互,应用程序通过 API 层和 SAPI 通信。通过使用这些 API,用户可以快速开发在语音识别或语音合成方面应用程序。SAPI 最基本的语音引擎为 Text-To-Speech(TTS),TTS 通过合成声音来朗读文本字符串和文本文件。SAPI 的结构如图 2-36 所示。

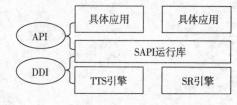

图 2-36　SAPI 的结构

Speech API 本身分两层结构,高级对象及低级对象;高级对象为编程者提供较高级的接口形式,使得编制程序很容易,而低级对象则为编程者提供了较低级的控制方式,可以更灵活地控制语音引擎,但也使得编制程序变得较为复杂。

Speech API 只提供一系列接口,它本身并不能做任何事情,以此 API 编写的程序还需要语音引擎的支持才能运行。Microsoft Speech SDK 提供了两种不同的语音识别引擎(ISpRecognizer），即共享语音识别引擎（Shared Speech Recognition Engine）和进程内语音识别引擎（InProc Speech Recognition Engine）。应用程序可以选择其中的一种，一般使用共享语音识别引擎，这种引擎能被多个应用程序共享。

SAPI 包括以下一些高级组件对象（接口）：

1）Voice Commands API：功能是对应用程序进行控制。

2）Voice Dictation API：功能是进行听写输入，即语音识别。

3）Voice Text API：此组对象完成从文字到语音的转换功能，即语音合成。

4）Voice Telephone API：它把语音识别和语音合成综合利用到了电话系统上，可利用此对象建立一个电话应答系统。

5）Audio Objects API：主要封装了计算机的发音系统。

SAPI 是架构在 COM（Component Object Model）组件基础之上，用对象的方式提供编程接口。

本 章 小 结

本章内容介绍了声音原理及声音处理的相关知识，包括声音的数字化、音频文件的存储格式。另外本章还详细讲解了声音处理工具 GoldWave 和 Adobe Audition 在处理音频上的多方面应用，由于篇幅有限，对于这两款软件中的很多其他功能未能全面介绍，希望读者能在今后的使用中更深入地了解这两个功能强大的音频编辑工具。

思 考 题

2-1　简述声音数字化的过程。

2-2　简述 MIDI 的优缺点。

2-3　说明常见的声音文件的格式，并说明它们各自的特点。

2-4　简述声音的三要素。

第 3 章　图像技术及 Photoshop 应用基础

图像作为人类获取和交换信息的主要媒介，被广泛应用于航空航天、生物医学工程、工业检测、机器人视觉、公安司法、军事制导、文化艺术等各个领域。计算机图像处理就是通过计算机先将一般图像数据转换成计算机所识别的"0"和"1"数据信号，并以矩阵方式记录在计算机中，再根据特定目的作后续处理。本章将就图像处理上涉及到的基本知识作相应的介绍，并通过举例，展示图像处理领域中的优秀软件 Photoshop 所能完成的效果以及相关使用方法。

3.1　色彩简介

色彩是客观存在的物质现象，是光刺激眼睛所引起的一种视觉感。它是由光线、物体和眼睛三个感知色彩的条件构成的。缺少任何一个条件，人们都无法准确地感受色彩。色彩可分为无彩色和有彩色两大类，前者如黑、白、灰，后者如红、黄、蓝等七彩。有彩色就是具备光谱上的某种或某些色相，统称为彩调。与此相反，无彩色就没有彩调。

3.1.1　像素

"像素"（Pixel）是由 Picture（图像）和 Element（元素）这两个单词中的字母拼组成的，是用来计算数码影像的一种单位，如同摄影的相片一样，数码影像也具有连续性的浓淡阶调，我们若把影像放大数倍，会发现这些连续色调其实是由许多色彩相近的小方点所组成，这些小方点就是构成影像的最小单位——"像素"（Pixel）。这种最小的图形的单元在屏幕上通常显示为单个的染色点。越高位的像素，其拥有的色板也就越丰富，越能表达颜色的真实感。图 3-1 所示的为放大了 32 倍的一张图片中的一小部分，每个小方格就是一个像素。

图 3-1　放大后的图片

像素可以用一个数表示，譬如一个"3 兆像素"数码相机，它有额定三百万像素，或者用一对数字表示，例如"640×480 像素"显示器，它有横向 640 像素和纵向 480 像素（就像 VGA 显示器那样），因此，其总数为 640 × 480 像素 = 307200 像素。数字化图像的彩色采样点（例如网页中常用的 JPG 文件）也称为像素。这些像素是否和屏幕像素有一一对应关系，要取决于计算机显示器。在这种区别很明显的场合，图像文件中的点更接近纹理元素。

3.1.2　色彩模式

色彩模式是指图片颜色显示的方式。由于成色原理的不同，决定了显示器、投影仪、扫描仪这类靠色光直接合成颜色的颜色设备和打印机、印刷机这类靠使用颜料的印刷设备在生成颜色方式上是存在区别的。

一般说来，常用的色彩模式有以下几种：

（1）RGB 模式　RGB 即红（Red）、绿（Green）、蓝（Blue）三原色的简称，其中 R、G、B 的每个数值都位于 0 ~ 255 之间，如图 3-2a 所示。RGB 色彩模式是最基础、最重要的色彩模式。只要在计算机屏幕上显示的图像，就一定是采用 RGB 模式，因为显示器的物理结构就是遵循 RGB 模式的。RGB 模式适用于显示器、投影仪、扫描仪、数码相机等多种设备。

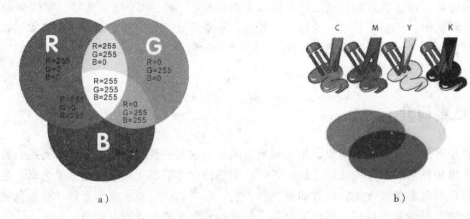

图 3-2　RGB 模式与 CMYK 模式
a）RGB 模式　b）CMYK 模式

（2）CMYK 模式　适用于打印机、印刷机等。是用青色（C）、洋红色（M）、黄色（Y）以及黑色（K）的叠加实现色彩显示，如图 3-2b 所示。CMYK 也称做印刷色彩模式，顾名思义就是用来印刷的。只要在屏幕上显示的图像，就是 RGB 模式表现的；而只要是在印刷品上看到的图像，就是 CMYK 模式表现的，比如期刊、杂志、报纸、宣传画等，都是印刷出来的，因此它们都是采用 CMYK 模式的。

（3）LAB 模式　模式由三个通道组成，其中一个通道是亮度，即 L，另外两个是色彩通道，分别用 A 和 B 来表示。A 通道包括的颜色是从深绿色（低亮度值）到灰色（中亮度值）再到亮粉红色（高亮度值）；B 通道则是从亮蓝色（低亮度值）到灰色（中亮度值）再到黄色（高亮度值）。在 LAB 模式下，色彩混合后将产生明亮的色彩。这种模式是由国际照明委员会（CIE）于 1976 年公布的。

（4）HSB 模式　在 HSB 模式中，H 表示色相，S 表示饱和度，B 表示亮度。色相：是纯色，即组成可见光谱的单色。饱和度：亦称彩度，表示色彩的纯度，为 0 时为灰色，白、黑和其他灰色色彩都没有饱和度。亮度：是色彩的明亮度，为 0 时即为黑色。

（5）Indexed 模式　Indexed 模式就是索引颜色模式，也叫做映射颜色。在这种模式下，只能存储一个 8bit 色彩深度的文件，即最多 256 种颜色，而且颜色都是预先定义好的。这种色彩模式在进行滤镜处理时效果不太好，但由于其文件存储空间小，因此多用于多媒体制作和互联网。

（6）GrayScale 模式　GrayScale 模式中只存在灰度，这种模式包括从黑色到白色之间的 256 种不同深浅的灰色调。在灰度文件中，图像的色彩饱和度为 0，亮度是唯一能够影响灰度图像的选项。当一个彩色文件被转换为灰度文件时，所有的颜色信息都将从文件中去掉。Photoshop 允许将一个灰度文件转换为彩色模式文件，但不能够将原来的色彩丝毫不变地恢复回来。

（7）Bitmap 模式　Bitmap 模式即黑白位图模式，它是只有黑色和白色两种像素所组成的图像。需要注意的是，只有灰度图像或多通道图像才能被转化为 Bitmap 模式，当图像转换到 Bitmap 模式后，无法进行其他编辑，甚至不能复原灰度模式时的图像。

（8）Duotone 双色套模式　Duotone 双色套模式用一种灰度油墨或彩色油墨在渲染一个灰度图像，为双色套印或同色浓淡套印模式。

在 Photoshop 中，了解模式的概念是很重要的，因为色彩模式决定显示和打印电子图像的色彩模型（简单说色彩模型是用于表现颜色的一种数学算法），即一副电子图像用什么样的方式在计算机中显示或打印输出。常见的色彩模式包括位图模式、灰度模式、双色调模式、HSB（表示色相、饱和度、亮度）模式、RGB（表示红、绿、蓝）模式、CMYK（表示青、洋红、黄、黑）模式、LAB 模式、索引色模式、多通道模式以及 8bit/16bit 模式，每种模式的图像描述和重现色彩的原理及所能显示的颜色数量是不同的。

色彩模式除确定图像中能显示的颜色数之外，还影响图像的通道数和文件大小。这里提到的通道也是 Photoshop 中的一个重要概念，每个 Photoshop 图像具有一个或多个通道，每个通道都存放着图像中颜色元素的信息。图像中默认的颜色通道数取决于其色彩模式。例如，CMYK 图像至少有四个通道，分别代表青、洋红、黄和黑色信息。除了这些默认颜色通道外，还可以将叫做 alpha 通道的额外通道添加到图像中，以便将所选区域作为蒙板存放和编辑，并且可添加专色通道。一个图像有时多达 24 个通道，默认情况下，位图模式、灰度双色调和索引色图像中仍一个通道；RGB 和 LAB 图像有三个通道；CMYK 图像有四个通道。

3.1.3　色光混合

日常生活中人们所看到的颜色与光泽通常都是通过色光混合后反映到眼中的。色光混合分为加光混合、减光混合与中性混合三个类型。

1. 加光混合

将光源体辐射的光线投照到一处，可以产生出新的色光，如图 3-3a 所示。

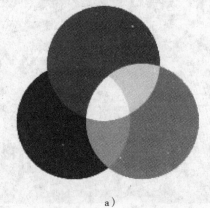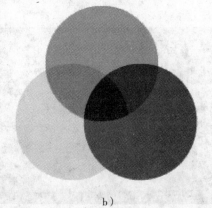

a）　　　　　　　　　　　　　　　　　　b）

图 3-3　不同的色光混合模式

a）加光混合　b）减光混合

例如面前一堵石灰墙，在黑暗中没有光照时，眼睛看不到它。墙面只被红光照亮时呈红色、只被绿光照亮时呈绿色、红绿光同时照的墙面则呈黄色，而这黄色的色相与纯度便在红绿色之间，其亮度高于红、也高于绿，接近红绿亮度之和，由于投照光混合之后变亮了，所以称为加光混合。

2. 减光混合

指不能发光，却能将照来的光吸掉一部分，将剩下的光反射出去的色料的混合。如图 3-3b 所示，色料不同，吸收色光的波长与亮度的能力也不同。色料混合之后形成的新色料，一般都能增强吸光的能力，削弱反光的亮度。在投照光不变的条件下，新色料的反光能力低于混合前的色料的反光能力的平均数，因此，新色料的明度降低了，纯度也降低了，所以称为减光混合。

3. 中性混合

指混成色彩既没有提高，也没有降低的色彩混合。

中性混合主要有色盘旋转混合与空间视觉混合。把红、橙、黄、绿、蓝、紫等色料等量地涂在圆盘上，旋转圆盘即呈浅蓝色。把品红、黄、青涂上，或者把品红与绿、黄与蓝紫、橙与青等互补上色，只要比例适当，都能呈浅灰色。

把不同色彩的以点、线、网、小块面等形状交错杂陈地画在纸上，离开一段距离就能看到空间混合出来的新色。印象派就遵循这个规律，创作了不少点彩油画。这些画面的色彩很明亮，阳光感和空气感均表现得很好。近代和现代的网点印刷，就是利用了色彩空间混合的原理，借助大小疏密不一的极小的原色点，混合出极丰富而真实感极强的色彩。如图 3-4 所示，便是点彩派的代表人物之一修拉的一幅作品。装饰色彩也可以借助空间混合的原理，用少量的色混出较多的色，以此来丰富设计的色彩，增强作品的力量。古代的镶嵌画便是先例，如图 3-5 所示，为布拉格古老教堂里的彩色玻璃装饰镶嵌画。

图 3-4　点彩派画家修拉的《安涅尔浴场》　　　　图 3-5　布拉格古老教堂的彩色玻璃镶嵌画

3.1.4　计算机色彩显示

计算机色彩的显示，主要是指显示器的色彩显示。当前广泛应用的显示器主要有 LCD 显示器和 CRT 显示器两种，如图 3-6 所示。PC 的显示器的颜色显示采用 RGB 模式，就是说缤纷的色彩都是由红、绿、蓝三种颜色构成的。

图 3-6　LCD 显示器与 CRT 显示器

1. LCD 成像原理

液晶的物理特性是：当通电时导通，排列变得有秩序，使光线容易通过；不通电时排列混乱，阻止光线通过。让液晶如闸门般地阻隔或让光线穿透。从技术上简单地说，液晶面板包含了两片相当精致的无钠玻璃素材，称为 Substrates，中间夹着一层液晶。当光束通过这层液晶时，液晶本身会排排站立或扭转呈不规则状，因而阻隔或使光束顺利通过。液晶本身是没有颜色的，液晶显示器荧光灯管投射出的光源必须经过前方的彩色滤光片与另一块偏光板，而液晶显示器是否能显示出颜色正是靠这块彩色的滤光片了。彩色的滤光片其实是一片有很多电晶体的玻璃。图 3-7 所示为液晶显示器内部的面板。

图 3-7　液晶显示器内部的面板

当屏幕显示蓝天的时候，有电晶体的玻璃就会发出信号，只让蓝光可以穿透彩色滤光片，而将红色光及绿色光留在显示器里面，这样人们在显示器上就只能看到蓝色的光了。因此只要改变刺激液晶的电压值就可以控制最后出现的光线强度与色彩，进而能在液晶面板上变化出有不同深浅的颜色组合了。液晶面板的色彩显示能力是以在每一种色彩通道上，液晶面板能显示灰阶的位数来加以描述的。6bit 面板是指每个通道上能显示 2 的 6 次方，也就是 64 级灰阶，而面板有 R、G、B（红绿蓝）三个色彩通道，就能显示 262144 种色彩（$64 \times 64 \times 64 = 262144$）。以此类推，8bit 面板能显示 256 级灰阶，能显示 16777216（16.7M）种颜色。

LCD 克服了 CRT 体积庞大、耗电和闪烁等缺点，但也同时带来了造价过高、视角不广以及彩色显示不理想等问题。CRT 显示器可选择一系列分辨率，而且能按屏幕要求加以调整，但 LCD 屏只含有固定数量的液晶单元，只能在全屏幕使用一种分辨率显示。

2．CRT 显示器成像原理

CRT 显示器是一种使用阴极射线管（Cathode Ray Tube）的显示器，阴极射线管主要由五部分组成：电子枪（Electron Gun）、偏转线圈（Defiection coils）、荫罩（Shadow mask）、荧光粉层（Phosphor）及玻璃外壳。

CRT 显示器的成像首先有赖于荧光粉层，在荧光屏上涂满了按一定方式紧密排列的红、绿、蓝三种颜色的荧光粉点或荧光粉条，称为荧光粉单元，相邻的红、绿、蓝荧光粉单元各一个为一组，称为像素。每个像素中都拥有红、绿、蓝（R、G、B）三原色，根据三原色理论，三原色可混合成千变万化色彩。可以通过电子枪（Electron gun）来解决这个问题。电子枪就好像手枪一样，不过发射的不是子弹，而是高速的电子束。其工作原理是由灯丝加热阴极，阴极发射电子，然后在加速极电场的作用下，经聚焦极聚成很细的电子束，在阳极高压作用下，获得巨大的能量，以极高的速度去轰击荧光粉层。电子束轰击的目标就是荧光屏上的三原色。为此，电子枪发射的电子束不是一束，而是三束，它们分别受计算机显卡红、绿、蓝三个基色视频信号电压的控制，去轰击各自的荧光粉单元。受到高速电子束的激发，这些荧光粉单元分别发出强弱不同的红、绿、蓝三种光，如图 3-8 所示。根据空间混色法（将三个基色光同时照射同一表面相邻很近的三个点上进行混色的方法）产生丰富的色彩，这种方法利用人们眼睛在超过一定距离后分辨力不高的特性，产生与直接混色法相同的效果。用这种方法可以产生不同色彩的像素，而大量的不同色彩的像素可以组成漂亮的画面，而不断变换的画面就成为可动的图像。很显然，像素越多，图像越清晰、细腻，也就越逼真。

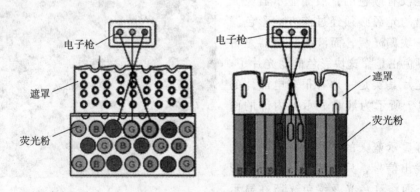

图 3-8　CRT 显示器着色分析图

3.2　数字图像基础

3.2.1　数字图像的基本概念

随着数字技术的不断发展和应用，现实生活中的许多信息都可以用数字形式的数据进行处理和存储，数字图像就是这种以数字形式进行存储和处理的图像。

数字图像是指表示实物图像的整数阵列。一个二维或更高维的采样并量化的函数，由相同维数的连续图像产生。在矩阵（或其他）网络上采样——连续函数，并在采样点上将值最小化后的阵列。所谓数字图像的描述是指如何用一个数值方式来表示一个图像。数字图像是图像的数字表示，像素是其最小的单位。要获得一个数字图像必须将图像中的像素转换成数字信息，以便在计算机上进行处理和加工。

数字图像有两种基本形式：矢量图像和栅格图像，它们的区别如图 3-9 所示。

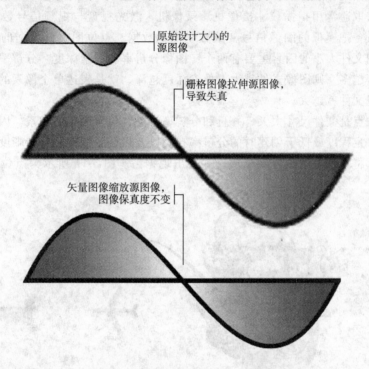

原始设计大小的源图像

栅格图像拉伸源图像，导致失真

矢量图像缩放源图像，图像保真度不变

图 3-9　光栅图像和矢量图像之间的差别

3.2.2　数字图像的位图文件结构

计算机中描述和表示数字图像和计算机生成的图形图像有两种常用的方法：一种是矢量图法，另一种叫点位图法。

1. 矢量图法

矢量图像是用称为向量的直线或曲线来描绘图像，这些用来描绘图像的直线和曲线是用数学形式来定义的，其中的各个元素都是根据图形的几何特性进行具体描述的。矢量图像由数学上定义的直线和曲线组成，可以在由 Adobe Illustrator 和 3-D 模型软件制作的插图中看到它。这种图像有一种不是很真实、插图化的感觉。它的特点是，当图像缩放时图像质量不产生失真。矢量图形具有分辨率独立性，就是说矢量图形可以在不同分辨率的输出设备上显示，却不会改变图像的品质。因此，矢量图的优点是占用的空间小，且放大后不会失真，是表现标志图形的最佳选择。但是，图形的缺点也很明显，就是它的色彩比较单调。图 3-10所示为矢量图形原图和扩大后的效果图，我们可以一目了然地发现它的特点（在 Word 中通过插入可以很容易实现）。

2. 点位图法

点位图是指以点阵方式保存的图像，也称之为栅格图像。一幅自然的、模拟的图像经过数字化进入计算机后，一般都是用点位图来表示和描述的。点位图法是把一幅图像分成许许多多的像素，每个像素用若干个二进制位来指定该像素的颜色、亮度和属性。因此，一幅图像由许许多多描述每个像素的数据组成，这些数据通常称为图像数据，而这些数据通常是作为一个文件来存储的，这种文件又称为图像文件。

点位图的获取通常用扫描仪、摄像机、录像机、激光视盘与视频信号数字化卡一类设备，通过这些设备把模拟的图像信号变成数字图像数据。点位图文件占据的存储空间比较大。影响点位图文件大小的因素主要有两个：图像分辨率和像素深度。分辨率越高，就是组成一幅图的像素越多，则图像文件越大；像素深度越深，就是表达单个像素的颜色和亮度的位数越多，图像文件就越大。

点位图的缺点是文件尺寸太大，并且和分辨率有关，包含固定的像素。因此，将点阵图的尺寸放大到一定程度或低于创建时的分辨率打印以及用低于图像自身清晰度的输出设备来显示该位图，都将降低位图的外观品质，并会出现锯齿。图 3-11 所示为点位图原图和扩大后的效果图 。

图 3-10　矢量图原图与放大后比较　　　　　　　图 3-11　点位图原图与放大后比较

3.3　图像处理技术

图像是指表现事物视觉形象的动态画面。图像信息是依赖于图像对真实事物的形象模拟，是利用人类的视觉器官本能和以此形成的对图像的天生判断能力及理解能力、采用图像作为信息的表现形式来传播事物内容的。图像信息不仅和图形信息一样，能表现事物的形状、大小、色彩、空间位置等外形特征，而且能准确地表现这些特征随时间而变化的连续动态过程。

3.3.1　图像分割

图像分割是图像分析的第一步，是计算机视觉的基础，是图像理解的重要组成部分，是图像处理到图像分析的关键步骤，同时也是图像处理中最古老和最困难的问题之一。

图像分割：将图像表示为物理上有意义的连通区域的集合，也就是根据目标与背景的先验知识，对图像中的目标、背景进行标记、定位，然后将目标从背景或其他伪目标中分离出来。由于这些被分割的区域在某些特性上相近，因而，图像分割常用于模式识别与图像理解以及图像压缩与编码两大类不同的应用目的。

根据应用目的不同，分为粗分割和细分割：对于模式识别应用，一个物体对象内部的细节与颜色（或灰度）渐变可被忽略，而且一个物体对象只应被表示为一个或少数几个分割区域，即粗分割；而对于基于区域或对象的图像压缩与编码，其分割的目的是为了得到色彩信息一致的区域，以利于高效的区域编码。若同一区域内含有大量变化细节，则难以编码，因此，图像需要细分割，即需要捕捉图像的细微变化。

3.3.2　图像的锐化处理

锐化操作的本质是增加图像细节边缘的对比度，这有助于我们的眼睛看清楚图像细节，从而使图像显得棱角分明、画面清晰，这是所有质量好的印刷摄影作品的必需条件。而用扫描仪直接复制的图像如果没有经过修整，看起来会有些单调而模糊不清，所以往往需要在图像做完处理后对它作锐化处理。

锐化的方法较多，推荐的最专业的锐化处理方法是 Photoshop 中的模糊掩盖锐化处理（unsharpmasking，USM），它提供了最完善的图像细节强调的控制方法。它提供了三种控制参数：

（1）半径（Radius）　它用来决定作边沿强调的像素点的宽度，如果半径值为 1，则从亮到暗的整个宽度是两个像素，如果半径值为 2，则边沿两边各有两个像素点，那么从亮到暗的整个宽度是 4 个像素。半径越大，细节的差别也越清晰，但同时会产生光晕。

（2）数量（Amout）　该参数可以理解为锐化的强度或振幅，对于一般的印前处理，设置为 200% 是一个良好的开始，然后根据需要再作适当调节。数量值过大图像会变得虚假。

（3）阈值（Threshold）　它决定多大反差的相邻像素边界可以被锐化处理，而低于此反差值就不作锐化。阈值是避免因锐化处理而导致的斑点和麻点等问题的关键参数，正确设置后就可以使图像既保持平滑的自然色调（例如背景中纯蓝色的天空）的完美，又可以对变化细节的反差作出强调。在一般的印前处理中我们推荐的值为 3～4，超过 10 是不可取的，它们会降低锐化处理效果并使图像显得很难看。

总之，锐化参数调节既要能够比较好地再现图像细节，又要不至于产生新的麻烦（比如斑点和麻点）。如果你是一个有经验的处理人员，还可以根据图像内容进行适当的局部锐化以达到特殊的艺术效果。

3.4　图像处理软件 Photoshop 的使用

Photoshop 是目前最流行的图像处理软件，也是 Adobe 公司著名的平面图像设计、处理软件，它的强大功能和易用性得到了广大用户的喜爱。从 1990 年 Photoshop 1.0 发布至今，Photoshop 已经成为最流行的必备软件之一。在图片处理和网页设计领域、在出版行业或艺术学校，几乎随处可见 Photoshop 的身影。

Photoshop 支持多种图像格式，并能在各种图像格式之间进行转换。比如 PSD、EPS、TIF、JEPG、BMP 等图像格式。支持多种颜色模式，可以灵活地转换多种颜色模式，包括灰度、双色调、索引色、HSB、LAB、RGB 和 CMYK 等颜色模式。按不同要求调整各种图像的尺寸和分辨率，并能对图像进行剪裁。通过 Photoshop 提供的专业工具，如画笔工具、钢笔工具、形状工具和喷枪工具等，能够自由地进行绘画操作。Photoshop 提供的多种选取工具，如套索工具、魔术棒工具、矩形选框工具等可以自如地进行不同形状的选取工作。羽化工具、液化工具和变形工具等可以对选中区域进行修改和编辑工作，并且可以对区域进行保存。可以随意调整图像的色彩和色调，如饱和度、对比度、明暗和色相。Photoshop 支持多图层工作，可以建立不同的图层，并在图层中进行编辑工作，还可以对不同的图层进行合并、翻转、复制和移动等操作。Photoshop 支持 TWAIN_32 接口，可支持常用的图像输入设备，如扫描仪和数码相机等。

从大的方面来说，它被广泛应用于广告业、商业、影视娱乐业、机械制造业、建筑业等领域；从具体的细节方面来说，它被应用于包装设计、广告设计、服装设计、招贴和海报、网页设计等传播媒体，利用它可以进行各种平面处理、图像格式转换、颜色模式转换、改变图像分辨率等。

3.4.1 初识中文版 Photoshop CS4

Photoshop CS4 号称是 Adobe 公司历史上最大规模的一次产品升级。两个版本的 Photoshop CS4，分别是：Adobe Photoshop CS4 和 Adobe Photoshop CS4 Extended，具体介绍如下：

1. Adobe Photoshop CS4

充分利用无与伦比的编辑与合成功能，使用户得到更直观的体验以及工作效率大幅增强。

2. Adobe Photoshop CS4 Extended

获得 Adobe Photoshop CS4 中的所有功能，外加用于编辑基于 3D 模型和动画的内容以及执行高级图像分析的工具。

Adobe Photoshop CS4 软件通过更直观的用户体验、更大的编辑自由度以及大幅提高的工作效率，使您能更轻松地使用其无与伦比的强大功能。

使用全新、顺畅的缩放和遥摄可以定位到图像的任何区域。借助全新的像素网格保持实现缩放到个别像素时的清晰度，并以最高的放大率实现轻松编辑。通过创新的旋转视图工具随意转动画布，按任意角度实现无扭曲查看。

如果计算机内还没有安装 Photoshop 软件，必须先安装它才能使用。下面介绍它的启动方法。

启动 Photoshop CS4 可以采用下面几种方式：

1）双击桌面上的快捷方式启动图标。

2）双击一个 psd 格式的文件。

3）单击"开始"|"所有程序"| Adobe Photoshop CS4 命令。

打开 Photoshop CS4 后，工作界面如图 3-12 所示，Photoshop CS4 工作界面主要由标题菜单栏、工具栏选项、工具箱、工作区、状态栏、浮动面板等组成。

1）标题菜单栏：相比以往，Photoshop CS4 标题栏发生了很大的变化，标题栏上不但有软件信息，并集成了菜单栏的功能，还有 Bridge 启动按钮、缩放级别按钮、放大镜、旋转视图工具、屏幕模式等按钮。其中的菜单栏包含可执行命令，可以划分为十一类。

2）工具选项栏：工具选项栏用来设置所选工具相关属性，它会根据所选工具不同而发生改变。

3）工具箱：工具箱包含常用工具，如选框工具、移动工具等。

4）状态栏：显示所编辑文件大小、缩放大小等信息。可以通过单击右下侧的小三角号来改变显示状态。

图 3-12　Photoshop CS4 工作界面

5）工作区：图像显示和编辑的区域。Photoshop CS4 图片编辑窗口采用选项卡的方式，方便在不同图片间的切换，可以单击某个选项卡来查看该选项卡下面的图片，或者按"Ctrl + Tab"键进行切换。可以单击并拖动某个选项卡，将其放置在其他选项卡前面或者后面。当打开较多选项卡而屏幕无法一一将这些选项卡直接显示出来的时候，需要单击图片窗口标题栏上面的双箭号，将光标移至想要显示（编辑）的图片，单击该图片名称即可。如图 3-13 所示。

图 3-13　工作区标题栏

6）浮动面板：更改图层属性工具组合。

提示：若想隐藏或显示所有面板（包括"工具"面板和"控制"面板），可按 Tab。若要隐藏或显示所有面板（除"工具"面板和"控制"面板之外），可按 Shift + Tab。

3.4.2 图像的基本操作

1. 新建文件

新建文件的具体方法有以下几种：

1）通过右击"桌面"｜"新建"｜"新建 Adobe Photoshop Image 11"，然后双击打开，即可新建文件，如图 3-14 所示。

2）通过 Photoshop 菜单栏上的"文件"｜"新建"来新建文件。

3）在 Photoshop CS4 启动状态下，按下 CTRL + N 快捷键。

图 3-14　新建命令窗口

2. 打开文件

打开文件的具体方法有如下几种：

1）如果是 psd 文件即可直接双击该文件，进行打开操作；若是其他文件格式可右击该文件选择"打开方式"｜Adobe Photoshop CS4 打开。

2）单击"文件"｜"打开"（或使用"Ctrl + O"快捷键），这时候弹出"打开"对话框，如图 3-15 所示，选择欲打开的文件，然后单击"打开"（或按"Enter"键）即可完成打开操作。

3）使用"文件"｜"打开为"来进行打开操作，"打开为"操作可以打开一些系统无法识别的文件扩展名。

4）使用"打开为智能对象"。使用智能对象，可以对光栅化图形和矢量图形进行非破损缩放、旋转及变形，但在使用智能对象模式时有些功能将不能使用，如渐变。其他操作与

图 3-15　打开文件命令窗口

"打开"命令一样。

5）使用"最近打开文件"，选择最近打开的文件，用户还可以根据自己的需要，设置最近打开文件的数目，在"编辑"｜"首选项"｜"文件处理"下设置最近打开数目，设置完成后单击确定。

3. 存储文件

在处理文件过程中，要养成随时保存文件的习惯，以防不测。保存方式：

1）直接保存。选择"文件"｜"存储"，或按下快捷键"Ctrl + S"，对于已有文件则执行存储操作；对于新建的文件：在弹出的"存储为"对话框中，选择保存目录，并在"文件名"中输入文件名称；在"格式"中选择保存格式，默认为 Psd 格式，设置完成后，单击"保存"按钮保存文件，如图 3-16所示。

2）另存图像文件。对于新建的文件执行"存储"和"存储为"效果是一样的，但对于已有文件，"存储为"和存储的效果不一样，存储为则是将文件存储为新的文件名或是存储到其他目录下。

3）当存储为 JPEG 格式的时候，需要设置文件品质、大小，品质选择"最佳"的时候文件信息越多，文件也就越大，选择"小"

图 3-16　保存命令窗口

的时候图片质量最差，同时文件也是最小。用户可根据自己的需要在"最佳"与"小"之间选择。

4. 关闭文件

若想关闭单个图像编辑窗口，直接单击图片选项卡上的"关闭文件"，或者单击"关闭"即可（快捷键"Ctrl + W"）。

若想关闭所有文件，可直接关闭 Photoshop CS4 窗口右上角的按钮，或者单击"文件"｜"关闭全部"（快捷键"Ctrl + Q"）。

5. 置入、导入、导出文件

置入文件：可以使用"文件"｜"置入"命令将图片放入图像中的一个新图层内。在 Photoshop 中，可以置入 PDF、Adobe Illustrator 和 EPS 文件。

导入文件：可以使用"文件"｜"导入"命令将视频帧导入导图层中，亦可以导入 PDF 注释文档。

导出文件：可以将图片导出为 Zoomify，可用于网页图片查看器，方便网页设计师的使用。

可以将文件导出为 Ai 格式，方便在 Illustrator 创建矢量图片。

3.4.3　工具讲解及运用

Photoshop CS4 的工具箱中包含了用于创建和编辑图像、图稿、页面元素等的工具和一些按钮。按照使用功能可以将它们分成 8 组，分别是：选择工具、裁切和切片工具、注释和测量工具、修饰工具、绘画工具、绘图和文字工具、3D 工具和导航工具，如图 3-17 所示。

第一次启动应用程序时，工具箱将出现在屏幕左侧。可通过拖移工具箱的标题栏来移动它。通过选取"窗口"｜"工具"，可以显示或隐藏工具箱。工具箱中的工具展开时效果如图 3-18 所示，其中包括：

1）选择工具组：包含矩形选框工具、椭圆选框工具、单行选框工具、单列选框工具；套索工

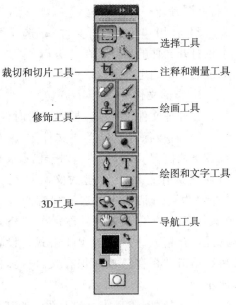

图 3-17　工具栏

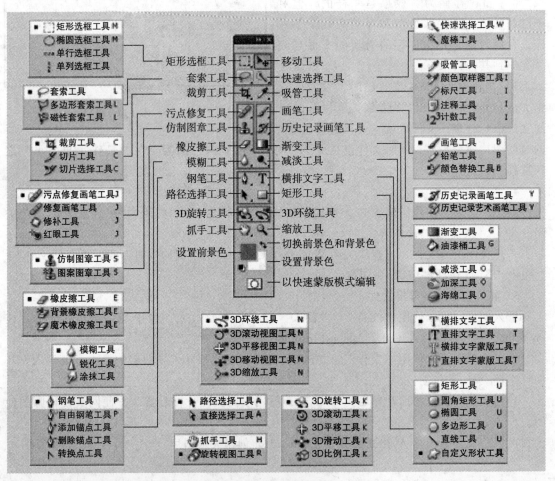

图 3-18　工具栏展开

具、多边形套索工具、磁性套索工具；魔棒工具、快速选择工具；移动工具。

2）裁切和切片工具组包括：裁剪工具、切片工具、切片选择工具。

3）注释和测量工具组包括：吸管工具、颜色取样器工具、标尺工具、注释工具、计数工具。

4）修饰工具组包含：污点修复画笔工具、修复画笔工具、修补工具、红眼工具；仿制图章工具、图案图章工具、橡皮擦工具、背景橡皮擦工具、魔术橡皮擦工具；模糊工具、锐化工具、涂抹工具；减淡工具、加深工具、海绵工具。

5）绘画工具组包含：画笔工具、铅笔工具、颜料替换工具、历史记录画笔工具、历史记录艺术画笔工具、渐变工具、油漆桶工具。

6）绘图和文字工具组包含：钢笔工具、自由钢笔工具、添加锚点工具、删除锚点工具、转换点工具；路径选择工具、直接选择工具；矩形工具、圆角矩形工具、椭圆工具、多边形工具、直线工具、自定义形状工具；横排文字工具、直排文字工具、横排文字蒙板工具、直排文字蒙板工具。

7）3D 工具组包含：3D 环绕工具、3D 滚动视图工具、3D 平移视图工具、3D 移动视图工具、3D 缩放工具；3D 旋转工具、3D 滚动工具、3D 平移工具、3D 滑动工具、3D 比例工具。

8）导航工具组包含：注释工具、语言注释工具；吸管工具、颜色取样器工具、度量工具；抓手工具；缩放工具。

下面举一个"绘制 QQ 表情"的例子来说明其中几种工具的应用方法。

本实例主要运用椭圆工具、填充工具制作。通过椭圆工具绘制具体图像的外形特征，然后综合使用油漆桶及渐变填充工具表现出色彩，最终达到需要设计的效果，如图 3-19 所示。整个制作过程如下。

1）选择"文件"│"新建"命令，新建一背景页面，单击新建图层按钮，建立一透明图层 1，如图 3-20 所示。

图 3-19　完成后的 QQ 表情

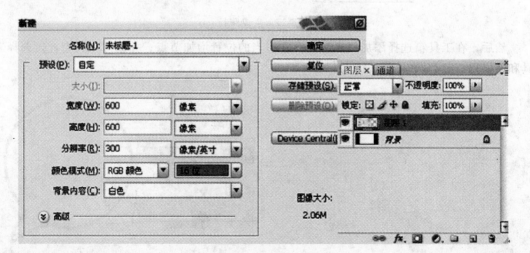

图 3-20　新建文件

2）选择工具箱椭圆工具，出现椭圆工具属性栏调整，如图 3-21 所示。

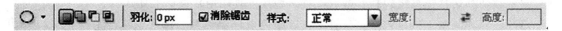

图 3-21　选择工具设置

按住键盘 Shift + Alt 键，在新建页面上直接从中心拖拽出一个正圆，如图 3-22 所示。

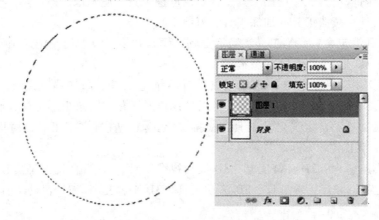

图 3-22　画出正圆

3）选择路径面板，单击"从选区域生成工作路径"，如图 3-23 所示。

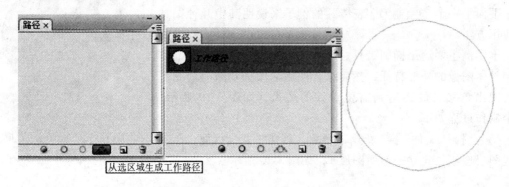

图 3-23　生成路径

然后，在工具箱选择添加锚点工具，在适当的位置增加节点，并使用工具箱直接选择工具和转换拐点工具调整形状，如图 3-24 所示。

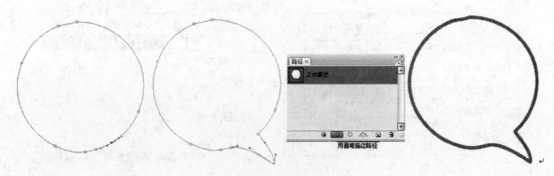

图 3-24　调整形状

4）选择工具箱魔术棒工具在图层 1 上选择脸部内部廓描，再选择油漆桶工具填充合适的颜色，如图 3-25 所示。

图 3-25 填充效果

5）新建图层 2，选择工具箱椭圆工具，按住键盘"Shift + Alt"键在新建页面上直接从中心拖拽出一个正圆（眼睛），并选择菜单"编辑"│"描边"填充合适的边缘色，继续使用椭圆工具绘制眼白，如图 3-26 所示。

图 3-26 绘制眼睛

6）新建图层选择椭圆工具直接拖拽（可以使用菜单"编辑"│"自由变换"调整嘴巴的角度），继续按照以上方法完成"表情"的嘴巴，如图 3-27 所示。

图 3-27 绘制嘴巴

7）接着，丰富表情的特效，新建图层，使用椭圆工具拖拽出一个圆，选择工具箱渐变工具，设置渐变属性，由白色到透明选择属性栏线性渐变，在圆选区域内拖拽形成立体效果，如图 3-28 所示。

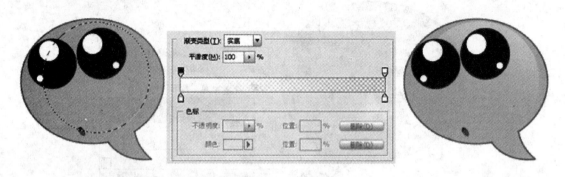

图 3-28　添加立体效果

8）使用同样的方法绘制脸上红晕。

脸上红晕的制作，选择菜单"编辑"｜"自由变换"调整位置，位置确定后，单击键盘 Enter（回车键）确定，完成，如图 3-29 所示。

图 3-29　绘制脸上红晕

3.4.4　图像调整与颜色校正

Photoshop 在图像的色调调整与校正上也有着卓越不凡的表现，用它可以将原本普通的相片变成艺术感较强的图片，比如很多电影海报都是用 Photoshop 经过后期处理得来的。另外，这项功能还可以帮助我们将日常生活中不满意的数码相片进行修正。下面通过两个实例来看一下 Photoshop 在这方面的神奇功能。

1. 图片颜色调整

本例目的为调出复古绿色调。原图与效果图的比较如图 3-30 所示。

1）打开图片素材。

2）单击选择"图像"｜"调整"｜"色阶"，参数设置如图 3-31a 所示。

3）复制图层（"Ctrl + J"），单击选择"图像"｜"调整"｜"色相/饱和度"，如图 3-31b 所示。

a) b)

图 3-30 原图与效果图

a) 原图 b) 效果图

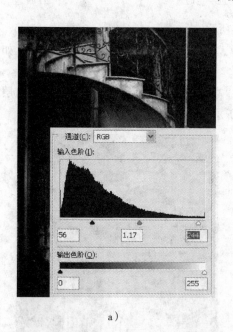 

a) b)

图 3-31 调整色阶与饱和度

a) 色阶调整 b) 色相饱和度调整

4) 在刚才复制的图层上执行"图像"|"调整"|"色阶",如图 3-32a 所示。

5) 将此图层混合模式设为"滤色",如图 3-32b 所示。

6) 创建新图层,并将前景色设为"#1F768C",背景色设为"#62bdd3",单击选择"滤镜"|"渲染"|"云彩",如图 3-33a 所示。

a)   b)

图 3-32 新建图层的调整

a）色阶调整 b）执行"滤色"后的效果

7）将图层混合模式设为"叠加"，如图 3-33b 所示。

8）盖印（"Ctrl + Shift + Alt + E"），单击选择"滤镜"│"渲染"│"光照效果"，如图 3-33c 所示。

9）复制图层，单击选择"滤镜"│"模糊"│"高斯模糊"，模糊半径 0.4，并将图层混合模式设为"柔光"，得到最终效果，如图 3-33d 所示。

a)   b)

图 3-33 图层叠加与效果设置

a）云彩图层 b）图层叠加效果

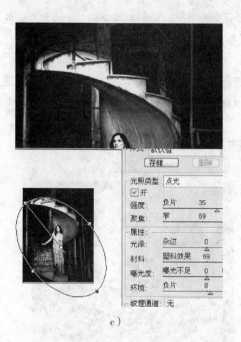

c） d）

图 3-33 图层叠加与效果设置（续）

c）光照效果设置 d）最终效果

2. 修复严重偏暗的照片

下面这个例子中只有背景部分保持原样，其他部分都严重偏暗，处理的时候需要用蒙板来实现局部调色。对比图如图 3-34 所示。制作方法如下：

a） b）

图 3-34 原图与效果图对比

a）照片原图 b）处理后效果

1）打开原图素材，按"Ctrl + J"键把背景部分复制一层，图层混合模式改为"滤色"，加上图层蒙板用黑色画笔把背景的绿树部分擦出来，确定后，按"Ctrl + J"键刚才操作的图层复制一层，效果如图 3-35a 所示。

2）按"Ctrl + Alt + Shift + E"键盖印图层，把图层混合模式改为"滤色"，图层不透明度改为：60%，加上图层蒙板只保留人物部分其他地方用黑色画笔擦掉，效果如图 3-35b 所示。

3）盖印图层，选择减淡工具曝光度为 10% 左右，把人物脸上高光部分再涂亮一点。

a)　　　　　　　　　　　　　　　　b)

c)　　　　　　　　　　　　　　　　d)

图 3-35　调亮人物与背景画面

a）提亮整体画面　b）提亮人物部分　c）调整色彩与饱和度　d）调整人物亮度和对比度

4）创建色相/饱和度调整图层，适当调整饱和度。创建曲线调整图层，对红色及蓝色通道进行调整，确定只保留人物部分其他地方用黑色画笔擦掉，效果如图 3-35c 所示。

5）创建亮度/对比度调整图层，调整画面的亮度与对比度，使人物部分更亮，确定只保留人物部分其他地方用黑色画笔擦掉，效果如图 3-35d 所示。

6）同样的方法将树的部分颜色调亮。

7）新建一个图层，按"Ctrl + Alt + ~"键调出高光选区，然后选择渐变工具颜色设置为蓝色到白色的渐变，最后由上至下拉出线性渐变，如图 3-36a 所示。

8）盖印图层后再创建亮度/对比度调整图层，盖印图层，整体修饰下细节，用 Topaz 滤镜进行适当锐化，完成最终效果，如图 3-36b 所示。

a）　　　　　　　　　　　　　　　b）

图 3-36　修饰相片及完成效果

a）美化画面天空　b）最终完成效果

3.4.5　图像绘制与修饰

可以利用鼠标来完成一些作品的创作，除了常见的卡通图画以外，还可以制作立体感效果较强的作品，下面就是一个用鼠标绘制的番茄的实例，最终效果如图 3-37 所示。

详细制作步骤如下：

1）先用钢笔工具勾出番茄的轮廓。按"Ctrl + Enter"键将路径转为选区，填充红色，如图 3-38 所示。

2）在上部画个椭圆选区，用选择-变换选区略倾斜些，羽化 20，调出亮度/饱和度：增加亮度 55，增加饱和度 50。画个大椭圆，

图 3-37　鼠标绘制的番茄

图 3-38　勾出形状并填色

羽化 20，反选，增加亮度 30，如图 3-39 所示。

图 3-39　调整番茄的颜色

3）取消选择后，用加深和减淡工具处理周边，上面和两边减淡，底部加深。使用加深和减淡工具的时候，需要不断地尝试，如图 3-40 所示。

注意：这时最好给图像做个历史快照，或是复制一层来做，这样便于修改，涂抹时次数是很多的，不一会就数十次了，在历史记录中可恢复不了。

4）番茄有几个瓣，现在来做这几条陷下去的纹。画个椭圆，用选择-变换选区旋转和移动到适合的位置，羽化 1，在凹纹的位置用减淡工具擦，如图 3-41 所示。

 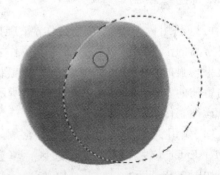

图 3-40　增强番茄的立体感　　　　　　　图 3-41　绘制番茄的瓣

5）反选后用加深工具擦，如图 3-42a 所示。

6）同样方法做出余下的陷纹。观察整体，再对局部作一些加深增强立体感，可加轻微杂色，数量约 1。

7）给这个层命名"番茄"，新建一层，在上部画个小椭圆，羽化 3，填充灰白性线渐变，将图层模式设为"颜色加深"，作为蒂部位下陷的暗调。向下合并到番茄，如图 3-42b 所示。

8）新建一层，命名"茄蒂"，用钢笔仔细勾出蒂的形状，填充绿色，如图 3-42c 所示。

9）处理茄蒂时可用钢笔辅助勾出叶瓣，也需要载入茄蒂的选区，用轻移、旋转、羽化、反选等动作来得到需要的工作选区。完成后加杂色 1.5%，如图 3-42d 所示。

10）在"番茄"层上新建一层，命名"高光"，用柔化喷枪在上部喷出一圈白色。用橡皮擦修整，局部降低压力擦淡，如图 3-42e 所示。

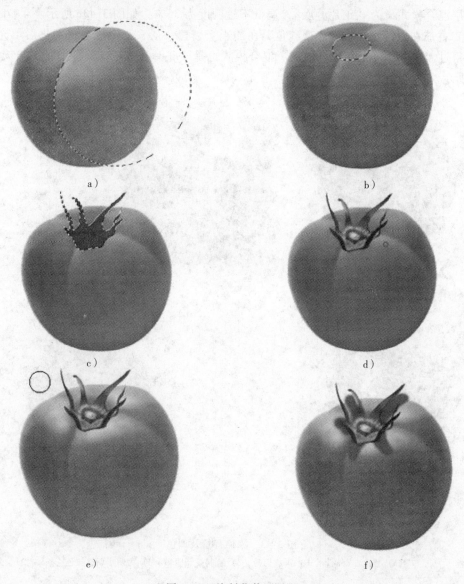

图 3-42　绘制茄蒂及阴影

a）绘制番茄的瓣　b）选择茄蒂的部位　c）勾出茄蒂
d）制作茄蒂细节　e）绘制高光　f）绘制茄蒂阴影

11）在"茄蒂"下面建一层，命名"蒂影"，设置前景色为暗红色（189/50/13），用画笔画出形状，如图 3-42f 所示。

12）再用橡皮擦修改，局部需要加深和模糊，如图 3-43a 所示。

13）用瓷砖来做背景。在背景上新建一层，画个正方形选区，填充白色或淡黄色，取消选择后双击图层，设置斜面和浮雕：大小 4，软化 4，暗调不透明度 50%，其余按默认，如图 3-43b 所示。

14）将瓷砖复制多块排列好，合并起来，用自由变换做出点透视效果。

15）在番茄下面建一层画阴影。载入番茄的选区，将选区向下移动到适合，填充 60% 灰色，再将选区向上移动些，羽化 20，降低选区的亮度，这样阴影就会由深到浅。取消选择，图层混合模式设为"正片叠底"，调低不透明度为 35%，如图 3-43c 所示。

16）番茄在瓷砖上会映出轻微红色，在茄影上新建一层，画个椭圆，羽化后填充红色，如果觉得过渡不够柔和就用高斯模糊。混合模式也是"正片叠底"，不透明度为 70%，如图 3-43d 所示。

图 3-43　添加背景及调色

a）修改茄蒂阴影　b）添加瓷砖　c）绘制番茄阴影　d）为阴影调整颜色

17）如果喜欢画几滴水珠，可用图层样式来做，另一个蕃茄的做法是一样的。完成后效果如图 3-44 所示。

图 3-44 最终效果

3.4.6 抠图与图像合成

在很多的艺术作品中，更换人物的背景或者将多张素材合为一张照片是很常见的一种处理手段，下面两个实例将分别介绍抠图与图像合成的方法与技巧。

1. 抠图

运用 Photoshop 抠图是较为常用的技巧之一，抠图后的照片能跟任意背景融合到一起，达到很好的艺术效果。抠图的方法有很多种，比如利用背景橡皮擦，抽出滤镜等，这里着重介绍最常用、最有效的抠图方法：通道抠图。原图与效果图如图 3-45 所示。

a）   b）

图 3-45 原图与效果图
a）原图 b）效果图

制作步骤如下：

1）打开要处理的图片，单击选择钢笔工具，将图片中人物的主体轮廓勾出。注意碎发部分就不要勾在里面，因为在后面将对其进行专门地处理，如图3-46a所示。

2）选择"窗口"｜"路径"，打开"路径"面板，这时会发现路径面板中多了一个"工作路径"，单击"将路径作为选区载入"按钮，将封闭的路径转化为选区，如图3-46b所示。

a)　　　　　　　　　　　　　　　　　　b)

图3-46　勾出轮廓并转换为选区

a）钢笔勾出大概轮廓　b）路径转换成选区

3）选择"窗口"｜"图层"打开图层面板，点选"背景"层，点右键，单击"复制图层"命令，新建一个"背景副本"。单击选择"背景副本"，单击"添加图层蒙板"按钮。

4）选择"窗口"｜"通道"打开"通道"面板，拖动"绿"通道至通道面板下的"新建"按钮，复制一个复本出来。

5）单击"绿副本"，按"Ctrl + L"快捷键进行色阶调整，将左侧的黑色滑块向右拉动，将右侧的白色滑块向左拉动，这样减小中间调部分，加大暗调和高光，使头发和背景很好的分开，如图3-47a所示。

6）按"Ctrl + I"快捷键将"绿副本"通道反相，单击"画笔"工具，属性设置用黑色画笔将头发以外（也就是不需要选择的地方）涂黑，然后用白色画笔把头发里需要的地方涂白，如图3-47b所示。

7）单击"通道"面板上的"将通道作为选区载入"按钮得到"绿副本"的选区。

8）回到"图层"面板，双击"背景图层"，将其变为普通"图层0"，如图3-48a所示。

9）单击"添加图层蒙板"按钮，为"图层0"添加图层蒙板，人物就抠出来了，如图3-48b所示。

a) b)

图 3-47　选出人物头发部分

a) 增大头发与背景的反差　b) 将头发部分分离

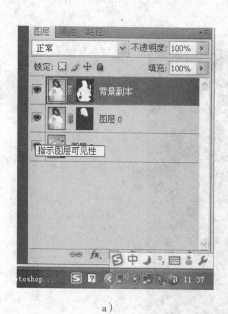

a) b)

图 3-48　抠出人物

a) 图层示意图　b) 抠出的人物

10) 选择喜欢的图片作为背景放在图层的最底层，效果如图 3-49 所示。

a) b)

图 3-49 为抠好的图变换背景

a) 效果 1 b) 效果 2

2. 神灯美女的图片制作

神灯美女图片是由多张素材图片合成得到的，最终效果如图 3-50 所示，所用素材如图 3-51a ~ 图 3-51g 所示。

图 3-50 最终效果

1）新建一个 600×1000 像素的文件，背景使用渐变拉一些比较暗的渐变，如图 3-52a 所示。

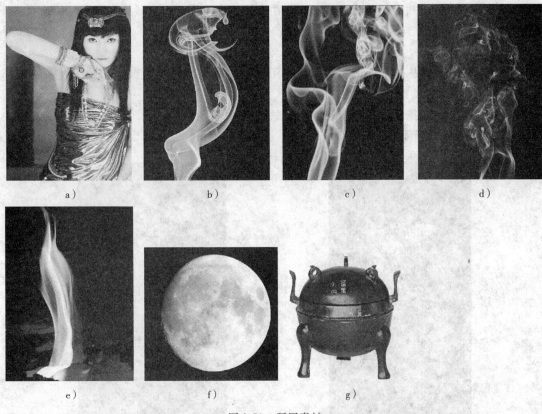

图 3-51 所用素材

a) 素材 1 b) 素材 2 c) 素材 3 d) 素材 4 e) 素材 5 f) 素材 6 g) 素材 7

图 3-52 背景制作与拖入人物

a) 渐变效果 b) 拖入人物素材

2）导入素材1，加上图层蒙板，用画笔在人物边缘涂抹，大致效果如图3-52b所示。

3）打开素材7适当地调整其大小及位置，适当调整一下颜色，大致效果如图3-53a所示。

4）打开素材5，拖进来加上图层蒙板，用画笔工具在图片外边擦，这样使火眼的外部被蒙板遮挡，将图层的混合模式改为"滤色"。

5）打开素材4，拖进来，把图层混合模式改为"滤色"，按"Ctrl + T"键适当调整大小，效果如图3-53b所示。

a）　　　　　　　　　　　　　　　　b）

图3-53　拖入香炉和焰火

a）插入香炉素材　b）插入烟火素材

6）打开素材2和素材3，拖进来把图层混合模式改为"滤色"，适当调整图片大小，然后，加上图层蒙板用黑色画笔稍微把边缘涂抹一下，大致效果如图3-54a所示。

7）现在开始调整图片的整体色彩，根据个人的颜色喜好调整。

8）导入素材6，放到背景图层上面，图层混合模式改为"滤色"，再调整一下细节得到最终效果，如图3-54b所示。

3.4.7　制作特殊的字体效果

Photoshop具有对文字编辑的能力，除了简单地在画面中添加文字以外，还可以对这些文字制作特殊效果，以增加艺术性和趣味性，下面举两个实例来介绍一下Photoshop在文字制作上的不凡之处。

a）　　　　　　　　　　　　　b）

图 3-54　细节调整得到最终效果

a）调整烟火　b）最终效果

1. 制作毛绒文字

毛绒文字制作起来比较简单，主要是画笔工具的运用，但最终的效果却很新颖，如图 3-55 所示。若以此思路也换成绿色系的，就可以和草地背景融为一体。

图 3-55　毛绒文字效果

制作步骤如下：

1）创建一个新文件，选择"文件"｜"新建"，分辨率为 800×600 像素/72dpi。

2）选择文字工具，输入你想要的文字，颜色用黑色，如图 3-56a 所示。

3）双击图层设置图层样式，包括设置投影、内阴影、斜面和浮雕，颜色叠加等，设置后效果如图 3-56b 所示。

baby baby

a）   b）

图 3-56　输入文字和设置图层样式

a）输入文字　b）设置文字图层样式

4）按 F5 键弹出画笔预设，设置如图 3-57a 所示，注意打勾的项每一个打勾的项目都可以通过单击打开相应的设置面板。

5）画笔设好后，把前景设为#FF0090，背景白色，新建一个图层，用画笔沿着字体走势描出毛茸茸，完成最终效果，如图 3-57b 所示。如需美化，还可以根据需要添加背景。

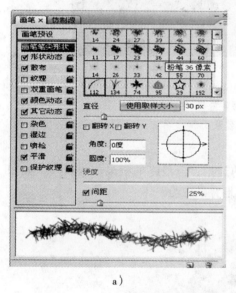

a）   b）

图 3-57　设置画笔并得到效果

a）画笔设置　b）最终效果

2. 蓝色海洋文字

这是一款经典的海洋文字，处理起来并不复杂，但效果却非常漂亮，如图 3-58 所示。

图 3-58　海洋文字效果

制作方法如下：

1）创建一个新文件，选择"文件"｜"新建"，分辨率为 1920×1200 像素 /72 dpi。然后，选择油漆桶工具，用蓝色填充第一层，如图 3-59a 所示。

2）现在选择画笔工具，应用参数：不透明度 30%，选用深一点的蓝色，在刚建立的蓝色背景侧面及底边涂抹，如图 3-59b 所示。

a） b）

图 3-59 背景的设计

a）蓝色背景 b）加深两侧及底部

3）使用水平文字工具，输入单词'aqua'（由单独的字母组成）。选中图层面板中的字母层，按 Shift 键单击层。然后按"Ctrl+J"键，选中的层将被复制。使用移动工具往下移动它们，将它们的颜色变得深些，如图 3-60a 所示。

4）在图层混合选项中对每个字母使用：外发光（模式：正常，方法：柔和），如图 3-60b 所示。

 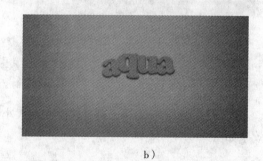

a） b）

图 3-60 输入文字并简单设置

a）输入文字并作出阴影 b）设置文字外发光

5）在字母 a 图层混合选项中对所有字母使用内阴影、内发光、渐变叠加（模式：正常，样式：线性），这个字母的颜色变成了一种微妙的海洋蓝的感觉，可以按同样的方法制作其他的字母，如图 3-61a 所示。

6）在一个新建的图层上制作阴影。然后使用椭圆工具，按照图 3-61b 画一个椭圆。

7）设置图层的内阴影，并调整图层填充为 0%。继续在同一图层上工作。按"Ctrl"键同时单击字母图层标记第一个字母。当字母被选中时，按图层蒙板键，对其他字母做同样的步骤，效果如图 3-62a 所示。

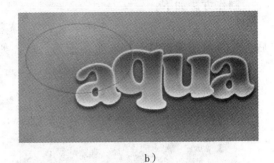

a）　　　　　　　　　　　　　　　　b）

图 3-61　美化文字
a）设置文字内发光　b）美化文字

8）画上升的气泡。选择椭圆工具描绘一个圆圈。图层填充 0%，然后设置混合选项为内发光。在里面画另一个圆形，同样图层填充 0%。设置混合选项渐变叠加（模式：正常，样式：线性）得到如图 3-62b 中的气泡。

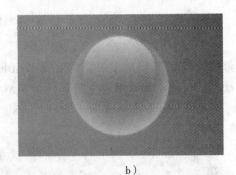

a）　　　　　　　　　　　　　　　　b）

图 3-62　文字效果和气泡制作
a）制作好的文字　b）制作气泡

9）然后复制所做的气泡，并改变其大小（按"Ctrl + T"键）和位置，完成制作，最终效果如图 3-63 所示。

图 3-63　最终效果

3.4.8 滤镜的应用

滤镜是 Photoshop 中非常强大的一个功能，它能够做出很多令人惊奇的效果，下面我们举两个例子来看一下滤镜的神奇之处。

1. 滤镜打造奇幻纹理

纹理效果如图 3-64 所示。制作方法如下：

a) b)

图 3-64 纹理效果
a) 效果 1 b) 效果 2

1) 在 Photoshop 中新建一个正方形的文件，背景黑色。然后选前景为白色，添加一个渐变调整层。

2) 栅格化调整层，蒙板应用与否都可以，如图 3-65a 所示。

a) b)

图 3-65 背景制作
a) 制作背景 b) 执行波浪滤镜

3）执行波浪滤镜，默认设置就可以了，右下方有个随机化按钮，那就是每个人的作品有微小差别的原因。

4）再执行几次同样的滤镜，或者按几下"Ctrl + F"键，效果如图 3-65b 所示。

5）添加图层样式，设置渐变叠加，颜色建议用对比色，这样过渡颜色较多比较漂亮，如图 3-66a 所示。

6）复制一层，旋转 90°，改混合模式为"变亮"，如图 3-66b 所示。

7）再按两次"Ctrl + Shift + Alt + T"键，执行再次复制变换命令。做出最后两层，它们的混合模式和被复制层是一样的"变亮"，得到如下效果如图 3-66c 所示。

8）运用这种方法得到的另一幅图像，如图 3-66d 所示。

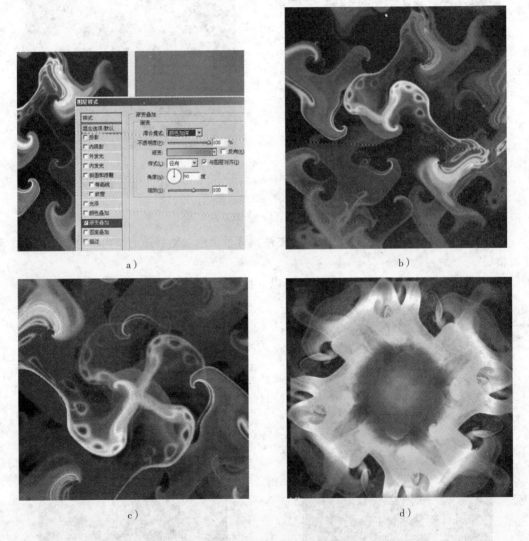

图 3-66　颜色设置和最终效果

a）图层渐变设置　b）设置变亮模式的效果　c）效果 1　d）效果 2

2. 利用滤镜制作图片相框

下面是利用滤镜制作的图片相框对比图，如图 3-67 所示。

a)　　　　　　　　　　　　　　　　　　b)

图 3-67　原图与效果图对比

a）原图　b）效果图

制作方法如下：

1）打开要制作的图片，选择矩形选框工具，在图片上框选出要保留的矩形范围，执行选择-反选，然后按 Q 键进入快速蒙板，如图 3-68a 所示。

2）执行"滤镜"｜"像素化"｜"碎片"。

3）执行"滤镜"｜"像素化"｜"晶格化"，参数设置为 15 左右，如图 3-68b 所示。

a)　　　　　　　　　　　　　　　　　　b)

图 3-68　进入快速蒙板并执行滤镜

a）进入快速蒙板　b）执行碎片和晶格化滤镜

4）执行"滤镜"｜"素描"｜"铬黄"，参数设置为 10 左右，如图 3-69a 所示。

a)　　　　　　　　　　　　　　　　　　b)

图 3-69　得到初始效果

a）执行铬黄滤镜　b）删除选区

5）按 Q 键退出快速蒙板。可以看到选区。按"Del"键删除选区内的部分，如图 3-69b 所示。

6）执行"编辑"｜"描边"，得到最终效果，如图 3-70a 所示。

7）利用类似的方法做出的另一种效果，如图 3-70b 所示。

a）　　　　　　　　　　　　　　　　　　　　b）

图 3-70　两种边框效果

a）效果 1　b）效果 2

3.4.9　数码相片的美化

日常生活中，人们经常会用数码相机记录下美好或难忘的瞬间，但有些数码相片中的人物形象过于平淡，缺乏活力与色彩，需要进行美化。下面通过实例介绍怎样用 Photoshop 来美化数码相片。

1. 给人物的衣服换图案

换装先后的效果如图 3-71 所示。详细制作步骤如下：

1）打开素材图片，按"CTRL + J"键，复制一层。用套索工具抠出白衣部分，如图 3-72a 所示。

a）　　　　　　　　　　　　　　　　　　　b）

图 3-71　换装前后对比

a）换装前　b）换装后

2）执行菜单选择"存储选区"，给选区随意取个名称。

3）打开素材图片，按"Ctrl + A"键全选，按"Ctrl + C"键复制，回到背景图层，按"Ctrl + V"键粘贴，按"Ctrl + T"键调整适当大小，如图 3-72b 所示。

a）　　　　　　　　　　　　b）

图 3-72　导入衣服图案

a）选出衣服区域　b）图案调整

4）混合图层设置为正片叠底，执行菜单选择"载入选区"，通道选择刚刚存储选区的名称，按"Shift + Ctrl + Alt + I"键反选选区，按"Delete"键将多余的部分删除，再用曲线"Ctrl + M"键调整图案的亮度，以便更好地与衣服融合，如图 3-73a 所示。

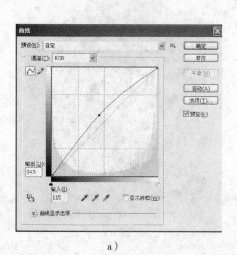 

a）　　　　　　　　　　　　b）

图 3-73　换装完成

a）曲线设置　b）效果图

5）最终效果如图 3-73b 所示。

2. 给相片人物美白化妆

可以利用 Photoshop 来给相片中的人物进行美白和化妆，方法简单，效果也很好，处理前后对比如图 3-74 所示。详细操作步骤如下：

a）   b）

图 3-74　处理前后对比图

a）原照片　b）处理后照片

1）将背景层复制一层，生成背景副本，在副本上给人物进行磨皮。

2）将背景副本层复制一层，命名为图层 1，执行"图像"｜"调整"｜"匹配颜色"命令，勾选"中和"选项，其余数值保持默认，如图 3-75a 所示。

a）   b）

图 3-75　相片整体调色

a）调整颜色效果　b）图层叠加效果

3）将图层 1 复制一层，命名为图层 2，将图层 2 的混合模式设置为"滤色"，并将不透明度改为 63%，参考效果如图 3-75b 所示。

4）按"Ctrl + Alt + Shift + E"键合并可见图层，将新生出来的图层命名为图层 3，用减淡工具制作出眼底的反光，同时使用白色的画笔制作眼睛的高光，参考效果如图 3-76 所示。

a）　　　　　　　　　　　　　　　　　b）

图 3-76　为眼睛添加高光

a）添加前　b）添加高光后效果

5）给眼睛加眼影。新建一个新图层选择合适大小的笔刷，并将前景色设置为自己喜欢的颜色，在眼皮上开刷，轻轻地刷一下就 OK 了，高斯模糊 2～3 个像素，并将混合模式设置为柔光，不透明度可以根据自己感觉来调整，如图 3-77 所示。

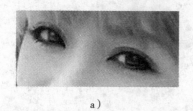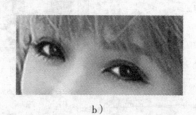

a）　　　　　　　　　　　　　　　　　b）

图 3-77　眼部美化

a）添加眼影前　b）添加眼影后效果

6）使用多边形套索工具制作出嘴巴的选区，并将选区羽化 2 个像素。保持选区，单击图层控制面板下方的"创建新的填充或调整图层"建立一个新的色彩平衡图层，参考数值如图 3-78 所示。

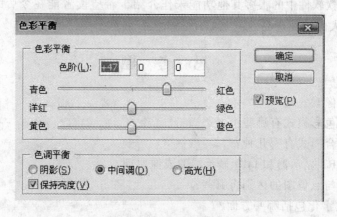

图 3-78　色彩平衡设置

7）按"Ctrl + Alt + Shift + E"键合并可见图层，并将新产生的图层复制一个层，高斯模糊 5 个像素，混合模式设置为柔光，填充度设置为 50%，再次合并可见图层。

8）最后，用笔刷添加适当的装饰元素与文字，最终效果如图 3-79 所示。

图 3-79　最终效果

本 章 小 结

本章内容介绍了图像处理的相关知识，包括色彩的基本概念、色彩模式、计算机色彩显示以及图像数字化的一些原理和技巧。另外，本章还通过实例详细讲解了 Photoshop 在处理数码图像上的多方面应用，从实用的角度展示了这一软件的神奇之处。在实际的应用中，Photoshop 可以用于广告设计、人像摄影后期处理、平面影视宣传等多个领域。由于篇幅有限，Photoshop 这款软件中的很多其他功能未作介绍，希望读者能在今后的使用中更深入地了解这一功能强大的软件产品。

思 考 题

3-1　什么是像素？

3-2　常用的色彩模式有哪些？

3-3　色光混合模式有哪几种？

3-4　简述 CRT 显示器和 LCD 显示器的成像原理。

3-5　矢量图与点位图的区别有哪些？

3-6　图像数字化包括哪些方面？

3-7　Photoshop CS4 有哪些主要功能？

3-8　结合本章的实例，处理日常生活中的数码相片。

第4章 计算机动画技术及软件应用基础

计算机动画是计算机图形学和艺术相结合的产物，它是伴随着计算机硬件和图形算法快速发展起来的一门新的技术，是在传统动画的基础上把计算机技术用于动画的处理和应用，它综合利用计算机科学、艺术、数学、物理学和其他相关学科的知识在计算机上生成绚丽多彩的连续的虚拟真实画面，给人们提供了一个充分展示个人想象力和艺术才能的新天地。随着计算机应用的发展，动画走出了传统动画制作的困境，并且由二维平面进入了三维立体的时代。目前，计算机动画广泛应用于影视特技、商业广告、游戏、教育、科研、工业等各个领域。本章首先对计算机动画技术涉及到的基本知识做出相应的介绍，然后通过实例讲解了动画制作软件 Flash 及 3DS Max 制作动画的方法，为学习多媒体动画制作奠定良好的基础。

4.1 动画基础

4.1.1 动画与计算机动画

所谓动画也就是使一幅图像"动起来"的过程。使用动画可以清楚地表现出一个事件的过程，或是展现一个活灵活现的画面。动画是一门通过在连续多张的胶片上拍摄一系列单个画面，从而产生动态视觉的技术和艺术，这种视觉是通过将胶片以一定的速率放映体现出来的。

计算机动画是采用连续播放静止图像的方法产生景物运动的效果，也即使用计算机产生图形、图像运动的技术。计算机动画的原理与传统动画基本相同，只是在传统动画的基础上把计算机技术用于动画的处理和应用，并可以达到传统动画所达不到的效果。由于采用数字处理方式，动画的运动效果、画面色调、纹理、光影效果等可以不断改变，输出方式也多种多样。

4.1.2 计算机动画的分类

计算机动画根据其表现空间及其手段分为二维动画和三维动画。

1. 二维动画

二维动画是在二维空间中绘制的平面活动图画。二维动画通常采用"单线平涂"的绘制方式，即在单线勾画的形象轮廓线内，涂以各种均匀的颜色。这种画法既简洁明快，又易于使数目繁多的画面保持统一和稳定。

二维动画的技术基础是"分层"。传统动画的"分层"，是将运动的物体和静止的背景分别绘制在不同的透明胶片上，然后叠加在一起拍摄。这样既减少了绘制的幅数，还可以增强景深和空间层次的效果。计算机动画的"分层"效果，是通过"图层"的设定直接合成的，不仅极为方便而且层数也不受限制。

2. 三维动画

三维动画主要依赖计算机图像生成技术，它是在三维空间中，制作立体的形体及其运动。实质上，计算机三维动画，是在计算机上通过特殊的动画软件，在其给出的一个虚拟的三维空间中，建造物体和背景的三维模型，并为模型如同穿上衣服一样地设置颜色和材质，再从不同角度用虚拟的灯光照射，然后，让这些物体在三维空间里动起来，同时通过对三维软件内"摄影机"的设定，去"拍摄"物体的运动过程，最后，渲染和生成栩栩如生的三维动画。它可以模拟极为真实的光影、材质、动感和空间效果。

4.1.3 计算机动画的文件格式

目前，计算机动画应用非常广泛，由于应用领域不同，其动画文件存储的文件格式也不一样。最常用的动画文件格式是 GIF 和 SWF，除此之外还有 U3D、3DS 等。3DS 是 DOS 系统平台下 3D Studio 的文件格式，而 U3D 是 Ulead COOL 3D 文件格式。下面介绍的几种动画格式是目前应用得最为广泛的格式。

1. GIF 格式

GIF（Graphics Interchange Format）格式是由美国著名的一家在线信息服务机构 CompuServe 于 20 世纪 80 年代开发出来的，GIF 又叫做"图形交换格式"，这种格式的文件也叫做 GIF89a 格式文件，现在这种格式多用于彩色动画文件，它的压缩比较高，因而流行于网络之上，像这种格式的动画文件可以使用很多种图像浏览器（如 ACDSee）来直接观看。这种图像格式的主要特点是增加了渐显方式，而使用这种方式可以适应并满足用户的"从朦胧到清楚"的观赏心理，用户首先看到大致的轮廓，随后才能看到清楚的细节，产生这种效果的原因是图像在传输过程中渐进地变清晰。

2. FLIC 格式

FLIC 是 FLI 和 FLC 的统称，这种动画文件格式来源于 Autodesk 公司 2D/3D 动画制作软件中采用的，如 Autodesk Animator / Animator Pro / 3D Studio 等，它是一种彩色的动画文件格式。FLI 是以 320×200 像素的动画文件格式为基础，而 FLC 则是它的扩展格式，它使用的分辨率采用了更加高效的数据压缩技术，不受 320×200 像素的限制。

FLIC 文件常见于计算机辅助设计、动画图形中的动画序列和计算机游戏应用程序中，它使用行程编码（RLE）算法和 Delta 算法进行无损数据压缩。数据压缩有三个步骤：第一是压缩保存整个动画序列中的第一幅图像；其次是将前后两幅相邻图像的改变部分和有差异的地方逐帧计算出来；第三，将以上两个步骤所得到的结果数据进行 RLE 压缩。我们对得到的最后数据进行检查，会发现它们的压缩率都相当高，这是由于动画序列中前后相邻图像没有多大的差别导致，而不是偶然所为。

3. SWF 格式

SWF 格式能够与 HTML 文件充分相容，还能够增添 MP3 音乐，因而网页上的动画文件大量选用这种格式，它已成为一种"准"流式媒体文件。SWF 来源于 Micromedia 公司，是该公司产品 Flash 的矢量动画格式，是采用曲线方程来描述内容而不是用常见的点阵，所以说缩放动画时画面不会失真，对于描述由几何图形组成的动画非常实用，这种格式的文件在教学演示时也常用到。

4. AVI 格式

AVI 是一种有损压缩方式，主要针对的对象是视频、音频文件，这种格式文件的缺点是画面质量比较差，但应用范围仍然比较广泛，原因是它能将音频和视频用较高的压缩率混合到一起。现在，AVI 文件格式的主要应用领域是多媒体光盘、保存各种影像信息，如电视电影等，还应用于网页上提供的影片下载等方面。

5. MOV、QT 格式

MOV、QT 都是 QuickTime 的文件格式，能支持 256 位色彩，支持 RLE、JPEG 等领先的集成压缩技术，提供工作流与文件回放和实时的数字化信息流，但要通过 Internet 才能实现。这种格式还提供了强劲的声音和视频效果，其中包括 200 多种 MIDI 兼容音响和设备的声音效果和 150 多种视频效果。QuickTime 文件格式已被国际标准化组织（ISO）选择作为正规的统一数字媒体存储格式，用来开发 MPEG4。

4.1.4 计算机动画的应用

动画应用主要分为面向影视制作的应用和面向模拟的应用。面向影视制作的应用不强调画面的真实性，只追求观赏性和趣味性，其中角色的运动可以有些虚幻，但绘制技术要求较高，能模拟出各种真实感效果。面向模拟的应用着眼于各种真实问题的仿真研究，它追求数据的正确性和结果的可信性，以及能使各种以前仅能得到大批数据的科学试验可视化，这类动画对绘制效果没有前者的要求高。

下面是目前计算机动画主要的应用领域。

（1）影视制作　这是计算机动画最活跃的应用领域，计算机动画技术在这方面已获得的成功给影视制作带来一场革命，预示着更新型作品的问世和巨额的票房价值。

（2）广告制作　计算机制作的广告无孔不入地出现在各种传媒中，它们用各种特技镜头和夸张的表现手法，起到了独特的宣传效果。

（3）教育领域中的辅助教学　能够免去大量教学模型和图表的制作，便于采用交互式、启发式教学方式，使得教学过程更加直观生动，增加了趣味性，将教育和娱乐融于一体的教育软件改革了教学方法。

（4）科研领域　用于科学计算可视化及复杂系统工程中的动态模拟。

（5）工业领域　主要包括产品设计过程、产品的各种检测、工业过程的实时监控和仿真等方面，节省了产品的研制费用，避免了一些危险实验。

（6）视觉模拟　包括军事训练、作战模拟、驾驶员训练模拟和一些培训工作。能够再现训练过程中的山脉、河流、云团、雾情等自然景象，使训练人员能够对不同情况做出判断并调整动作，节约了大量的培训经费。

（7）娱乐工业　在各种高档大型游戏软件流行的当代社会，计算机动画与虚拟环境技术相结合将产生险象环生奇妙无比的游戏产品。

4.2 计算机动画原理

根据运动控制方式将计算机动画分为关键帧动画和算法动画两大类。

4.2.1　关键帧动画

关键帧动画通过一组关键帧或关键参数值而得到中间的动画帧序列，可以是插值关键图像帧本身而获得中间动画帧，或是插值物体模型的关键参数值来获得中间动画帧，分别称之为形状插值和关键位插值。

早期制作动画采用二维插值的关键帧方法。当两幅二维关键帧的形状变化很大时不宜采用参数插值法，解决的办法是对两幅拓扑结构相差很大的画面进行预处理，将它们变换为相同的拓扑结构再进行插值。对于线图形即是变换成相同数目的段，每段具有相同的变换点，再对这些点进行线性插值或移动点控制插值。

关键参数值插值常采用样条曲线进行拟合，分别实现运动位置和运动速率的样条控制。对运动位置的控制常采用三次样条计算，用累积弦长作为逼近控制点参数，以求得中间帧位置，也可以采用 Bezeir 样条等其他 B 样条方法。对运动速度控制常采用速率-时间曲线函数的方法，也有的采用曲率-时间函数方法。两条曲线的有机结合用来控制物体的动画运动。

4.2.2　算法动画

算法动画是采用算法实现对物体的运动控制或模拟摄像机的运动控制，一般适用于三维情形。算法动画根据不同算法可分为：

（1）运动学算法　由运动学方程确定物体的运动轨迹和速率。

（2）动力学算法　从运动的动因出发，由力学方程确定物体的运动形式。

（3）反向运动学算法　已知链接物末端的位置和状态，反求运动方程以确定运动形式。

（4）反向动力学算法　已知链接物末端的位置和状态，反求动力学方程以确定运动形式。

（5）随机运动算法　在某些场合下加进运动控制的随机因素。

算法动画是指按照物理或化学等自然规律对运动控制的方法。算法可针对不同类型物体的运动方式进行控制，从简单的质点运动到复杂的涡流、有机分子碰撞等。一般按物体运动的复杂程度分为：质点、刚体、可变软组织、链接物、变化物等类型，也可以按解析式定义物体。

用算法控制运动的过程包括：给定环境描述、环境中的物体造型、运动规律、计算机通过算法生成动画帧。目前针对刚体和链接物已开发了不少较成熟的算法，对软组织和群体运动控制方面也做了不少工作。

模拟摄影机实际上是按照观察系统的变化来控制运动，从运动学的相对性原理来看是等价方式，但也有其独特的控制方式，例如可在二维平面定义摄影机运动，然后增设纵向运动控制。还可以模拟摄影机变焦，其镜头方向由观察坐标系中的视点和观察点确定，镜头绕此轴线旋转，用来模拟上下游动、缩放效果。

4.3　二维动画制作软件——Flash

4.3.1　Flash 简介

Flash 的前身是 Future Splash，是早期网络上流行的矢量动画软件。Flash 软件可以实现多种动画特效，动画是由一帧帧的静态图片在短时间内连续播放而造成的视觉效果，是表现动态过程、阐明抽象原理的一种重要工具。使用 Flash 不仅可以制作出声、色俱佳，互动性极高的动画影片，还可以创建出高质量的"模拟智能"程序，完成人机对话；甚至可以使用 Flash 完成整个网站的建设。

Flash CS3 是 Adobe Creative Studio 3 中的一个成员，在前面版本的基础上进行了许多的改进。Flash CS3 支持全新的 Action Script 3.0 脚本语言，该语言包含图形、算法、网络传输等多种类库，为开发者提供了一个丰富的开发环境。

Flash 的特点：

1）使用矢量图形和流式播放技术。与位图图形不同的是，矢量图形可以任意缩放尺寸而不影响图形的质量；流式播放技术使得动画可以边播放边下载，从而缓解了网页浏览者焦急等待的情绪。

2）通过使用关键帧和图符使得所生成的动画（.swf）文件非常小，几 KB 的动画文件已经可以实现许多令人心动的动画效果，用在网页设计上不仅可以使网页更加生动，而且小巧玲珑、下载迅速，使得动画可以在打开网页很短的时间里就得以播放。

3）把音乐、动画、声效，交互地融合在一起，越来越多的人已经把 Flash 作为网页动画设计的首选工具，并且创作出了许多令人叹为观止的动画（电影）效果。而且在 Flash4.0 的版本中已经可以支持 MP3 的音乐格式，这使得加入音乐的动画文件也能保持小巧的"身材"。

4）强大的动画编辑功能使得设计者可以随心所欲地设计出高品质的动画，通过 ACTION 和 FS COMMAND 可以实现交互性，使 Flash 具有更大的设计自由度，另外，它与当今最流行的网页设计工具 Dreamweaver 配合默契，可以直接嵌入网页的任一位置，使用非常方便。

4.3.2　Flash CS3 基本绘图工具

1. Flash CS3 的工作界面

启动 Flash CS3，首先看到的是开始页面对话框，页面中列出了一些常用的任务，如图 4-1 所示。

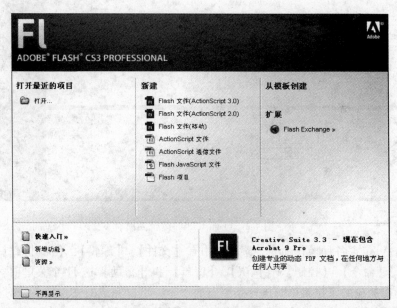

图 4-1　开始页面对话框

　　在开始页面对话框的左边栏是最近打开过的项目，中间栏是创建各种类型的新项目，右边栏是从模板创建的各种动画文件。

　　●"打开最近的项目"：单击【打开】按钮，将弹出"打开"对话框，用户就可以查看最近打开过的文档。

　　●"新建"：用户可以从列表中选择要新建的文件类型。

　　●"从模板创建"：列出了最常用的模板，允许用户从中选择。单击【更多】按钮，将弹出"从模板新建"对话框。

　　●"扩展"：可以连接到 Adobe Flash CS3 Exchange Web 站点，可下载附加应用程序，获取最新信息。

　　在"新建"选项中单击【Flash 文件（Action Script 3.0）】按钮，进入 Flash CS3 的编辑界面，如图 4-2 所示。

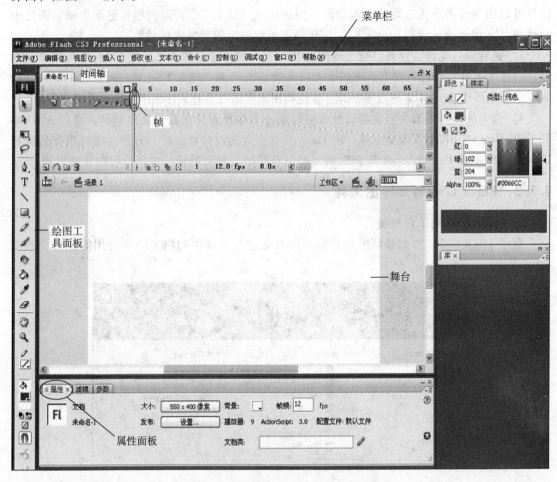

图 4-2　Flash CS3 的编辑界面

　　●菜单栏：包含各种操作命令，菜单栏中有【文件】、【编辑】、【视图】、【插入】、【修改】、【文本】、【命令】、【控制】、【调试】、【窗口】和【帮助】这 11 个菜单项。单击每个菜单项，会显示出相应的下拉菜单。执行菜单上的命令，可以完成对文件及各种对象的操作。

　　●绘图工具面板：主要由各种选择工具、绘图工具、文本工具、视图工具和填充工具以及一些相关选项组成。

- 时间轴：用来组织文档随时间播放的状况，主要包括图层、帧和播放头。
- 舞台：这个白色的矩形区域主要用来安排图形内容。图形内容包括矢量图形、位图图形、视频、文本和按钮等。
- 属性面板：显示舞台或时间轴上当前选定项的相关属性。

2. Flash CS3 中的基本术语

（1）舞台　舞台是用户在创建 Flash 文档时放置图形内容的矩形区域，该区域中的内容即为当前帧的内容。在实际播放影片文件时，舞台矩形区域以内的图形对象是可见的，而区域外的图形对象是不可见的。

在工作时，如果需要更改舞台的视图，可以使用放大和缩小功能。Flash 默认的舞台大小是 550×400 像素，默认背景为白色。结合属性面板可以调整这些默认值，属性面板的设置如图 4-3 所示。

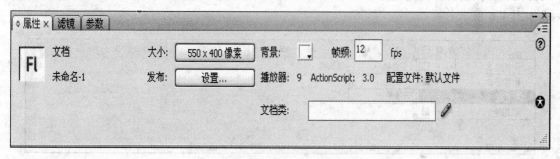

图 4-3　舞台的相关属性

（2）时间轴　时间轴是一个以时间为基础的线性进度的安排表，用户可以方便地以时间的进度为基础，一步步安排每一个动作。时间轴由图层、帧和播放头三部分组成。Flash 将时间轴分割成许多大小相同的小块，每一小块代表一帧。帧由左到右运行就形成了动画电影。时间轴是安排并控制帧的排列及将复杂动作组合起来的窗口。时间轴的组成如图 4-4 所示。

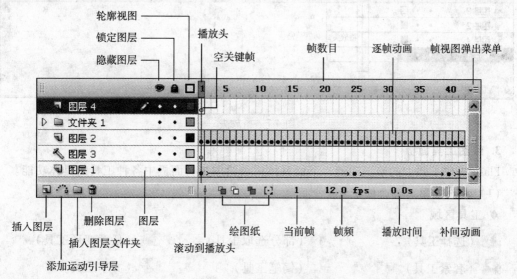

图 4-4　时间轴的组成

1）图层：图层是一种按顺序堆积的透明窗口，具有方便管理对象和组织重叠对象的功能。位于不同图层上的对象，其互相之间是独立的。把对象放置在不同的图层，可以通过改变图层的排列顺序方便地实现对各对象堆叠顺序的控制和重置。图层面板如图4-5所示。

2）帧：帧是时间轴上的一个小格子，是舞台内容中的一个片段。帧是Flash影片的基本组成部分。Flash影片播放的构成就是每一个帧的内容按顺序展现的构成。帧放置在图层上，Flash按照从左到右的顺序来播放帧。Flash中常见的帧主要有：空白帧、关键帧及延长帧。其中Flash把所有标记的帧称为关键，关键帧可以识别动作的开始和结束。每个关键帧可以设定特殊的动作，包括移动、变形和进行透明变化。帧的组成如图4-6所示。

图4-5　图层面板

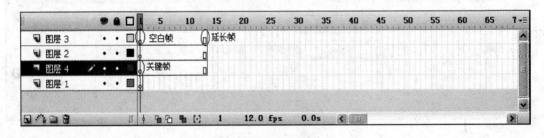

图4-6　帧的组成

3）播放头：播放头所指的帧的内容会展现在舞台上，用户可以方便地对帧的内容进行编辑，如图4-7所示。

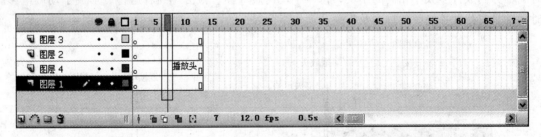

图4-7　播放头

3. 绘图工具面板

Flash提供了强大的绘图功能，下面具体讲解绘图工具面板中各种工具的具体功能。

（1）整个绘图工具面板分为4个区域

◆ 工具区域

（选择工具）　　　　　（部分选取工具）　　　　　（任意变形工具）

（套索工具）　　　　　（钢笔工具）　　　　　T（文本工具）

（线条工具）　　　　　（矩形工具）　　　　　（铅笔工具）

（刷子工具）　　　　　　（墨水瓶工具）　　　　　　（颜料桶工具）

（滴管工具）　　　　　　（橡皮擦工具）

◆　查看区域

（手形工具）：　　　　　（缩放工具）：

◆　颜色区域

（笔触颜色）：　　　　　（填充颜色）：

（笔触和颜色互换）　　　（没有颜色）

◆　选项区域

（贴紧至对象）　　　　　（平滑）　　　　　　　　　（伸直）

（2）各工具的名称及功能介绍

（选择工具）：用来选取文字或图像，并且可以对图像进行修改。

（部分选取工具）：通过选取图形的节点和路径来改变图像的形状。

（任意变形工具）：对图像进行旋转、缩放、倾斜、扭曲、封套等变形操作，隐藏选项中的"渐变变形"工具主要是对颜色进行渐变变形操作。

（套索工具）：用"魔棒"工具或"多边形"来选取文字处理或图形。

（钢笔工具）：用节点和路径来绘制直线或曲线。有"钢笔工具"、"添加锚点工具"、"删除锚点工具"、"转换锚点工具"四个子工具。

（文本工具）：用来输入文字。

（线条工具）：用来绘制直线。

（矩形工具）：用来绘制椭圆和矩形。有"矩形工具"、"椭圆工具"、"基本矩形工具"、"基本椭圆工具"、"多角星形工具"五个子工具。

（铅笔工具）：用来自由绘制线条。

（刷子工具）：用来自由绘制刷子效果的线条或填充所选对象的内部颜色。

（墨水瓶工具）：用来描绘所选对象的边缘轮廓。

（颜料桶工具）：用来对封闭区域进行填充颜色。

（滴管工具）：用来吸取文字或者图像的颜色。

（橡皮擦工具）：用来擦除文字或图像。

4.3.3　Flash 动画的基本操作原理

动画就是将事先绘制好的一帧一帧的连续图片进行连续播放，利用人们的眼睛具有"视觉暂留"的特性，就形成了动画的效果。Flash 动画的基本操作原理也是将对象设置为一帧一帧的动作进行连续播放，就形成影片，即我们常说的 Flash 电影。

首先来了解制作 Flash 动画时，帧是如何设置的。Flash CS3 中默认的帧频是 12fps（帧/秒），如图 4-8 所示。

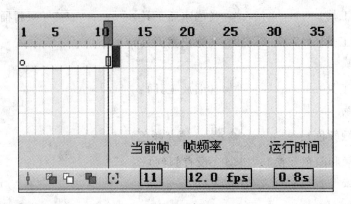

图 4-8　一般动画的设置

如果要设置"帧频"，可以在"属性"面板中单击"大小"右边的按钮，弹出"文档属性"对话框，如图 4-9 所示。

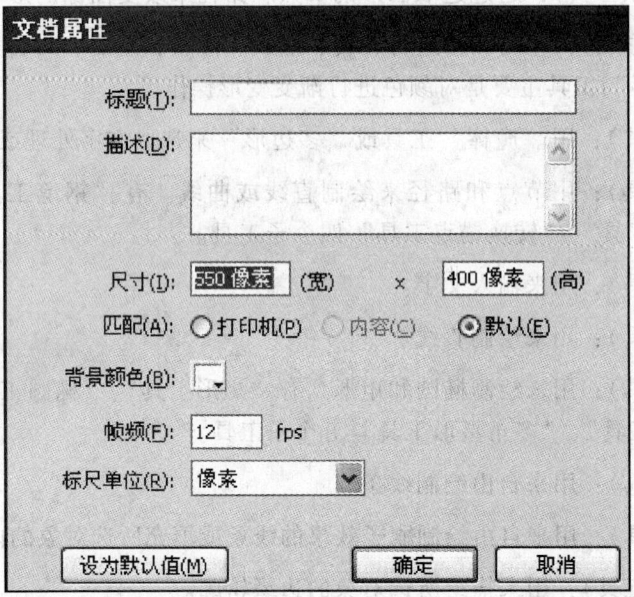

图 4-9　"文档属性"对话框

4.3.4　创建动画及实例

在 Flash 中，动画的创建方式主要有两种：逐帧动画和补间动画。补间动画又包括两种类型，即动画补间和形状补间。通过结合使用这些动画创建方法，可以制作出丰富多彩的动画效果。

动画中基本的时间单位就是帧，在讲解逐帧动画之前，首先了解一下"帧"的概念。

帧是时间轴上记录动作的小格，帧在时间轴上的显示方式有很多种，如图 4-10 所示，其主要目的是为了方便用户的使用和对帧的管理。制作动画时，没有帧的存在，也就没有动画的存在。

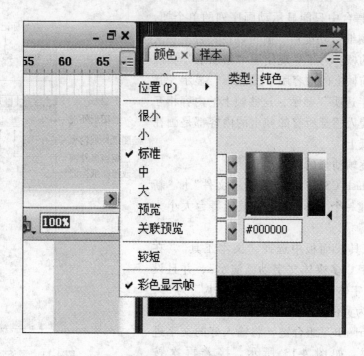

图 4-10　帧的显示方式

　　Flash 中最常用的帧主要有关键帧、空白帧和延长帧。其中关键帧是 Flash 中最重要的组成部分。

　　● 空白帧：此帧的标志是中间的圆点是空心的，代表此帧上没有内容。插入空白关键帧可以按 F7 键。

　　● 关键帧：此帧的标志是中间是实心圆，代表此帧有东西存在。插入关键帧可以按 F6 键。

　　● 延长帧：此帧的标志是中间是空心方块，代表关键帧上的对象在舞台上的持续时间（即延长多少时间）。插入延长帧可以按 "F5" 键。

　　当需要对时间轴上的帧的属性进行修改时，在此帧上单击鼠标右键，在弹出的快捷菜单中可以对帧进行调节。通过对帧概念的了解，使大家明白动画必须由帧的运动来形成。

1. 逐帧动画

　　逐帧动画就是对每一帧的内容都逐个进行绘制，然后将这些帧按照一定的速度顺序进行播放而形成的动画。这种动画方式最适合于创建图像在每一帧中都在变化而不是在舞台上移动的复杂动画。使用逐帧动画生成的文件要比补间动画大得多。

　　逐帧动画需要一帧一帧地绘制，工作量比较大。通常逐帧动画被用在制作传统的 2D 动画中，而且经常被使用。

　　逐帧动画对刻画人物或动物的动作很到位，因此，在表现角色的走、跑和跳等一些很精细的动作时，都是用逐帧动画来完成的。例如图 4-11 所示的篮球运动员灌篮动画。

　　在制作 Flash 动画时，如需完成人物或动物的走路或者跑步等动作时，就要用到 "绘图纸" 功能。

　　"绘图纸" 是定位和编辑动画的辅助功能，这个功能对制作逐帧动画非常有用。一般情况下，Flash 在舞台中只能显示动画序列的单个帧，但在使用"绘图纸"功能后，就可以在舞台上一次性地查看全部的帧。为了呈现使用"绘图纸"功能后的场景，当前帧上的内容用"全色彩"显示，其他的帧则以"半透明"显示，这些帧上的内容相互层叠在一起，使人感觉所有的帧上的内容都是画在一个半透明的纸上。

下面介绍逐帧动画的制作步骤：

1）打开 Flash CS3 软件，选择"文件"|"新建"命令，创建一个 Flash 文档，设置舞台大小为 550×450 像素。

2）在"工具"面板中选择"文本工具"，在舞台中输入文字"多媒体文字动画演示"，并且设置文字属性，"字体"为宋体，"字体大小"为 55，字体"颜色"为黄色，如图 4-12 所示。

3）按"Ctrl+B"组合键，将输入好的文字进行第一次打散，如图 4-13 所示，接着再次按"Ctrl+B"组合键，将其进行第二次打散，最终将

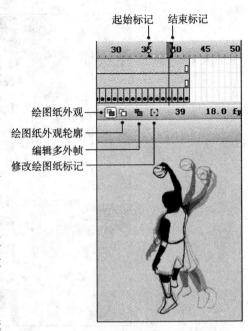

图 4-11　灌篮动画

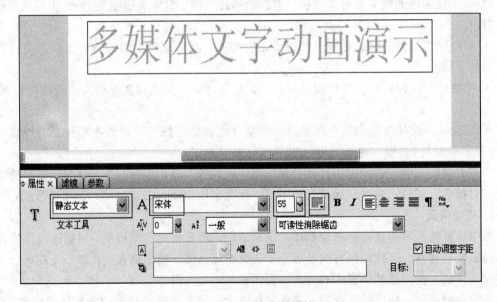

图 4-12　设置文字的属性

图 4-13　进行文字打散

静态文本变为可编辑状态，如图 4-14 所示。

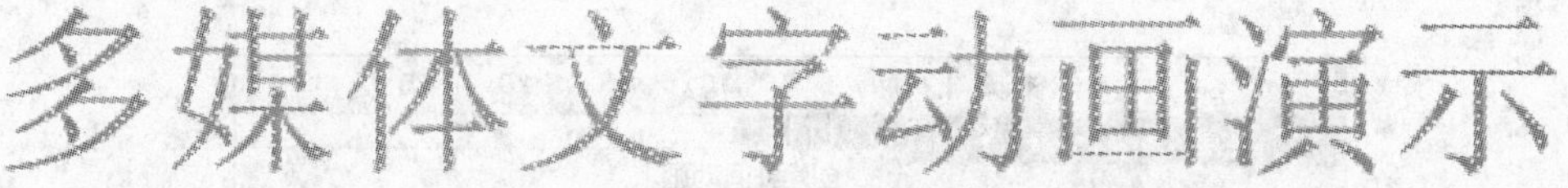

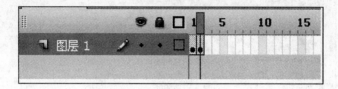

图 4-14　文字打散后

4）在时间轴上的第 2 帧处添加一个关键帧，并选择文字"示"，将其删除，如图 4-15 和图 4-16 所示。

图 4-15　加入关键帧

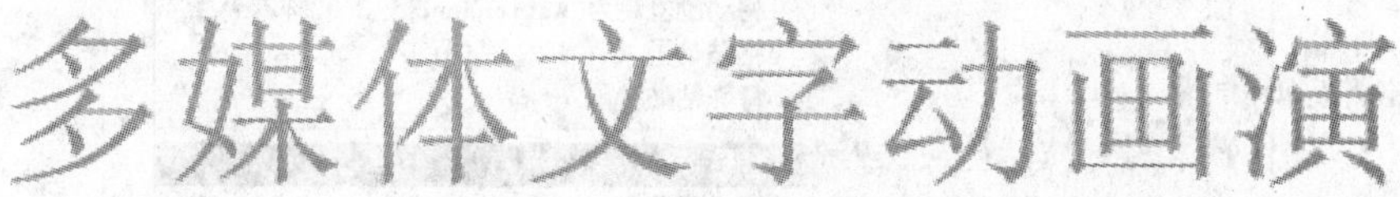

图 4-16　删除文字"示"

5）按照先添加关键帧再删除对象的方法，依次将舞台上的文字删除，最后在舞台上只保留文字"多"，如图 4-17 所示。

图 4-17　舞台上只保留"多"

6）拖动播放头就可以很清晰地看出文字是逐个消失的，但是由于动画的要求是需要文字逐个出现，因此必须将帧进行翻转。选择最后一个关键帧并按住鼠标左键向前拖动进行全

部选中，单击鼠标右键，在弹出的快捷菜单中选择"翻转帧"命令，将帧进行翻转，如图
4-18 所示。

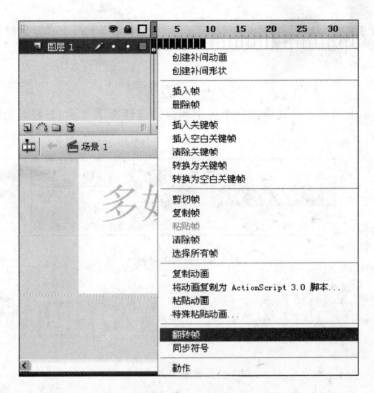

图 4-18　设置翻转帧

7）按住"Ctrl + Enter"组合键生成预览，来观看所制作的动画。

2. 形状补间动画

补间动画只需要绘制开始帧和结束帧，而中间的全部帧由补间来完成，如图 4-19 所示。

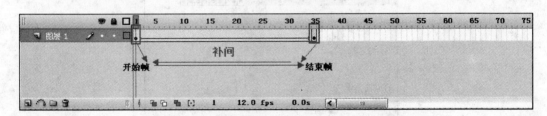

图 4-19　补间的生产

形状间动画用于创建动画对象形状发生变化的动画，而且它只能作用于属性为"形状"
的对象。也就是说，形状补间动画是针对形状变化的动画。例如，从侧脸到正脸的转换，如
图 4-20 所示。

通过图 4-20 可以看出，如果是在传统的手绘动画中，要体现图 4-20 中第 2～4 幅的图
像，则需要进行中间画进行绘制。但在 Flash 动画中就可以利用形状补间动画来完成这个复
杂的过程。只需要将人的侧脸和人的正脸分别放置在开始帧和结束帧的位置，中间的 2～4
帧就可以交给补间动画来完成。

图 4-20 从侧脸到正脸的转换

掌握了形状补间动画的基本概念后，现在我们来制作一个简单的形状补间动画。

1）打开 Flash CS3 软件，选择"文件"│"新建"命令，创建一个 Flash 文档，设置舞台大小为 550×450 像素，"背景"设置为黑色。

2）选择"工具"面板中的"椭圆工具"，在舞台的右下角绘制一个只有笔触颜色，没有填充颜色的黄色圆，如图 4-21 所示。

3）在时间轴上选择第 25 帧，按"F5"键将其延长，在第 26 帧处添加一个空白帧（按"F7"键），如图 4-22 所示。

图 4-21 线框的圆

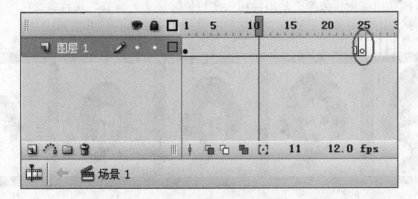

图 4-22 添加空白关键帧

4）选择第 26 帧，并选择"矩形工具"，在舞台的左上角绘制一个红色线框的正方形，如图 4-23 所示。

5）绘制完后回到第 1 帧的位置，单击鼠标右键，在弹出的快捷菜单中，选择"创建补间形状"命令。此时在时间轴上会形成一个箭头，说明补间动画可以运行，如图 4-24 所示。

6）制作完成后，按"Ctrl + Enter"组合键生成预览，如图 4-25 所示。

图 4-23 红色线框的正方形

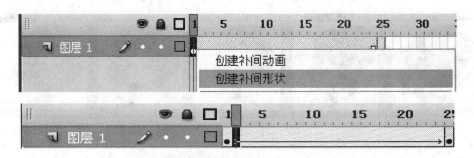

图 4-24　创建补间动画

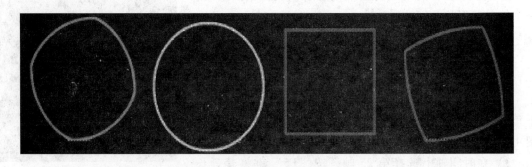

图 4-25　由圆形到方形的形状补间

3. 动画补间动画

动画补间动画就是在动画中只出现同一个对象的移动、缩放、旋转或变色。动画补间动画就是针对同一对象的移动、缩放、旋转和变色的运动，如图 4-26 所示。

图 4-26　头部由大到小的变化过程

制作动画补间动画必须满足的条件为应用的对象必须是元件或组合对象。

下面制作一个简单的动画补间动画。

1）打开 Flash CS3 软件，选择"文件"｜"新建"命令，创建一个 Flash 文档，设置舞台大小为 550×450 像素，"背景"设置为黑色。

2）按"Ctrl＋R"组合键导入一张位图图像。选择"任意变形工具"调节位图的大小，将其放置到舞台的左上角，然后按"Ctrl＋G"组合键进行组合，如图 4-27 所示。

3）在时间轴的第 20 帧处，按"F6"键插入关键帧，并选择组合后的位图图像，将其移到舞台的右下角，选择"任意变形工具"将其缩小，如图 4-28 所示。

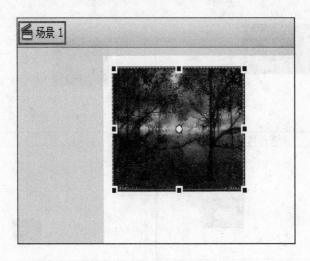

图 4-27　导入位图

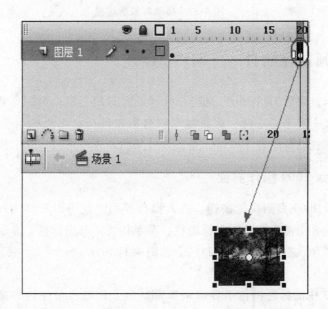

图 4-28　移动并缩小

4）回到时间轴的第 1 帧处，单击鼠标右键，在弹出的快捷菜单中选择"创建补间动画"命令，此时在时间轴上出现箭头，补间动画形成，如图 4-29 所示。

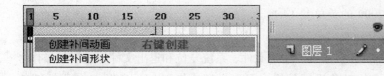

图 4-29　创建补间动画

5）制作完成后，按"Ctrl + Enter"组合键生成浏览，如图 4-30 所示。

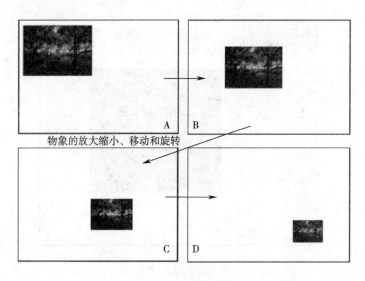

物象的放大缩小、移动和旋转

图 4-30　移动对象的过程

4.4　三维动画制作软件——3DS Max

3D Studio Max，简称 3DS Max，是当今全球最流行的三维动画制作软件之一，它是 Autodesk 公司开发的一款三维建模、动画制作和渲染软件。它广泛应用于游戏动画、建筑动画、室内设计、影视动画等各个领域，是三维效果图制作不可或缺的工具。

4.4.1　3DS Max 2009 操作界面

双击 3DS Max 2009 桌面快捷按钮，进入操作界面，就可以看到 Max 的界面屏幕布局，整个界面可以分为 8 个部分，分别是标题栏、菜单栏、工具图标栏、命令面板、视图区、动画控制区、提示栏和状态栏、视图控制区。如图 4-31 所示。

1. 标题栏

3DS Max 2009 中的标题栏位于界面最顶部。位于标题栏最左边的是 Max 的程序图标，双击它可以关闭当前的应用程序，紧随其后的是文件名称、文件的打开路径（保存路径）和软件名称；在标题栏最右侧是与所有标准的 Windows 应用软件相同的三个基本控制按钮：最小化、最大化和关闭。

2. 菜单栏

如图 4-32 所示，3DS Max 2009 的菜单共 14 项。

下面是各项菜单的主要功能。

● 文件：用于新建、保存、打开、输入、输出文件、系统复位和退出文件等常用的操作。

● 编辑：主要用于对场景中的对象进行编辑。可以撤销或恢复上一步操作，保存和恢复场景信息，选择、复制和删除场景中的操作对象。

● 工具：用于对操作对象进行精确地转换，调整对象间的移动、对齐、镜像、阵列和设置高光点等。

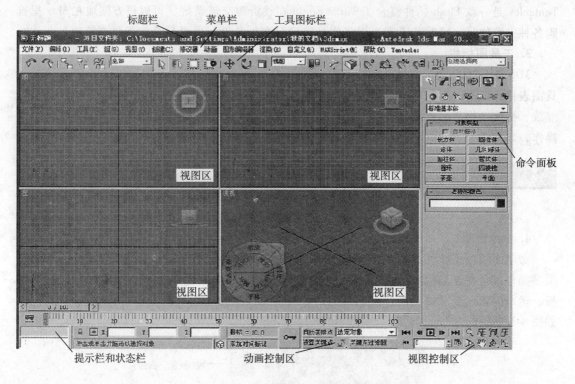

图 4-31　3DS Max 2009 操作界面

文件(F)　编辑(E)　工具(T)　组(G)　视图(V)　创建(C)　修改器　动画　图形编辑器　渲染(R)　自定义(U)　MAXScript(M)　帮助(H)　Tentacles

图 4-32　菜单项

- 组：包含管理组合对象的命令，用于将场景中的对象成组和解组的功能。
- 视图：视图菜单主要用来执行与视图有关的操作，如保存或恢复激活的视图，设置视图的背景图像，更新背景图像及进行视图栅格和显示模式的设置等。
- 创建：此菜单主要用于创建标准几何体、扩展几何体、粒子、二维图形、场景灯光和摄像机等物体。
- 修改器：主要用于修改对象，包括选择编辑器、面片/样条编辑器、网络编辑器、动画编辑器和 UV 贴图坐标编辑器等。
- 动画：用于执行与动画相关的命令，对动画的运动状态进行约束和设置，还可以预览生成的动画等。
- 图形编辑器：主要用于操作轨迹视图、概要视图的新建、打开、保存和删除等。
- 渲染：用于渲染场景、环境、灯光、纹理和光线等。
- 自定义：让您可以使用自定义用户界面的控制。此菜单还提供了设置系统优化的命令。
- MAXScript（脚本）：用于 Max 脚本文件的创建、打开和运行，以及宏的记录、可视 MAX 脚本进行打开和编辑等操作。
- 帮助：可以访问 3DS Max 联机参考系统。
- Tentacles：是 Turbo Squid 出品的插件，把它加入到了 Autodesk 3DS Max 2009 中。

Tentacles 是一款 Flash 插件整合了 Turbo Squid 在线资源交流系统，可以很方便地在 Max 里选购各种三维物品，同时艺术家可以将作品整理后在线备份，也可与合作者分享情报。

3. 工具图标栏

3DS Max 2009 为了能够让用户更好地进行三维的设计工作，专门提供了快速方便的工具图表栏，把平时工作中最习惯常用的基本操作功能集成进来，比如：重做、选择、旋转、缩放、拖拽、材质、锁定、渲染等最基本常用的功能，用图标的方式展现出来，加快平时的操作，如图 4-33 所示。

图 4-33　工具图标栏

4. 命令面板

命令面板位于软件界面的右侧，它是 3DS Max 的主要工作区域，也是它的核心部分，很多操作都是在这里完成。命令面板包括 6 大部分，分别是创建面板、修改面板、层次面板、运动面板、显示面板以及工具面板，每一个面板下为各自的命令内容，有些还有分支，如图 4-34 所示。

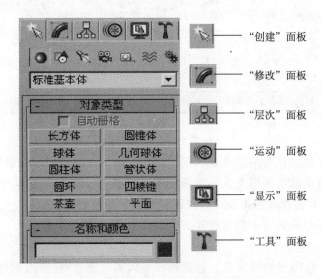

图 4-34　命令面板

（1）"创建"面板　"创建"面板提供用于创建对象的控件。这是在 3DX Max 中构建新场景的第一步。用户可能要在整个项目过程中继续添加对象，例如，当渲染场景时需要添加更多的灯光。

"创建"面板将所创建的对象种类分为 7 种，每一种类别有自己的按钮，每一种类别内可能包含几个不同的对象子类别。使用下拉列表可以选择对象子类别，每一类对象都有自己的按钮，单击该按钮即可开始创建。

"创建"面板提供的 7 种对象类别为：几何体、形状、灯光、摄影机、辅助对象、空间扭曲对象、系统。

（2）"修改"面板　通过 3DS Max 的"创建"面板，可以在场景中旋转一些基本对象，包括 3D 几何体，2D 形状、灯光和摄像机、空间扭曲以及辅助对象。这时，可以为每个对象指定一组自己的创建参数，该参数根据对象类型定义其几何和其他特性。放到场景中之后，对象将携带其创建参数。用户可以在"修改"面板中更改这些参数，之后可以使用"修改"面板来指定修改器。修改器是重新整形对象的工具。当它们塑造对象的最终外观时，修改器不能更改其基本创建参数。

（3）"层次"面板　通过"层次"面板可以用来调整对象间层次链接的工具。

（4）"运动"面板　"运动"面板提供用于调整选定对象运动的工具。例如，可以使用"运动"面板上的工具调整关键点时间及其缓入和缓出。"运动"面板还提供了"轨迹视图"的替代选项，用来指定动画控制器具。如果指定的动画控制器具有参数，则在"运动"面板中显示其他卷展栏。

（5）"显示"面板　"显示"面板可以访问场景中控制对象显示方式的工具。使用"显示"面板可以隐藏和取消隐藏、冻结和解冻对象、改变其显示特性、加速视口显示以及简化建模步骤。

（6）"工具"面板　"工具"面板提供了很多在 3DS Max 中运行的用于完成一些特殊的操作，同时还提供了一些由第三方开发商提供的独立运行的插件和 3DS Max 的脚本程序。

5. 视图区

视图区位于界面的中间部分，软件默认的视图模式为四个视图：Top（顶视图）、Front（前视图）、Left（左视图）和 Perspective（透视图），这四个视图是用户进行操作的主要工作区域。一般情况下，是在 Perspective（透视图）中对模型进行整体的观察，以获得准确的数据，再到 3 个正视图中完成模型的调整。为了能更好地对制作的场景进行观察和编辑，我们可以对任意一个视图进行最大化和视图之间的切换，按"Alt + W"组合键是对视图进行最大化显示，在任意视图中按"V"键，在出现的菜单中单击所要观察到的视图名称，就可以进行视图之间的切换。同时，用户还可以根据自己的需要修改视图的显示模式。

6. 动画控制区

动画控制区位于视图的下方，主要包括时间帧滑块、自动关键点、设置关键点、动画的播放以及动画时间的控制。动画控制区如图 4-35 所示。

图 4-35　动画控制区

7. 提示栏和状态栏

提示栏和状态栏位于界面的下方，状态栏主要用于显示选定对象的类型和数量，位于提示栏上面。提示栏显示当前使用工具的提示文字，指导用户如何使用此工具进行操作，提示栏位于状态栏下方的窗口底部，可以基于当前光标位置和当前程序活动来提供动态反馈，根据用户的操作，提示栏将显示不同的说明，指出程序的进展程度或下一步的具体操作。例如，单击"移动"按钮时，提示行显示"单击拖动以选择并移动对象"。当光标放置在任意工具栏和状态栏的图标上时，工具提示也显示在提示行中。提示栏和状态栏如图 4-36 所示。

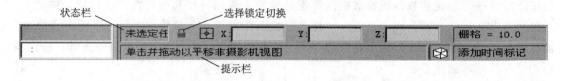

图 4-36　提示栏和状态栏

8. 视图控制区

视图控制区位于界面的右下角，是控制视口显示和导航的按钮。一些按钮针对摄像机和灯光视口进行更改。"视野"按钮将针对"透视"视口进行更改。

导航控件取决于活动视口。透视视口、正交视口、摄像机视口和灯光视口都拥有特定的控件。正交视口包括"用户"视口及"顶"视口、"前"视口等。所有视口中的"所有视图最大化显示"弹出按钮和"最大化视口切换"都包括在"透视和正交"视口控件中。

许多控件是一种模式，这表明这些控件可以重复使用。按钮在启用时将高亮显示，若要将其禁用，请按"Esc"键，并在视口中单击鼠标右键，或选择另一个工具。

4.4.2　三维动画的创作实例

本节通过一个简单的深海扬帆动画效果来介绍 3DS Max 制作简单动画的方法，以及三维动画的制作流程。本例中主要涉及建模、材质、灯光和摄像机的设置和合并场景文件等操作，以及渲染输出动画的基本操作。

1. 创建运动的水面

（1）设置动画时间与背景

1）运行 3DS Max 2009 软件后，首先设置时间的长度。

在"时间控制"工具栏中单击 按钮，打开"时间配置"对话框，在对话框中将"动画"选项组中的"长度"设置为 300 帧，单击"确定"按钮，如图 4-37 所示。

2）在菜单栏项中选择"渲染"｜"环境"命令，打开"环境和效果"对话框，在"背景"选项组中单击"环境贴图"下的贴图按钮，再在弹出的"材质/贴图浏览器"对话框中，选择"新建"和"2D 贴图"中的"位图"，单击"确定"按钮，在打开的对话框中选择一个文件"天空 .TIF"，单击"打开"按钮，如图 4-38 所示。

3）在菜单栏中选择"视图"｜"视口

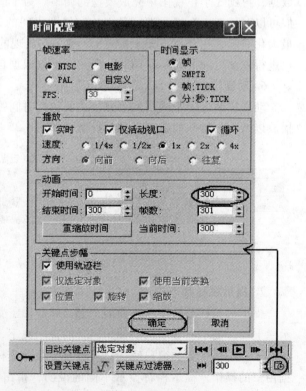

图 4-37　时间配置

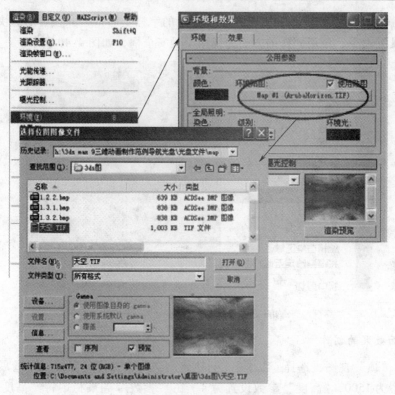

图 4-38　设置环境背景

背景"命令，在弹出的"视口背景"对话框中选中"背景源"中的"使用环境背景"复选框，并选中"显示背景"复选框，如图4-39 所示。

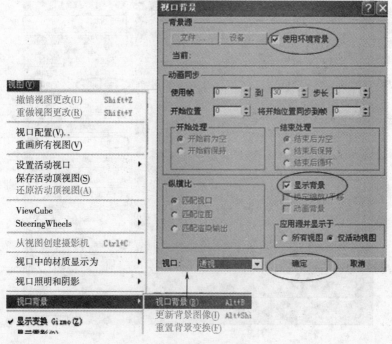

图 4-39　视口背景设置

4）在场景中激活"透视"视图，在"视图"的字样上右击，并在弹出的快捷菜单中选择"显示背景"命令，再用同样的方法为视图设置安全框，如图 4-40 所示。

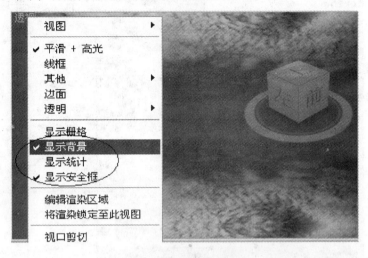

图 4-40 选择"显示背景"命令

（2）水面效果的创作

1）激活"顶"视图，选择 "圆柱体"工具，在"键盘键入"卷展栏中将"半径"参数设置为1500，"高度"参数设置为4，在"参数"卷展栏中将"高度分段"、"端面分段"和"边数"参数分别设置为1、30、40，并单击"创建"按钮，在"顶"视图中创建一个圆柱体，将它命名为"海面"，如图 4-41 所示。

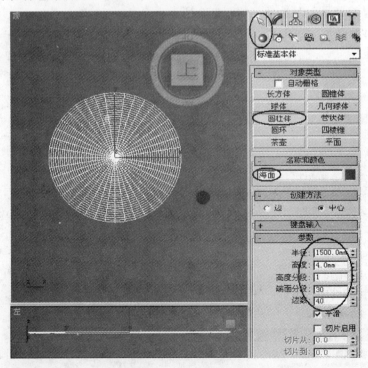

图 4-41 创建圆柱体

2）设置"海面"材质，在工具栏中单击 ![按钮] 按钮，打开材质编辑器，选择一个新的材质样本球，并将其命名为"海面"，参考如图 4-42 所示设置材质。

在"明暗器基本参数"卷展栏中，将阴影模式定义为 Blinn。

在"Blinn 基本参数"卷展栏中，将"环境光"和"漫反射"的 RGB 值分别设置为 0、0、15，将"反射高光"选项组中的"高光级别"和"光泽度"参数分别设置为 30、40。

在"贴图"卷展栏中单击"凹凸"后面的 None 按钮，在弹出的"材质/贴图浏览器"对话框中选择"噪波"贴图，单击"确定"按钮。

进入"凹凸"贴图通道，在"噪波参数"卷展栏中将"大小"参数设置为 45，如图 4-42 所示。

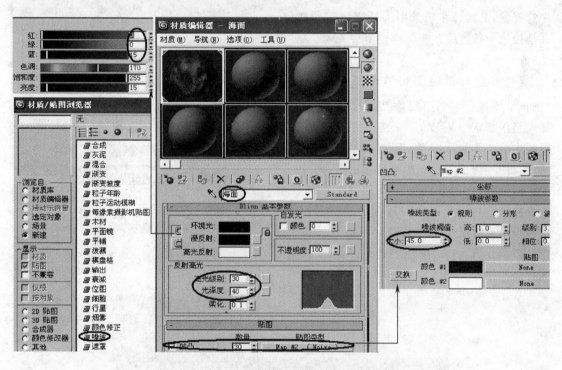

图 4-42 设置材质

3）单击 ![按钮] 按钮回到父级材质面板，在"贴图"卷展栏中将"反射"通道后的"数量"设置为 55，同时单击左侧的"None"按钮，在弹出的"材质/贴图浏览器"对话框中选择"位图"贴图，单击"确定"按钮，再在弹出的对话框中选取准备好的文件"SKY.jpg"，单击"打开"按钮。

进入"反射"贴图通道，在"坐标"区域中选择"贴图"方式为"收缩包裹环境"。单击 ![按钮] 按钮，回到父级材质面板，并单击 ![按钮] 按钮将材质指定给场景中的"海面"对象。

4）设置"海面"材质动画。拖动时间滑块至第 300 帧位置处，打开"自动关键点"动画记录按钮。激活材质编辑器，单击按钮 ![按钮] 向上移动一个材质层，进入"凹凸"通道的噪波贴图层，在"坐标"卷展栏中将"偏移"下的 X、Y、Z 值设置为 50、50、150，然后关闭【自动关键点】动画记录按钮，如图 4-43 所示。

5）选择　／"几何/可变形/涟漪"工具，在"顶"视图中创建一个空间扭曲工具，在"参数"卷展栏中将"振幅1"和"振幅2"参数分别设置为15、15，将"波长"参数设置为125，在"显示"区域中将"圈数"、"分段"和"尺寸"参数分别设置为20、20和15，如图4-44所示。

6）在场景中将空间扭曲绑定到"海面"对象上，其操作步骤如图4-45所示。在工具栏中选择　　工具，在场景中选择空间扭曲对象，并拖拽出一条虚线，将其绑定到"海面"对象上。

7）将空间扭曲绑定后，在场景中选择"海面"对象，并切换到　　面板，在堆栈中选择"涟漪绑定（WSM）"命令，在"参数"卷展栏中将"弹性"参数设置为0.5，如图4-46所示，使"海面"涟漪的坡度小一点。

8）将时间滑块拖到300帧处，在场景中选择涟漪空间扭曲对象，打开"自动关键点"按钮设定关键点，在"参数"卷展栏中将"相位"参数设置为5，添加关键点，关闭"自动关键点"按钮，如图4-47所示。

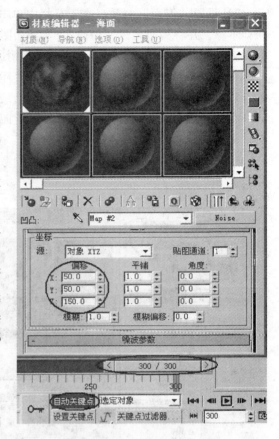

图 4-43　设置材质动画

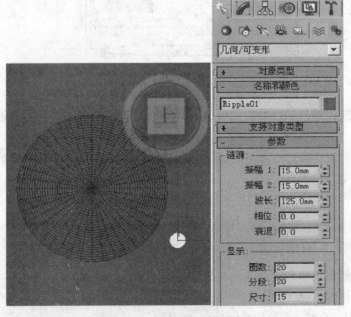

图 4-44　创建空间扭曲对象

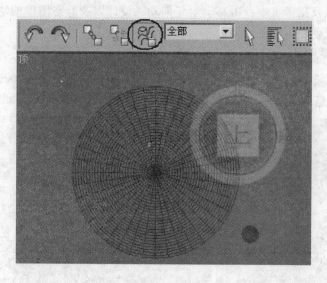

图 4-45 绑定对象

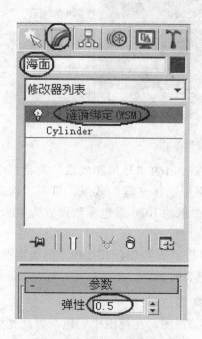

图 4-46 设置涟漪参数

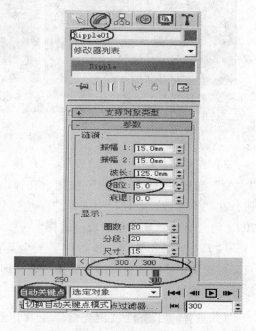

图 4-47 设定关键点

（3）合并场景文件 接下来将为场景添加一艘轮船。在菜单栏中选择"文件/合并"命令，在弹出的"合并文件"对话框中打开准备好的场景文件"船.max"，单击"打开"按钮合并文件。

2. 摄像机和灯光的创建

（1）摄像机的创建 在一个场景模型中摄像机等同于人的眼睛，用来观察场景的效果，摄像机是三维制作者最强有力的工具之一，在整个制图流程中它有着统观全局的重要意义。在制作动画或效果图时有效地使用摄像机对整个动画或图像效果的影响非常大。摄像机角度、焦距、视力以及摄像机本身的移动对任何动画设计以及静态图像的制作都非常重要。接下来我们将为场景创建摄像机对象。

1）选择 　　"目标"工具，在"顶"视图中创建一架摄像机，在"参数"卷展栏中的"环境范围"区域中选中"显示"复选框，将"近距范围"值设置为700，将"远距范围"值勤设置为2388。这是为了给场景设置雾效，让海面产生一种朦胧的效果，如图4-48所示。

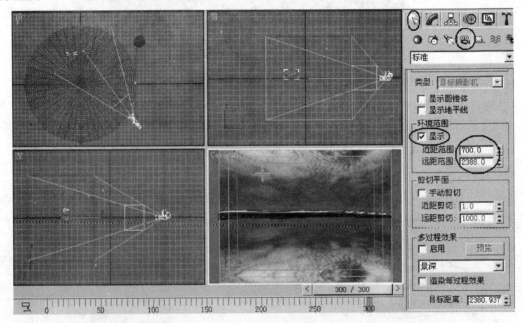

图4-48　创建摄像机

2）在菜单栏中选择"渲染"｜"环境"命令，在弹出的"环境和效果"对话框中单击"大气"卷展栏中的"添加"按钮，在弹出的对话框中选择"雾"效果，单击"确定"按钮，在"雾参数"卷展栏中选择"颜色"色块，将弹出的RGB颜色参数设置为105、138、209，将"雾化背景"选项取消选择。

（2）灯光的设置　在场景中要产生某种视觉的艺术效果都会有几种不同类型的灯光，只要根据所创建的场景合理地安排灯光，即可得到想要的效果。接下来我们将为动荡的水面添加灯光效果。

1）选择 　　"泛光灯"工具，激活"顶"视图，在视图中创建一盏泛光灯，并在其他视图中调整其位置，在"强度/颜色/衰减"卷展栏中将"倍增"值设置为1.3，将灯光颜色的RGB值设置为180、180、180，如图4-49所示。

2）选择 　　"目标聚光灯"工具，在"常规参数"卷展栏中，选中"阴影"选项组中的"启用"复选框，在阴影类型下拉列表中选择"光线跟踪阴影"阴影类型；在"强度/颜色/衰减"卷展栏中将"倍增"值设置为5.5，并将其颜色的RGB参数设置为180、180、180；在"聚光灯参数"卷展栏中将"聚光区/光束"值设置为40.2，将"衰减区/区域"值设置为42.2然后在工具栏中选择 　 工具，在场景中调节目标聚光灯的位置，完成后的灯光效果如图4-50所示。

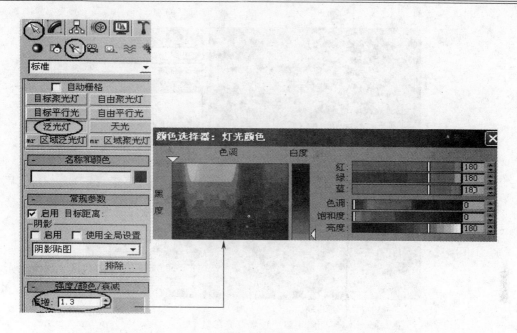

图 4-49　创建灯光

图 4-50　灯光的效果图

3）选择 Ommi01，按"Ctrl + V"组合键对其进行复制，在打开的对话框中选择"复制"方式，单击"确定"按钮。单击 按钮，进入修改命令面板，在"强度/颜色/衰减"卷展栏中将"倍增"值重新设置为 5.49，如图 4-51 所示。

3. 渲染输出场景

在工具栏中单击 按钮，打开"渲染设置：默认扫描线渲染器"对话框，选择"公用"面板；在"时间输出"选项组中选择"范围"选项，在"输出大小"选项组中设置输出尺寸为 320×240，在"渲染输出"选项组中单击"文件"按钮，在打开的对话框中设置

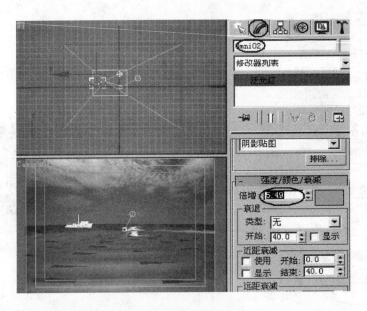

图 4-51 设置灯光参数

文件名称，选择保存类型为 .avi，单击"保存"按钮。再在打开的对话框中将"主帧比率"设置为 0，单击"确定"按钮，如图 4-52 所示。

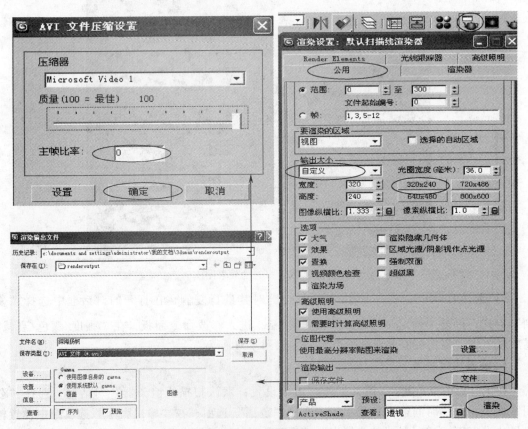

图 4-52 渲染动画

　　再单击"渲染"按钮进行动画渲染。看一下渲染的效果或播放制作完成的场景动画效果，制作完成。

本 章 小 结

　　本章介绍了计算机动画技术的相关知识，包括动画与计算机动画的基本概念、动画的分类、动画的文件格式、计算机动画的应用，以及计算机动画原理。本章最后通过具体示例介绍了二维动画软件 Flash 的逐帧动画和补间动画的制作，通过一个简单的深海扬帆动画效果来介绍三维动画制作软件 3DS Max 的动画制作方法，以及三维动画的制作流程。通过本章的学习，希望读者对动画的制作有个初步的了解。

思 考 题

4-1　什么是动画？什么是计算机动画？

4-2　动画分为哪几种类型？

4-3　什么是逐帧动画？什么是补间动画？

4-4　简述计算机动画的应用领域。

4-5　使用 Flash 制作一个电子相册。

4-6　使用 3DS Max 制作一个弹跳的球体。

第 5 章　视频技术及视频处理软件

人类通过眼睛感知外部视觉信息,有关统计资料表明,70% 以上的信息是由视觉获取的。在多媒体应用系统中,视频是一种重要的媒体,应用非常广泛:视频处理技术是多媒体技术较复杂的信息处理技术,随着计算机技术和数字电视技术不断融合,计算机具备了处理电视信号的能力。利用计算机处理数字视频信息是多媒体领域研究的一个重要方向。本章首先从视频信号的基本概念入手,介绍视频的基础知识,然后介绍视频的数字化及视频信息的获取与处理等相关处理技术,最后介绍视频处理软件 Premier 的使用。

5.1　视频基础

视频就其本质而言,就是其内容随时间变化的一组动态图像,视频又叫做序列图像、运动图像或活动图像。视频与加载的同步声音共同呈现动态的视觉和听觉效果。视频按照处理的方式的不同可以分为模拟视频和数字视频。随着数字技术不断地渗入到视频处理中,电视正经历着从模拟向数字化的转变。所谓数字视频信号是指在视频信号产生、处理、存储与重放过程中采用的都是数字信号,它在时间轴和幅度轴上均是离散的信号。计算机处理的信号是数字信号,可以直接进行存储、编辑和传输。

5.1.1　模拟视频

模拟视频是指在视频信号产生、处理、记录与重放、传输与接收中采用的是连续的模拟信号。普通的广播电视信号是一种典型的模拟视频信号。电视摄像机通过电子扫描将时间、空间函数所描述的景物进行光电转换后,得到一个基于时间函数的电信号,电平的高低对应于景物亮度的大小,这种电视信号称为模拟电视信号,其特点是信号在时间和幅度上都是连续变化的。

模拟电视系统通常采用光栅扫描方式。光栅扫描是指在一定的时间间隔内电子束从显示器的顶部开始,从左到右、从上到下的方式扫描感光表面。电视系统以每帧扫描行数、每秒扫描场数、信道频带宽度以及扫描方式等作为基本技术要求和参数。扫描方式通常分为逐行扫描(图 5-1)和隔行扫描(图 5-2)两种。

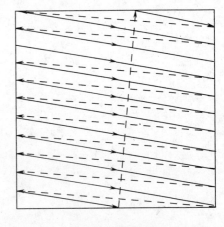

图 5-1　逐行扫描

5.1.2　彩色电视信号及制式

黑白电视只传送一个反映景物亮度的电信号,而彩色电视除了传送亮度信号以外还要传

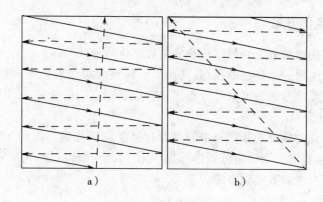

图 5-2　隔行扫描

a）隔行扫描奇数场　b）隔行扫描偶数场

送色度信号。彩色电视的理论基础是建立在色度学和视觉生理学基础上的。

　　视频中彩色图像中颜色分量的不同合成方式形成了不同的制式。目前世界普遍使用的彩色电视制式有三种：NTSC（National Television Systems Committee）制、PAL（Phase-Alternative Line）制和 SECAM（法文：SEquential Coleur Avec Memoire）制。

　　1）NTSC 制式：它是 1952 年由美国国家电视标准委员会指定的彩色电视广播标准，它采用正交平衡调幅的技术方式，故也称为正交平衡调幅制。该标准定义了将信息编码成电信号并最终形成电视画面的方法，基本内容为：视频信号的帧由 525 条水平扫描线构成，在高速运动的电子束驱动下，这些水平扫描线每隔（1/30）s 在显像管表面刷新一次，刷新过程非常快，因此，看上去这些图像好像是静止的。为了绘制单帧视频信号，电子束实际要执行两次扫描，第一次扫描所有奇数行，然后再扫描所有偶数行。每一次扫描（扫描速率为每秒 60 次，或者 60Hz）绘制一部分视频信号，然后将两部分组合起来以 30fps 的速率创建单帧视频。美国、日本、加拿大、墨西哥和其他许多国家都采用该标准。

　　2）PAL 制式：它是原联邦德国在 1962 年指定的彩色电视广播标准，它采用逐行倒相正交平衡调幅的技术方法，克服了 NTSC 制相位敏感造成色彩失真的缺点。PAL 标准将屏幕分辨率增加到 625 条线，但是扫描速率降到了 25fps。与 NTSC 类似，采用隔行扫描方式，奇数行和偶数行图像均需要 1/50s 的扫描时间，即刷新频率为 50Hz。该标准主要用于德国、英国等一些西欧国家，新加坡、中国大陆及中国香港，澳大利亚、新西兰等国家采用这种制式。

　　3）SeCAM 制式：SeCAM 是法文的缩写，意思为"按顺序传送彩色与存储"，是由法国在 1956 年提出，1966 年制定的一种新的彩色电视制式。SeCAM 也是一种 625 线、50Hz 的系统，它也克服了 NTSC 制式相位失真的缺点，但采用时间分隔法来传送两个色差信号。使用 SeCAM 制的国家主要集中在法国、东欧和中东一带。

5.2　视频信号的数字化

　　要在多媒体计算机中处理视频信息，必须把视频模拟信号转换成数字化的信号。模拟视频信号通过视频采集设备数字化后，就变成了一帧帧由数字图像组成的图像序列，即数字视频信号。模拟视频的数字化主要包括视频信号采样、彩色空间转换、量化等工作。

5.2.1　视频数字化方法

视频数字化方法通常有复合数字化和分量数字化两种。

复合数字化是先用一个高速的模/数（A/D）转换器对全彩色电视信号进行数字化，然后在数字域中把亮度信号和色度信号分离出来，以获得 YC_bC_r 分量、YUV 分量或 YIQ 分量，最后再转换成 RGB 分量。

分量数字化是先对复合视频信号中的亮度和色度加以分离，得到 YUV 或 YIQ 分量，然后用三个模/数转换器对三个分量分别进行数字化，最后再转换成 RGB 分量。分量数字化是采用较多的一种模拟视频数字化方法。

5.2.2　视频数字化过程

视频模拟信号的数字化是指将模拟信号经过采样、量化、编码后形成用若干位二进制的两个电平来表示的信号。

1. 视频采样

视频采样的基本原理是根据人的视觉系统所具有的两个特性：一是人眼对亮度信号的敏感程度比对色度信号的敏感程度高，利用这个特性可以把图像中表达颜色的信号去掉一些而人眼察觉不到；二是人眼对图像细节的分辨能力有一定的限度，利用这个特性可以把图像中的高频信号去掉而人却不易察觉。对视频信号进行采样时，通常有两种采样方法，一种是使用相同的采样频率对图像的亮度信号和色差信号进行采样，这种方法可以保持较高的图像质量，但产生的数据量较大；另一种是对亮度信号和色差信号分别采用不同的采样频率进行采样（通常是色差信号的采样频率低于亮度信号的采样频率，这种把色度样本少于亮度样本的采样称为子采样），这种采样可以减少采样的数据量，是实现数字视频数据压缩的一种有效的方法。

视频图像的子采样格式有以下四种：

1）4:4:4 格式：在每条扫描线上每 4 个连续的采样点取 4 个亮度 Y 样本、4 个红色差样本和 4 个蓝色差样本，共 12 个样本，相当于每个像素用 3 个样本表示，也称为全采样。这种方式对于原本就具有较高质量的信号源来说，可以保证其色彩质量，但数据量较大。

2）4:2:2 格式：在每条扫描线上每 4 个连续的采样点取 4 个亮度 Y 样本、间隔取 2 个红色差样本和 2 个蓝色差样本，共 8 个样本，平均每个像素用 2 个样本表示。用这种方式获得的图像质量也较好。

3）4:1:1 格式：在每条扫描线上每 4 个连续的采样点取 4 个亮度 Y 样本、1 个红色差样本和 1 个蓝色差样本，共 6 个样本，相当于每个像素用 1.5 个样本表示。

4）4:2:0 格式：是指在水平和垂直方向上每 2 个连续的采样点上各取 2 个亮度 Y 样本、1 个红色差样本和 1 个蓝色差样本，共 6 个样本，平均每个像素用 1.5 个样本表示。

2. 视频量化

视频量化就是进行图像幅度上的离散化处理。如果信号量化精度为 8 位二进制位，那么信号就有 $2^8 = 256$ 个量化等级；如果亮度信号用 8 位量化，则对应的灰度等级最多只有 256 级；如果 R、G、B 三个色度信号都用 8 位量化，就可以获得 $2^8 \times 2^8 \times 2^8 = 16777216$ 种色彩。

对于以上的四种不同采样格式，如果采用 8 位量化精度，则每个像素的采样数据如

表 5-1 所示。

表 5-1　采样格式与像素数据位数

采 样 格 式	样本个数/像素	采样数据位数/像素
4:4:4	3	$3 \times 8 = 24$
4:2:2	2	$2 \times 8 = 16$
4:1:1	1.5	$1.5 \times 8 = 12$
4:2:0		

5.2.3　数字视频的文件格式

数字视频的文件格式有很多种类型，不同的文件格式有不同的应用领域，常见的视频文件格式有：

1. AVI 格式

它的英文全称为 Audio Video Interleaved，即音频视频交错格式。它于 1992 年被 Microsoft 公司推出，随 Windows3.1 一起被人们所认识和熟知。所谓"音频视频交错"，就是可以将视频和音频交织在一起进行同步播放。这种视频格式的优点是图像质量好，可以跨多个平台使用，但是其缺点是体积过于庞大，而且更加糟糕的是压缩标准不统一，因此，经常会遇到高版本 Windows 媒体播放器播放不了采用早期编码编辑的 AVI 格式视频，而低版本 Windows 媒体播放器又播放不了采用最新编码编辑的 AVI 格式视频。

2. DV 格式

DV 格式的英文全称是 Digital Video Format，是由索尼、松下、JVC 等多家厂商联合提出的一种家用数字视频格式。目前非常流行的数码摄像机就是使用这种格式记录视频数据的。它可以通过计算机的 IEEE-1394 端口将视频数据传输到计算机，也可以将计算机中编辑好的视频数据回录到数码摄像机中。这种视频格式的文件扩展名一般也是 .avi，所以我们习惯地称它为 DV-AVI 格式。

3. MPEG 格式

它的英文全称为 Moving Picture Expert Group，即运动图像专家组格式，家里常看的 VCD、SVCD、DVD 就是这种格式。MPEG 文件格式是运动图像压缩算法的国际标准，它采用了有损压缩方法从而减少运动图像中的冗余信息。MPEG 的压缩方法说得更加深入一点就是保留相邻两幅画面绝大多数相同的部分，而把后续图像中和前面图像有冗余的部分去除，从而达到压缩的目的。目前 MPEG 格式有五个压缩标准，分别是 MPEG-1、MPEG-2、MPEG-4、MPEG-7 和 MPEG-21。

4. DivX 格式

这是由 MPEG-4 衍生出的另一种视频编码（压缩）标准，也即我们通常所说的 DVDrip 格式，它采用了 MPEG-4 的压缩算法同时又综合了 MPEG-4 与 MP3 各方面的技术，也就是使用 DivX 压缩技术对 DVD 盘片的视频图像进行高质量压缩，同时用 MP3 或 AC3 对音频进行压缩，然后再将视频与音频合成并加上相应的外挂字幕文件而形成的视频格式。其画质直逼 DVD 并且体积只有 DVD 的几分之一。

5. MOV 格式

MOV 是美国 Apple 公司开发的一种视频格式，默认的播放器是苹果的 QuickTime Player。它具有较高的压缩比率和较完美的视频清晰度等特点，但是其最大的特点还是跨平台性，即不仅能支持 Mac OS，同样也能支持 Windows 系列。

6. ASF 格式

它的英文全称为 Advanced Streaming format，它是 Microsoft 公司为了和现在的 Real Player 竞争而推出的一种视频格式，用户可以直接使用 Windows 自带的 Windows Media Player 对其进行播放。由于它使用了 MPEG-4 的压缩算法，所以压缩率和图像的质量都很不错。

7. WMV 格式

它的英文全称为 Windows Media Video，也是 Microsoft 公司推出的一种采用独立编码方式并且可以直接在网上实时观看视频节目的文件压缩格式。WMV 格式的主要优点包括：本地或网络回放、可扩充的媒体类型、可伸缩的媒体类型、多语言支持、环境独立性、丰富的流间关系以及扩展性等。

8. RM 格式

Networks 公司所制定的音频视频压缩规范称之为 Real Media，用户可以使用 Real Player 或 RealOne Player 对符合 Real Media 技术规范的网络音频/视频资源进行实况转播，并且Real Media 还可以根据不同的网络传输速率制定出不同的压缩比率，从而实现在低速率的网络上进行影像数据实时传送和播放。这种格式的另一个特点是用户使用 Real Player 或 RealOne Player 播放器可以在不下载音频/视频内容的条件下实现在线播放。

9. RMVB 格式

这是一种由 RM 视频格式升级延伸出的新视频格式，它的先进之处在于 RMVB 视频格式打破了原先 RM 格式那种平均压缩采样的方式，在保证平均压缩比的基础上合理利用比特率资源，就是说静止和动作场面少的画面场景采用较低的编码速率，这样可以留出更多的带宽空间，而这些带宽会在出现快速运动的画面场景时被利用。这样在保证了静止画面质量的前提下，大幅地提高了运动图像的画面质量，从而图像质量和文件大小之间就达到了微妙的平衡。

5.3　视频信息的获取与处理

实现数字视频文件的创作包括视频采集、编辑、修饰及输出四个步骤。视频采集主要是指从模拟视频源捕获图像并转换成数字视频的过程；视频编辑是指将收集到的其他媒体资料如图形、声音、说明性文字等加入到捕获的视频中；视频修饰是指通过切换、特殊效果、叠加及标题等进行修饰，以增加视频图像的表现力；视频输出是指根据应用需求生成一个压缩的视频文件。

5.3.1　视频信息的采集

在制作多媒体作品时，视频信息是必不可少的。若采用计算机进行视频的编辑与处理，就需要将各个视频源设备中的内容采集进来。视频采集的常用的方法有三种：

1）利用摄像机等设备直接拍摄得到素材。摄像机拍摄的素材可能是模拟的，也可能是数字的，这就需要通过视频采集卡输入到计算机中。不同的视频采集卡所提供的接口也不同，一般的视频都带有复合视频输入和 S 端子输入接口，性能好的视频卡带有分量视频输入接口。而普通的视频源设备如磁带录像机、摄像机等至少都带有复合视频输出端口或 S-Video 接口。只需要把这些设备的输出端口与采集卡相应的输入端口连接起来就可以实现信号的采集。

对于用 DV 拍摄的节目可以通过 IEEE-1394 数据线采集到计算机中，以数字文件的形式存储在硬盘上。而对于目前比较先进的光盘或硬盘摄像机则可以直接在拍摄的同时进行模/数转换和压缩编码处理，并以数字视频文件的格式进行存储。

2）利用计算机上专门的工具软件产生的彩色图形、静态图像和动态图像。在计算机中利用工具软件可以方便地绘制出各种各样的效果，而且生成的图形、图像文件可以直接使用，动画格式文件还可以转换成 AVI 等视频格式。

3）通过扫描仪将照片、文字材料输入到计算机中生成数字图像。可以直接对静态图像进行编辑处理，也可以将静态图像序列组合连接成连续播放的视频文件。

5.3.2　视频编辑

视频信息捕获之后需要对视频数据进行编辑，首先可将视频信息中无关紧要的信息裁剪掉，使视频内容更加紧凑。所有的编辑软件都使用一个"时间线"来共享许多要素。时间线通常有四个轨道：视频、音频、变换和叠加。视频轨道包含所有的视频图像、动画及位图；变换轨道包含影视图像 A 与图像 B 之间的变换，它可从滚动的切换窗口中选择；音频轨道包含影像中的声音，还能接受从其他得到的分离的声音片断；叠加轨道通常称为 S 轨道，包含标题、图片及通过色度咬合或类似技术在视频图像 A 与（或）B 上叠加视频。视频编辑软件一般都可以处理 AVI、WAV、Animator、FLC/FLI 等格式的文件。所有的编辑软件都能够从各种层次观察，从低级的每一帧的显示到高级的"等时线"上一分钟或数分钟的所有帧的显示。编辑软件在定义时间线上的音频与视频轨道的表现方式时，会影响系统的性能。

5.3.3　视频修饰

捕获到所需的视频并放置在时间线上后，就要通过变换过滤器、特殊效果、锁定及标题来修饰视频图像。变换是指从一个片断平滑移动到下一个片断。最简单的变换是什么也不做，在两个视频的连接帧之间有一个断点。另一种简单的变换是淡化及擦除：淡化是指前一个影像淡出到白色或黑色，下一个视频从黑色或白色淡入；擦除是指用横跨屏幕的一条线在屏幕上擦除第一个视频的同时插入第二个视频。Digital Video Producer 可以处理简单的变换和擦除，而 Premiere 的过滤器则具有专业水平的修饰功能。

过滤器分为矫正过滤和特殊效果两种类型：矫正过滤通过色彩平衡及亮度解决视频本身的问题；特殊效果只是视频的基本模样。虽然许多视频捕获卡都有平衡控制，但是要达到专业水平的视频质量就要修剪像素，Premiere 可方便地一步完成这项工作。

叠加处理用于将两个或多个片断的内容组合在一个视频中，并通过锁定技术"告诉"编辑软件忽略哪一部分视频或将哪部分视频叠加。在处理标题时，把标题放在一个视频或叠加轨道上通过锁定技术与视频集成在一起，并利用移动控制一定标题的位置。

5.3.4　视频输出

大多数的视频捕获及用于数字播放的编辑目标压缩成 Windows AVI 格式的视频。然而，Microsoft 提供的初始压缩，达不到数据传输速率的要求，或者声音与视频不能同步。现在，许多人采用其他软件处理视频而不用 VidEdit 压缩原始文件。如果使用的视频编辑软件没有使目标代码匹配 VidEdit 的功能，就必须重新按原格式生成文件，并使用其他的编辑软件进行压缩。

5.4　视频编辑软件 Premiere Pro 的使用

5.4.1　Premiere Pro 简介

Adobe Premiere Pro 是目前最流行的非线性编辑软件，是数码视频编辑的强大工具，它作为功能强大的多媒体视频、音频编辑软件，应用范围不胜枚举，制作效果美不胜收，足以协助用户更加高效地工作。Adobe Premiere Pro 以其新的合理化界面和通用高端工具，兼顾了广大视频用户的不同需求，在一个并不昂贵的视频编辑工具箱中，提供了前所未有的生产能力、控制能力和灵活性。Adobe Premiere Pro 是一个创新的非线性视频编辑应用程序，也是一个功能强大的实时视频和音频编辑工具，是视频爱好者们使用最多的视频编辑软件之一。

Adobe Premiere Pro 作为全球著名的影视制作软件。它提供了更强大、高效的增强功能和先进的专业工具，包括尖端的色彩修正、强大的新音频控制和多个嵌套的时间轴，并专门针对多处理器和超线程进行了优化，能够利用新一代基于英特尔奔腾处理器、运行 Windows XP 的系统在速度方面的优势，提供一个能够自由渲染的编辑体验。

Adobe Premiere Pro 既是一个独立的产品，也是新推出的 Adobe Video Collection 中的关键组件。它建立在 PC 上编辑数码视频的新标准，它的新架构能快速响应客户的需求，提供更强大的、能够有效生成漂亮视频项目的应用。

Adobe Premiere Pro 在制作工作流中的每一方面都获得了实质性的发展，允许专业人员用更少的渲染作更多的编辑。Premiere Pro 编辑器能够定制键盘快捷键和工作范围，创建一个熟悉的工作环境，诸如三点色彩修正、YUV 视频处理、具有 5.1 环绕声道混合的强大的音频混频器和 AC3 输出等专业特性都得到进一步的增强。

"Adobe Premiere Pro 中的一切功能都为视频专业人员进行了优化"，总部位于美国波士顿、得到国家承认的公共电视局 WGBH 的制作人 Anthony Manupelli 说："从可以点击和拖拉的运动路径的改进，到获得很大增强的媒体管理功能，以及带来大量 Adobe 字体和模块的字幕工具，Premiere Pro 为专业人员提供了编辑素材获得播放品质所需要的一切功能。"

Adobe Premiere Pro 把广泛的硬件支持和坚持独立性结合在一起，能够支持高清晰度和标准清晰度的电影胶片。用户能够输入和输出各种视频和音频模式，包括 MPEG2、AVI、WAV 和 AIFF 文件，另外，Adobe Premiere Pro 文件能够以工业开放的交换模式 AAF（Advanced AuthoringFormat，高级制作格式）输出，用于进行其他专业产品的工作。

作为 Adobe 屡获殊荣的数码产品线的一员，Adobe Premiere Pro 能够与 Adobe Video Collection 中的其他产品无缝集成，这些产品包括 Adobe Audition、Adobe Encore DVD、Adobe Photoshop 和 After Effects 软件。Adobe Premiere Pro 和 After Effects 6.0 共同合作，较之在两个应用之间独立工作相比，共享数据容易得多。用户能够以带有章节注记的 MPEG2 或 AVI 文件模式输出 Adobe Premiere Pro 项目，由 Adobe Encore DVD 转化为章节数。由于 Photoshop 的带图层文件置入 Adobe Premiere Pro 时，既可以把图层合并置入也可以将每一个图层独立作为一个视频轨置入，使 Photoshop 用户获益匪浅。这些集成的特性有助于创建一个灵活的工作流，节省制作时间，提高效率。

5.4.2 影视制作的基础知识

1. 一些影视术语

1) Clip（剪辑）：一部电影的原始素材。它可以是一段电影、一幅静止图像或者一个声音文件。在 Adobe Premiere Pro 中，一个剪辑是一个指向硬盘文件的指针。

2) Frame（帧）：电视、影像和数字电影中的基本信息单元。在北美，标准剪辑以每秒 30 帧（frames persecond，fps）的速度播放。

3) Time Base（时基）：在北美，时基等于每秒 30 帧（fps）；因此，一个一秒长的剪辑就包括 30 帧。

4) SMPTPE Time Code（SMPTE 时间码）：也称为标准时间码。这一标准赋予视频的每一帧一个数值，使其在剪辑时允许作为进点和出点使用。

5) Hours:Minutes:Seconds:Frames（时:分:秒:帧）：以 Hours:Minutes:Seconds:Frames 来描述剪辑持续时间的 SMPTE（Society of Motion Picture andTelevision Engineers，电影与电视工程师协会）时间代码标准。若时基设定为每秒 30 帧，则持续时间为 00:06:51:15 的剪辑表示它将播放 6 分 51 秒。

6) QuickTime：Apple 公司开发的一种系统软件扩展，可在 Macintosh 和 Windows 应用程序中综合声音、影像以及动画。QuickTime 电影是一种在个人计算机上播放的数字化电影。

7) Microsoft Video for Windows（在微软视窗上应用的视频）：Microsoft 公司开发的一种影像格式，可在 Windows 应用程序中综合声音、影像以及动画。AVI 电影是一种在个人计算机上播放的数字化电影。

8) Capture（获取）：将模拟原始素材（影像或声音）数字化并通过使用 Adobe Premiere Movie Capture 或 Audio Capture 命令直接把图像或声音录入 PC 的过程。影像和声音可实时获取（电影以正常速度播放）或非实时获取（电影以慢速播放）。

9) Compression（压缩）：用于重组或删除数据以减小剪辑文件尺寸的特殊（硬件或软件）方法。如需要压缩影像，可在第一次获取到计算机时进行或者在 Adobe Premiere Pro 中编译时再压缩电影。

10) Compression Ratio（压缩比）：是指图像文件原始大小和经压缩后图像文件大小的比值。信号编码解码器（Code）是指压缩/解压缩的运算法则，也就是压缩与解压缩所使用的压缩标准（如 JPEG）。

11) Aspect Ratio（屏幕长宽比）：在电影和电视中，屏幕长宽比是指屏幕的宽度和高度的比例。大多数台式机和普通电视的长宽比为 4:3。

2. 影视后期制作过程

影视制作的过程一般来说，通过计算机进行的后期制作，包括把原始素材镜头编制成影视节目所必需的全部工作过程。它包括了以下几个步骤：

（1）整理素材　所谓素材指的是用户通过各种手段得到的未经过编辑（或者称剪接）的视频和音频文件，它们都是数字化的文件。制作影片时，需将拍摄到的胶片中包含声音和画面的图像输入计算机，转换成数字化文件后再进行加工处理。这里的素材可以指：

- 从摄像机、录像机或其他可捕获数字视频的仪器上捕获到的视频文件；
- Adobe Premiere 或其他软件建立的 Video for Windows 或 Quick Time Video；
- Adobe Photoshop 文件；
- Adobe Illustrator 文件；
- 数字音频、各种数字化的声音、电子合成音乐以及音乐；
- 各种动画文件（.Fli、.FLC）；
- 不同图像格式的文件，如 BMP、TIF 和 GIF 等；

（2）确定编辑点（切入点和切出点）和镜头切换的方式　编辑时，选择自己所要编辑的视频和音频文件，对它设置合适的编辑点，就可达到改变素材的时间长度和删除不必要素材的目的。镜头的切换是指把两个镜头衔接在一起，使一个镜头突然结束，下一个镜头立即开始。在影视制作上，这既指胶片的实际物理接合（接片），又指人为创作的银幕效果。Premiere Pro 可以对素材中的镜头进行切换，实际上是软件提供的过渡效果，操作过程是这样的，素材被放在时间线视窗（Timeline Windows）中分离的 Video1 A 和 Video1 B 轨道中，然后将过渡效果视窗中选择的过渡效果放到 T 轨道中即可。

（3）制作编辑点记录表　传统的影片编辑工作离不开对磁带或胶片上的镜头进行搜索和挑选。编辑点实际上就是指磁带上和某一特定的帧画面相对应的显示数码。操纵录像机寻找帧画面时，数码计数器上都会显示出一个相应变化的数字，一旦把该数字确定下来，它所对应的帧画面也就确定了，就可以认为确定了一个编辑点。编辑点分两个，分别是切入点和切出点。以往影片在进行传统编辑时，对剪辑师的要求非常严格。剪辑师必须把剪辑室整理得井井有条，便于进行编辑工作。在和导演或制片人磋商剪辑问题后，将所有要进行编辑的胶片号码和影片的编号都登记在记录卡上。使用计算机编制编辑点记录表的工作和剪辑师做记录卡的工作一样。用 Adobe Premiere Pro 编辑素材后，编制一个编辑点的记录表（EDL），记录对素材进行的所有编辑，一方面有利于在合成视频和音频时使两种素材的片断对上号，使片断的声音和画面同步播放。另一方面作一个编辑点记录表，大大有助于识别和编排视频和音频的每个片断。制作大型影片而要编辑大量的素材时，它的优势就更为明显了。

（4）把素材综合编辑成节目　剪辑师将实拍到的分镜头按照导演和影片的剧情需要组接剪辑，他要选准编辑点，才能使影片在播放时不出现闪烁。在 Premiere Pro 的时间线视窗中，可按照指定的播放次序将不同的素材组接成整个片断。素材精准的衔接，可以通过在 Premiere Pro 中精确到帧的操作实现。

（5）转场过渡　转场也就是场面转换，它是一门技术性的工作，不同的场面转换可以产生不同的艺术效果。差不多所有的影片都要有从一个场景切换到另一个场景的操作。例如为突出壮观、惊险或恐怖等场面，可以使用技术转场，即利用摄影机的运动造成视线上、视场上和空间上的改变。

作为一种镜头间的转场方式，在节目的编辑中"切"的方法属于无技巧转场，它只是利用镜头的自然过渡来连接两个场面。而在实际的节目制作中，为了体现不同的视觉效果和叙事要求，还需要用到技巧转场的方式，如利用特技来连接两个场面。

（6）添加影视特技效果　影视特技效果的原理实际上是把组成一幅幅画面的像素进行重新的编码与计算，从而得到一种新的像素排列方式，进而使画面产生一种不同的视觉效果。

通过 Premiere Pro 可以对已经成为数字文件的素材随心所欲地处理，包括画面的亮度及层次校正、色彩变换、速度变换以及各种复杂的处理。此外，在多层画面叠加时，每一层画面上的像素都可以混合在一起，而且每一层的透明度都可以调节。也可以使画面上某些像素完全透明，叠加进其他的图像。

（7）在节目中叠加标题字幕和图形　Adobe Premiere Pro 的标题视窗工具为制作者提供展示自己艺术创作与想象能力的空间。利用这些工具，用户能为自己的影片创建和增加各种有特色的文字标题（仅限于二维）或几何图像，并对它实现各种效果，如滚动、产生阴影和产生渐变等。而以往的传统的字幕制作或图形效果的制作必须先拍摄实物，然后制作成为所谓的插片，由剪辑师将插片添加到胶片中才能实现。

（8）添加声音效果　这个步骤可以说是第（4）步的后续工作。在第（4）步工作中，不仅进行视频的编辑，也要进行音频的编辑。一般来说先把视频剪接好，最后才进行音频的剪接。添加声音效果是影视制作不可缺少的工作。使用 Premiere Pro 可以为影片增加更多的音乐效果，而且能同时编辑视频音频。

3. 影片的编辑方式

不同节目的制作在声音和图像的处理上要用到不同的编辑方法：

（1）联机编辑方式　联机编辑方式（Online Editing）指的是在同一台计算机上，进行从对素材的粗糙编辑到生成最后影片所需要的所有工作。一般来说就是对硬盘上的素材进行直接的编辑。以前联机编辑方式主要运用于那些需要高质量画面和高质量数字信息处理的广播视频中。它需要拥有贵重的工作设备，编辑者常常付不起这种费用。而如今计算机的处理速度愈来愈快，联机编辑方式已经适用于编辑很多要求各异的影片了。拥有高级计算机终端的用户可以使用联机方式进行广播电视或动画片的制作。值得注意的是，使用这种方法编辑数字化文件时，所有的编辑都要保证计算机正常运行，才能实现真正的联机。

（2）脱机编辑方式　在脱机编辑方式（Offline Editing）中所使用的都是原始影片的拷贝副本，最后使用高级的终端设备输出他们最终制成的节目。脱机方式主要为了用低价格的设备制作影片。这种方式简单得就像用录像机播放影片时随时可写入编辑点一样，主要需要使用的是个人计算机和 Premiere Pro 的软件。Premiere Pro 一旦完成了脱机编辑，就创建了一系列的 EDL（编辑点记录表），然后把 EDL 移入一个有高级终端的编辑器中。该编辑器将 Premiere Pro 编辑过的影片按照 EDL 对编辑过程的描述，将再次处理节目成高质量的影片。这实际上就是用高级的终端设备生产最后的产品。在 Premiere Pro 的时间线视窗中使用脱机编辑时，仅需要看到素材的第一帧和最后一帧的缩图就够了，缩图包括素材的一部分帧画面，之所以如此，是脱机编辑强调的只是编辑速度而不是影片画面质量，影片的画面质量和原始的素材质量有关，也与最后的高级终端编辑器有关。

（3）替代编辑和联合编辑　替代编辑是在原有的胶片节目上，改变其中的内容，即将新编好的内容换掉原来的内容。联合编辑是将视频的画面和音频的声音对应进行组接，即合成音频视频。它们是编辑时最为常用的方式。

5.4.3　Premiere Pro 的主要窗口

Adobe Premier Pro 工作区主要包括三个重要的工作窗口：Project（项目）窗口、Timeline（时间线）窗口和 Monitor（监视器）窗口，影片的一些编辑工作都可以在这些窗口中完成。

1. Project 窗口

Project 窗口的主要功能是存放和整理该项目所需的所有素材，窗口中记录了用户的 Adobe Premier Pro 影片中所有的编辑信息。如图 5-3 所示。

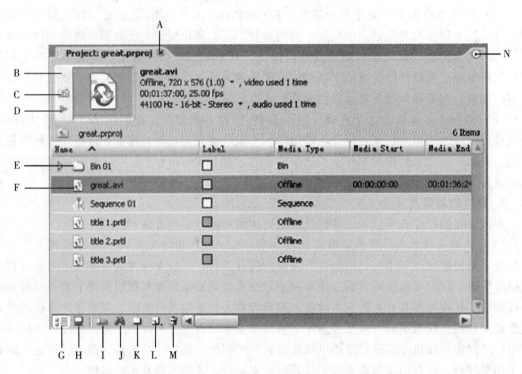

图 5-3　Project 窗口

A—Close Project（关闭项目窗口）　　　　　B—Thumbnail Viewer（缩略图显示）

C—Set Poster Frame（设置缩略图显示画面）　D—Play Thumbnail（以缩略图播放素材）

E—Bin（素材文件夹）　　　　　　　　　　F—Clip（剪辑）

G—List View（列表显示）　　　　　　　　H—Icon View（图标显示）

I—Automate to Sequence（自动添加序列）　J—Find（查找）

K—New Bin（新建文件夹）　　　　　　　　L—New Item（新建项目）

M—Clear（清除）　　　　　　　　　　　　N—Project Window Menu（项目窗口菜单）

Project 窗口通常分为上部的 Preview（预览区）、中间的 Bin（剪辑箱）以及底部的工具栏三部分。其中预览区用于在剪辑箱中被选中剪辑的快速浏览，剪辑箱用来管理所使用的各种剪辑，工具栏中给出与项目窗口管理和外观相关的实用工具。

如果要查看剪辑信息，则在剪辑箱中选中相应的剪辑，预览区中将出现该剪辑的预览窗口并显示出该剪辑的详细资料，包括文件名、文件类型、持续时间等。也可单击预览区底部的播放按钮或进度条来播放剪辑。

在 Project 窗口左下角有一排功能按钮（G～M），通过这些功能按钮，可以对 Project 窗口进行相应的功能及素材管理设置。

2. Timeline 窗口

Timeline 窗口是 Adobe Premiere Pro 中最为重要的一个窗口，它是一个基于时间轴的窗口，大部分编辑工作都在这里进行，如把视频片断、静止图像、声音等素材组合起来，如图5-4 所示。下面介绍常见界面上各个部分的名称以及相关的功能。

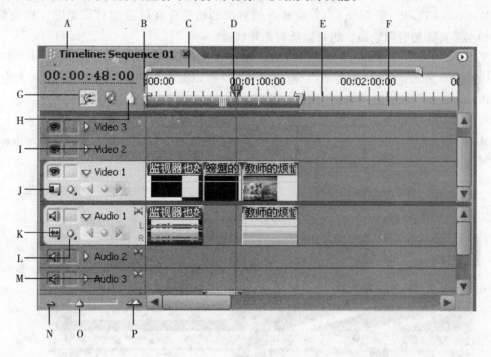

图 5-4　Timeline 窗口

A—Sequence Tabs（剪辑序列）：在剪辑序列中列出在 Timeline 窗口中的所有剪辑序列，需要浏览哪一个剪辑序列，单击序列名称即可。

B—Start（起始点）：剪辑开始的时间码。

C—Viewing Area Bar（可视工作区条）：确定在 Timeline 窗口中可以浏览到的工作区域。

D—Current time Indicator（当前时间指示器）：通过当前时间指示器的位置可以知道当前编辑的位置。

E—Time Ruler（时间标尺）：通过时间标尺来显示各剪辑的时间，便于对剪辑进行编辑操作。

F—Work Area Bar（工作区域条）：通过工作区域条来规定工作区域的范围。

G—Snap（捕捉）：通过捕捉命令可以捕捉剪辑的边缘、标记以及由时间指示器指示的当前时间点，有于精确定位。

H—Set Unnumbered Marker（设置未编号标记）：在 Timeline 窗口中，标记可以指示重要的点以便于定位或对剪辑进行编辑，一般可以设置100个标记，即0~99，此外还可以设置无数个未编号的标记。

I—Video Track（视频轨道）：旋转视频剪辑的轨道，在轨道中对剪辑进行相关编辑，可以根据需要添加视频轨道，也可以随时删除轨道。

J—Se Display Style（Video）（设置视频轨道中剪辑的显示方式）：在此可以设置视频的剪辑的显示方式。单击按钮，弹出剪辑显示方式菜单。

K—Set Display Style（Audio）（设置音频轨道中剪辑的显示方式）：在此可以设置音频轨道中的剪辑的显示方式。单击按钮，弹出剪辑显示方式菜单。

L—Show Keyframes（显示关键帧）：在此可以设置音频轨道中关键帧的显示。

M—Audio Track（音频轨道）：旋转音频剪辑的轨道，在轨道中对间架进行相关编辑，可以根据需要添加音频轨道，也可以随时删除轨道。

N—Zoom Out（缩小）：单击此按钮，可以缩小Timeline窗口中剪辑显示的大小。

O—Zoom Slider（缩放滚动条）：拖动滚动条，可以改变Timeline窗口中显示的大小。

P—Zoom in（放大）：单击此按钮，可以放大Timeline窗口中剪辑显示的大小。

3. Monitor 窗口

Monitor窗口可以用来播放某个剪辑片断，或者播放整个视频节目。同时在Monitor窗口中还可以设置片段的切出点和切入点。Monitor窗口如图5-5所示。

图 5-5　Monitor 窗口

下面介绍 Monitor 窗口中的各个部分的名称以及相关的功能。

A—Set In Point（设置切入点）：用来设置切入点的位置。设置当前位置为切入点位置，按住"Alt"键后单击该按钮，设置将被取消。

B—Set Out Point（设置切出点）：用来设置切出点的位置。设置当前位置为切出点位置，按住"Alt"键后单击该按钮，设置将被取消。

C—Set unnumbered Marker（设置未编号标记）：标记可以指示重要的点以便于定位或对剪辑进行编辑，一般可以设置100个进行编号的标记，即0~99，此外还可以设置无数个未编号的标记。

D—Go to Previous Marker（返回上一标记）：把编辑线定位于时间标尺上前一个片断的开始位置。

E—Step Back（反向播放）：反向播放按钮，将节目或者预演原始素材反向播放，单击一次跳一帧。

F—Play/Stop Toggle（播放/停止按钮）：播放/停止按钮，开始播放节目或者预演素材片断，或在播放的过程中随时停止。

G—Step Forward（正向播放）：正向播放按钮，将节目或者预演原始素材正向播放，单击一次跳一帧。

H—Go to next Marker（向前一个标记）：把编辑线定位于时间标尺上前一个片断的开始位置。

I—Loop（循环播放）：循环播放按钮，将节目或者预演素材片断循环播放。

J—Safe Margins（安全页边距）：在 Adobe Premiere Pro 中可以为字幕和动作页面添加安全页边距，在安全页边距内的部分为可视部分。

K—Output（输出）：在此可以为剪辑选择输出时色彩模式的质量。

L—Go to In Point（跳至切入点）：单击此按钮，可以直接从当前位置跳至剪辑的切入点位置。

M—Go to Out Point（跳至切出点）：单击此按钮，可以直接从当前位置跳至剪辑的切出点位置。

N—Play In to Out（从头播放）：从头播放按钮，无论播放位置在什么地方，单击该按钮都要回到开始的地方从头播放。

O—Shuttle（时间梭）：向左拖动时间梭，剪辑向后播放，向右拖动时间梭，剪辑向前播放。录音重放的速度随着鼠标从中心向两边拖动时间梭的速度而变化，释放滑块，时间梭回到中心位置，播放停止。

P—Jog（轻推）：向左或向右拖动轻推盘片，如果有必要可以越过控制器的边缘。如果拖动指针到屏幕的边缘而还没有到达剪辑或编制节目的端点，则可以继续在同一时间点拖动轻推盘片。

Q—Lift（提起）：将当前片段从编辑轨道中移走，与之相邻的片段不改变位置。

R—Extract（抽出）：前当前片段从编辑轨道中移走，接在后面的其他片段的位置被提前。

S—Trim（剪切）：通过剪切命令可以对轨道内的进行剪切修改。

T—Monitor Window Menu（监视器窗口菜单）：Monitor 窗口右上角的三角按钮，弹出 Monitor 窗口菜单。

5.4.4　Premiere Pro 创作实例

本实例将通过一个生动的影片项目，从最基本的空白项目建立开始，到完成一个可以独立播放的小电影，通过这个实例，使我们对 Adobe Premiere Pro 的制作全过程有个初步的了解。

1. 建立新项目

1）执行"开始"｜"所有程序"｜"Adobe Premiere Pro"命令，弹出一个欢迎界面。单击"New Project"（新建项目）按钮，建立一个新的项目文件。

2）随后弹出如图 5-6 所示的 New Project 对话框，在该对话框中可以对新建项目文件进行预先设置。

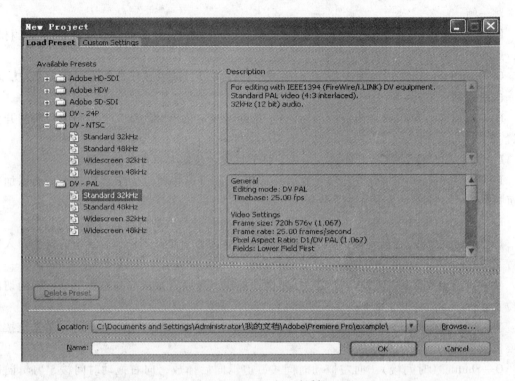

图 5-6　New Project 对话框

每种预设方案中包括文件的压缩类型、视频尺寸、播放速度、音频模式等，如需改变已有的设置选项，可在选定一种方案后打开 Custom Settings（自定义设置）面板，然后就可在出现的对话框中改变设置。例如，如果要捕获一段 DV 短篇，可以选择 DV24P、DV-NTSC、DV-PAL 中的一种预设方案。

如果需要输出质量相当较低的影片，例如 Streaming Web Video（网络视频流），则不需要改变项目预设，只要修改一下输出设置即可。

3）从"Available Presets"（可使用预设方案）列表中选择"DV-pal/standard 32kHz"选项。

4）在"Name"文本框中输入项目的名称"example1"，然后单击"Browse"（浏览）按钮，选择需要存储的路径。

5）设置完毕，检查无误后单击"OK"按钮就可以创建一个空白的项目了。在刚创建的空白项目中，工作区内的窗口和面板比较混乱，可以使用系统预设的工作界面。执行"Window"｜"Workspace"｜"Editing"命令，工作区面板次序将重新安排，如图 5-7 所示。Premiere Pro 工作区显示出如下窗口和面板：Project 窗口、Monitor 窗口、History 面板、Timeline 窗口等，可以根据需要调整窗口的位置或关闭窗口，也可通过 Window 菜单打开更多的窗口。

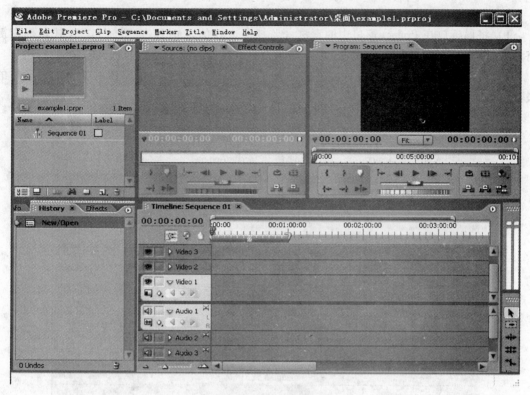

图 5-7　空白项目工作区

2. 准备素材

1）执行"File"（文件）｜"Import"（导入）命令，弹出 Import 对话框，单击素材文件"监视器也好色.MPEG"，再单击"打开"按钮即可输入这个视频文件。

2）重复上面的操作继续从素材库中导入另外两个素材文件，即"教师的烦恼.MPEG"和"螃蟹的眼福.MPEG"，如图 5-8 所示。

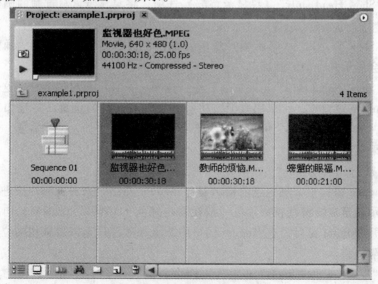

图 5-8　导入素材后的 Project 窗口

3. 向 Timeline 窗口输入素材

1）将鼠标放在 Project 窗口中的素材（监视器也好色．MPEG）图标上，按住鼠标左键将该素材拖动到 Timeline 窗口的 Video 1 轨道上，并使得素材的始端与轨道的左端对齐。

2）重复上述操作，将另外两个素材拖入 Timeline 窗口，素材缩略图的长度代表素材的长度，如图 5-9 所示。

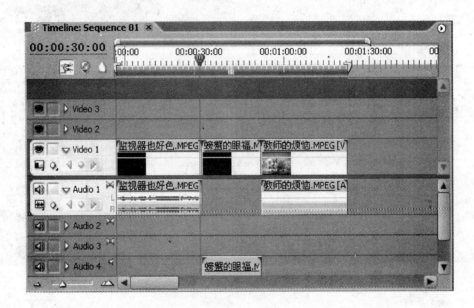

图 5-9　拖动素材至 Timeline 窗口

3）单击每个轨道左侧的"Set Display Style"（设置显示方式）按钮，在弹出的菜单中选择一种显示模式。

- 选择"Show Head and Tail"（显示首尾）选项，将显示素材首尾帧的画面。
- 选择"Show Head Only"（只显示首部）选项，将只显示素材首帧的画面，后面以灰色显示。
- 选择"Show Frames"（显示帧）选项，将在轨道中显示可显示帧的画面，由于轨道长度有限，只会显示几个帧的画面。
- 选择"Show Name Only"（只显示名称）选项，只显示素材的名称，这是默认选项。

4）在 Timeline 窗口中，可以用鼠标拖动素材来移动素材的位置，并且如果一次性编辑的素材较多时，为了便于编辑，可将素材置于不同的轨道。此外，根据需要，应该将素材的首尾相连，如果首尾有间隔，将会出现黑屏。

4. 剪裁素材

1）在 Timeline 窗口中，利用当前指示器与 Monitor 相结合来对视频片段进行裁剪。用鼠标选中当前指示器至需要剪裁视频片段"监视器也好色．MPEG"的端部，向右拖动当前指示器，同时打开 Monitor 窗口，在 Monitor 窗口中预览视频片段至需要裁切的位置，此时该位置处有红色分隔线指示。

2）执行"Window"｜"Tools"（工具）命令，打开编辑工具面板，在工具面板中选择"Razor Tool"（剃刀工具），然后将鼠标移动至红色指示线的位置单击，该视频片段即被裁切成两段，如图 5-10 所示。

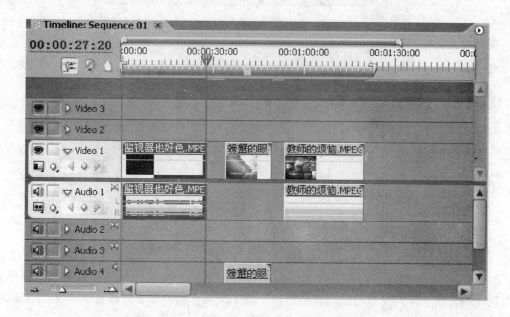

图 5-10　利用 Razor Tool 裁切视频片段

3）在工具面板中选择"Selection Tool"（选择工具），选择裁切后的第二段视频片段，右击该片段，在弹出的快捷菜单中执行"Ripple Delete"（涟漪删除）命令，此片段即被删除。

4）重复上述操作，对其他两段素材进行裁剪，使三段素材具有相同的长度，并将裁剪后的素材片段连接在一起。三段在不同环境下的生活片段被连接在一起，在 Program Monitor（节目监视器）窗口预览裁剪后的片段。

5. 添加过渡

一段视频结束，另一段视频紧接开始，这就是电影的镜头切换，为了使切换衔接自然，可以使用各种过渡效果，以增强影视作品的艺术感染力。在一般情况下，有过渡效果的切换被称为切换。

1）执行"Windows"｜"Effects"（效果）命令，打开效果面板。

2）在效果面板中，单击"Video Transitions"（视频过渡）文件夹左侧的三角按钮，在 3D Motion（三维运动）过渡效果文件夹中选择"Curtain"（窗帘）效果，如图 5-11 所示，并将该过渡效果拖到 Timeline 窗口中两个素材的连接处。

3）所添加的过渡效果跨越两段素材的起始和结尾，在添加过渡效果这段时间内，可以同时显示两个素材的某些局部画面，逐渐由前一素材过渡到下一个素材。在默认情况下，过渡效果持续时间比较短，过渡效果不明显，可以通过调节过渡效果的持续时间来增强过渡效果。

4）用鼠标选中所添加的过渡效果，向左或向右拖拽过渡效果的两端，即可调节过渡效果的持续时间。可以根据需要来调节过渡效果在两个素材中所占的比例，可以使某一端的持续时间稍微长一些，或者两端时间相同。

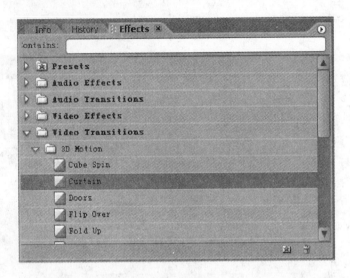

图 5-11　效果面板

5）调节完过渡效果的时间长度后，在 Program Monitor 窗口中预览所添加的过渡效果。按照同样的方法在后两个素材之间添加过渡。为了使制作出的影视片段更加丰富，可尝试添加其他类型的过渡效果。在后两个素材之间添加 Iris Cross 效果。如图 5-12 所示。

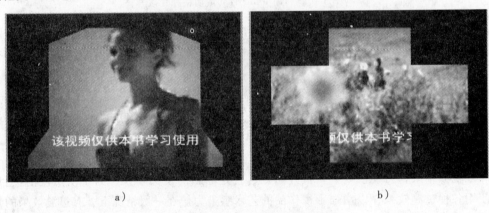

a)　　　　　　　　　　　　　　　　　　　b)

图 5-12　为素材添加过渡效果

a）Curtain 效果图　b）Iris Cross 效果图

6. 添加过滤效果

在 Adobe Premiere Pro 中通过使用各种视频及音频滤镜，其中的视频滤镜能产生动态扭曲、模糊、风吹、幻影等特效，这些变化增强了影片的吸引力。滤镜主要是由视频滤镜和音频滤镜组成。

视频滤镜指的是一些由 Premiere Pro 封装的程序，它专门处理视频中的像素，然后按照特定的要求实现各种效果。可以使用它们修补视频和音频素材中的缺陷，比如改变视频剪辑中的色彩平衡或从对话中除去杂音。也可以使用音频滤镜给录音棚中录制的对话添加配音或者回声。

1）在打开 Effect Controls 面板中，单击 Video Effects 左侧的三角按钮，在 Distort 效果文件夹中选择"Bend"（弯曲）效果，使画面更具有动感。将此效果添加到 Timeline 窗口中的

"教师的烦恼.MPEG"这一素材片段上。

2）此时，虽然已经为素材添加了 Distort 过渡效果，但在 Monitor 窗口中还未看到任何变化。由于所添加的过滤效果还没有进行相关设置，效果将保留系统的默认设置，可以在效果控制面板中对所添加的过滤效果进行设置。

3）选择轨道中的"教师的烦恼.MPEG"，执行"Window"｜"Effect Controls"命令，打开效果控制面板，展开"Bend"选项，分别对各项参数进行设置，并在 Monitor 窗口中随时预览参数调节后的效果。如图 5-13 所示。

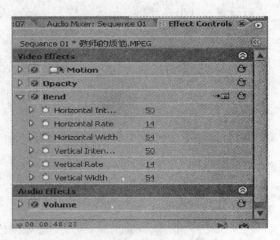

图 5-13　在效果控制面板中修改效果参数设置

4）采用类似的方法，打开 Effect Controls 面板中，单击 Video Effects 左侧的三角按钮，在 Render 效果文件夹中选择"Lens Flare"（镜头闪光）效果，将此效果添加到"螃蟹的眼福.MPEG"素材片段上，使海滩更为形象。

7. 添加字幕

字幕是影视剧本制作中一种重要的视觉元素，字幕包括文字、图形两部分。漂亮的字幕设计制作，为漂亮的画面起到画龙点睛的作用，将会给影视作品增色不少。

1）执行"File"｜"New"｜"Title"（字幕）命令，打开 Adobe Title Designer 窗口。

2）选中"Show Video"（显示视频）复选框，可以在字幕工作区显示与 Timeline 窗口中当前指示器指示时间位置一致的素材片段的画面。

3）利用 Adobe Title Designer 中的强大的文字和图形功能，不仅可以添加丰富多彩的文字效果，还可以绘制各式各样的图形。选择"Type Tool"（文字工具），在字幕工作区单击鼠标，即可在鼠标指示位置添加文字，如图 5-14 所示。

图 5-14　在 Adobe Title Designer 窗口中添加字幕

4）一般情况下，Adobe Premiere Pro 默认英文字体，如果在输入中文汉字之前未对字体进行设置，则出现乱码。输入完毕，选择输入的字幕，单击"Browse"按钮，在弹出的 Font Browser（字体浏览器）对话框中选择一种中文字体即可。

5）字幕添加完毕，还可以在窗口右侧"Object Style"列表中对字体属性加以修改，不仅可以调整字幕的字体、字体大小、颜色，还可以为字幕添加阴影、材质等效果。

6）字幕属性修改完毕，根据画面需要调整字幕的位置，然后将此字幕文件存储起来，以便在项目编辑过程中使用。

7）按照类似的方法为另外两个素材添加字幕。当把制作好的字幕素材存储起来时，该字幕便被自动添加到 Project 窗口中，默认情况下，字幕的背景为黑色。

8）将 Project 窗口中的字幕素材依次拖入 Timeline 窗口中已经存在的素材片段上方的轨道中，叠加在相应的素材片段之上。如图 5-15 所示。

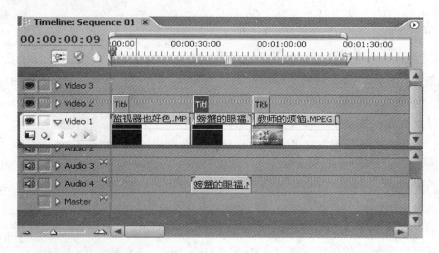

图 5-15　将 Project 窗口中的三个字幕素材拖入 Timeline 窗口

9）调节字幕素材的长度与各自相对应的素材片段长度相同，并且首尾对齐。在调节时，直接用鼠标拖动各素材的边缘即可。调整完毕，在 Monitor 窗口中浏览字幕效果。三个片段的效果如图 5-16 所示。

a）　　　　　　　　　　b）　　　　　　　　　　c）

图 5-16　添加字幕效果图

a）行色匆匆的上班女郎　b）悠闲的海滨女郎　c）清新的田园生活

8. 输出效果

素材片段在 Timeline 窗口中进行了各种各样的编辑制作后，需要将其输出到指定的介质或区域中。在 Adobe Premiere Pro 中可以将视频输出到录像带、Internet、CD-Rom 上或者输出静止图像。

1）将制作完的项目文件存盘，文件名为 example1. prproj，然后，执行 "File/Export"（输出）命令，如图 5-17 所示，在 Export 级菜单中选择需要输出的格式。

- 选择 "Movie"（电影）选项，将按照电影格式输出。
- 选择 "Frame"（帧）选项，将根据需要将某些帧按照图像格式输出。
- 选择 "Audio"（音频）选项，将输出音频效果。
- 选择 "Export to DVD"（输出为 DVD）选项，将把视频文件输出到 DVD 上。
- 选择 "Export to EDL"（Edit Decision List）选项，将输出多种编辑判定列表。
- 选择 "Adobe Media Encoder"（Adob 媒体解码器）选项，将按照 Adobe 媒体解码格式输出。

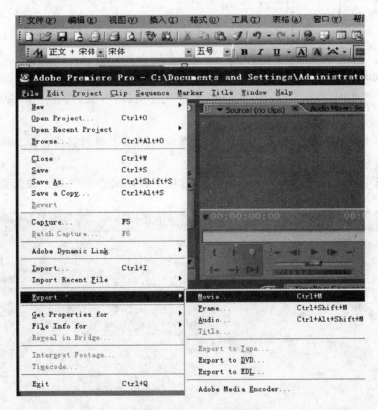

图 5-17　视频输出菜单

2）选择 "Movie" 选项，按电影格式输出，弹出 Export Movie（输出电影）对话框如图 5-18 所示。

3）选择视频输出的地址，并予以命名。然后单击 "Setting"（设置）按钮，打开 Export Movie Settings（输出电影设置）对话框，如图 5-19 所示。

- 在 "File Type"（文件类型）下拉列表中根据需要选择一种文件格式。

图 5-18　Export Movie 对话框

- 在"Range"（范围）下拉列表中可以选择输出的范围。如果激活的是 TimeLine 窗口，可以选择"Work Area Bar"方式。如果是节目窗口，可以选择"Entire Sequence"方式。

- 选中"Export Video"（输出视频）复选框可以输出视频轨道，撤选则不输出视频轨道中的内容。

- 选中"Export Audio"（输出音频）复选框可以输出音频轨道，撤选则不输出音频轨

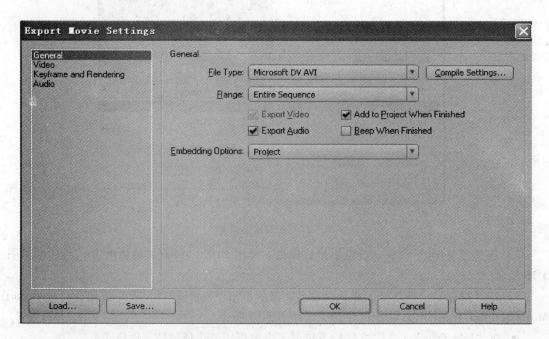

图 5-19　Export Movie Settings 对话框

道中的内容。

- 选中 "Add to Project When Finished"（输出完毕加入到项目中）复选框，输出结束时将添加到项目文件。
- 选中 "Beep When Finished"（输出完毕发出嘟嘟声）复选框，输出结束时将出现 "嘟嘟嘟" 的提示音，提醒用户项目文件输出完毕。
- 在 "Embedding Options"（嵌入选项）设置中，可以选择是否需要嵌入设置。

4）单击图 5-19 左侧列表框中的 "Video"（视频）选项，在视频设置面板中对视频输出选项进行设置。

- 从 "Compressor"（压缩器）下拉列表中选择一种输出压缩器。
- 单击 "Configure"（设置）按钮，可以根据所选择压缩器的类型对压缩器进行详细设置。
- 在 "Color Depth"（色深）下拉列表中，可以选择一种色彩输出方式。如果影片画面颜色比较丰富，尽量选择 "Thousands of Colors" 选项。
- 在 "Frame Size"（画面尺寸）下拉列表框中，可以设置输出画面的大小，其数值越大，看到的细节越多，但会降低预览时视频节目的播放速度。
- 在 "Frame Rate"（帧速率）下拉列表框中，可以设置输出的视频每秒钟输出的画面帧数。该选项决定了预览视频节目时的播放速度。
- 在 "Quality"（质量）选项中，可以设置视频输出的质量效果。用鼠标拖动滑块，数值越大质量越高。
- 在 "Data Rate"（数据率）选项中，选中 "Limit Date Rate to"（限制数据率于）复选框可以限制视频的速度；选中 "Recompress"（重新压缩）复选框可以再次进行压缩。

5）设置完毕，单击 "保存" 按钮，弹出如图 5-20 所示的 Rendering（渲染）对话框，进入输出渲染阶段。最终输出文件存储为 example1. avi.

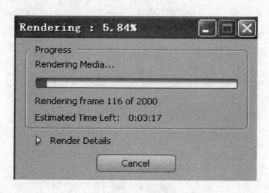

图 5-20　Rendering 对话框

本 章 小 结

本章介绍了视频处理的相关知识，包括模拟视频、数字视频的基本概念、视频的数字化过程以及视频信号的常用的获取与处理技术。最后本章通过一个项目的制作过程讲解了

Adobe Premiere Pro 中制作影片所必需的几个步骤，可以消除读者对 Adobe Premiere Pro 的陌生感，从而建立起进一步学习的信心，同时享受到使用 Adobe Premiere Pro 制作影片的乐趣。由于篇幅有限，Adobe Premiere Pro 这款软件中的很多其他功能还没有详细介绍，希望读者能在今后的使用过程中更深入地了解这一功能强大的软件产品。

思 考 题

5-1　什么是模拟视频？什么是数字视频？

5-2　模拟视频有哪几种制式？

5-3　简述视频信号的数字化过程。

5-4　分析不同视频采样格式之间的差异。

5-5　数字视频有哪几种格式，各有什么特点？

5-6　简述影视后期制作的基本步骤。

5-7　结合本章的实例，试制作一部 MTV。

第 6 章　多媒体应用的策划与设计

6.1　多媒体软件工程概述

优秀的多媒体作品，是程序设计和艺术创作的结合。多媒体作品作为一种计算机软件，它的设计与开发过程无不渗透着软件工程的思想。多媒体创作要遵循软件工程的一般规律，因为多媒体作品就是为了某个特定目的使用多媒体技术设计开发的应用系统。使用软件工程的方法，有利于使多媒体应用软件设计更加规范化和系统化。本章将首先介绍软件工程的相关知识，这些知识是在各类多媒体创作中通用的规律。接着介绍多媒体应用开发各阶段的目标与任务、多媒体应用设计的基本原理等，使大家了解多媒体应用的策划与设计过程。

6.1.1　软件工程概述

1. 软件工程的概念

软件工程是指计算机软件开发和维护的工程学科。它以计算机科学理论及其他相关学科的理论为指导，采用工程化的概念、原理、技术和方法进行软件的开发和维护，把经过实践证明正确的管理措施和当前能够得到的最好的技术方法结合起来，以较少的代价获取较高质量的软件。

软件工程包括三个要素，即方法、工具和过程。软件工程方法为软件提供"如何做"的技术，包括多方面的任务，如项目计划与估算、软件系统需求分析、数据结构、系统总体结构设计、算法设计、编码、测试、维护等。软件工程方法常采用某种特殊的语言或图形表达方法及一套质量保证标准；软件工程工具是指软件开发和维护中使用的程序系统，它为软件工程方法提供软件支撑环境；软件工程过程定义了方法使用的顺序、要求交付的文档资料、保证质量和协调变化所需的管理及软件开发各个阶段完成的任务，它将软件工程的方法和工具结合起来，以达到合理、及时地进行计算机软件开发的目的。

2. 软件的生存周期

如同人的一生从婴儿开始，经历幼年、童年、青年、中年、老年直至死亡称为人的生存周期一样，软件从提出开发要求开始，经过开发、使用和维护，直到最终报废的全过程称为软件的生存周期。它包括制订计划、需求分析、软件设计、程序编码、软件测试及运行维护等 6 个阶段。

(1) 制订计划　确定所要开发软件系统的总目标，给出它的功能、性能、可靠性以及接口等方面的要求；研究完成该项软件任务的可行性，探讨解决问题的可能方案，并对可利用的资源、成本、可取得的效益、开发的进度做出估计；制定完成开发任务的实施计划和可行性报告，并提交管理部门审查。

(2) 需求分析　对所要开发的软件提出的需求进行分析并给出详细的定义，然后编写软件需求说明书及初步的系统用户手册，提交管理机构评审。

（3）软件设计 设计是软件工程的核心。软件设计一般分为总体设计和详细设计两个阶段，总体设计是根据需求所得到的数据流、数据结构，使用结构设计技术导出软件模块结构；详细设计是使用表格、图形或自然语言等工具，按照模块设计准则进行软件各个模块具体过程的描述。另外，在该阶段还需编写设计说明书，并提交有关部门评审。

（4）程序编码 把软件设计的结果转换成计算机可以接受的程序代码，即写成以某种特定程序设计语言表示的源程序。

（5）软件测试 软件测试就是在软件投入运行之前，对软件需求分析、设计规格说明和编码的最终复审，是软件质量保证的关键步骤。因此，在开发应用软件系统时，必须通过测试与评审以保证其无差错，进而满足用户的要求。在该阶段，需要在测试软件的基础上，检查软件的各个组成部分。首先查找各模块在功能和结构上存在的问题并加以纠正，其次将已测试过的模块按一定顺序组装起来，最后按规定的各项需求，逐项进行确认测试，决定已开发的软件是否合格，能否交付用户使用。

（6）运行维护 已交付的软件正式运行，便进入运行阶段。这一阶段可能持续几年甚至几十年。另外，软件在运行过程中可能由于多方面的原因，需要进行修改，并进行适当的维护。

6.1.2 软件开发模型

软件开发模型又称为软件生存周期模型，是指软件项目开发和维护的总体过程的框架。它能直观表达软件开发的全过程，明确规定要完成的主要活动、任务和开发策略。软件开发模型描述了从软件项目需求定义开始，到开发成功并投入使用，在使用中不断增补修订，直到停止使用这一期间的全部活动。现在人们已经提出并实践了许多种软件开发模型，各种模型有其各自的特点和应用的范围，可以根据实际应用的需要选择使用。典型的开发模型有：瀑布模型、演化模型、原型模型、螺旋式模型、喷泉模型、智能模型和混合模型等。下面介绍瀑布模型、原型模型和螺旋式模型等三种具有代表性的软件开发模型。

1. 瀑布模型

瀑布模型开发过程依照固定顺序进行，其结构如图 6-1 所示。该模型严格规定各阶段的任务，上一阶段的任务输出作为下一阶段工作输入，相邻两个阶段紧密相连且具有因果关

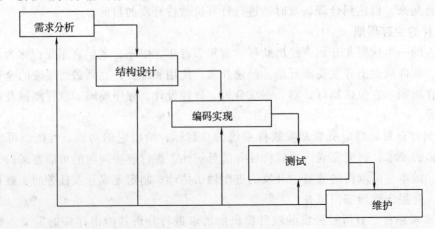

图 6-1 软件开发瀑布模型

系，一个阶段工作的失误将蔓延到以后的各个阶段。因此，为了保障软件开发的正确性，每一阶段任务完成后，必须对它的阶段性产品进行评审，确认之后再转入下一阶段的工作。评审过程发现错误和疏漏后，应该反馈到前面的有关阶段修正错误，弥补疏漏，然后再重复前面的工作，直至通过评审后再进入下一阶段。

该模型适合于用户需求明确、开发技术比较成熟、工程管理严格的场合使用。瀑布模型的优点是可以保证整个软件产品较高的质量，保证缺陷能够提前被发现和解决。在软件维护过程中间产生错误可返回到前四步中的任何一步进行修改，然后按原来的顺序继续完成开发。

基于这一模型进行的程序设计多采用结构化方式。其基本思想是自顶向下和逐步求精的设计策略，设计自然而方便，其优点是便于控制开发的复杂性和便于验证程序的正确性。瀑布法特别适合于小型软件开发。其缺点是由于任务顺序固定，软件研制周期长。设计者早期必须设计出每个细节；前一阶段工作中造成的差错越到后期影响越大，而且纠正前期错误的代价也越大。瀑布法需要增加交互性和互动性。

2. 原型模型

原型模型的主要思想是借用已有系统作为原型模型——"样品"，然后通过对"样品"进行不断改进，使得最后的产品满足用户需求。软件开发人员根据用户提出的软件基本需求快速开发一个原型，以便向用户展示作品应有的部分或全部功能和性能，再根据用户意见，通过不断改进、完善样品，最后得到用户所需要的产品。相对瀑布模型而言，原型模型更符合人们开发软件的习惯，是目前较流行的一种实用软件生存期模型。

原型模型的最大特点是：利用原型模型能够快速建立系统的初步模型，供开发人员和用户进行交流，以便较准确获得用户的需求，采用逐步求精的方法使原型逐步完善，它可以大大避免在瀑布模型冗长的开发过程中看不见产品雏形的现象。采用原型实现模型的软件过程如图 6-2 所示。

原型实现模型的缺点是产品原型在一定程度上限制了开发人员的创新，没有考虑软件的整体质量和长期的可维护性。由于达不到质量要求产品可能被抛弃，而需要采用新的模型重新设计，因此原型实现模型不适合嵌入式、实时控制及科学数值计算等大型软件系统的开发。

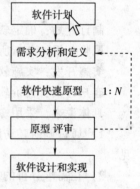

图 6-2　采用原型实现
模型的软件过程

3. 螺旋式模型

螺旋式模型是科学家布恩（Boehm）在 1988 年提出来的，它将瀑布模型和快速原型模型结合起来，强调了其他模型所忽视的风险分析，特别适合于大型复杂的系统。图 6-3 为螺旋式模型示意图。

在螺旋式模型中，允许设计者很快根据用户需求迅速建立最早的软件版本（称为原型），然后交付用户使用和评价其正确性和可用性，并给予反馈。这个原型在功能上近似于最后版本，但缺乏细节，需要进一步进行细节开发或修正，也可能被摒弃。如此反复开发与修正，便形成最后版本，即产品。螺旋式模型不同于传统瀑布模型之处便是以演示代替说明方式，这非常适合于逻辑问题与动态展示的多媒体应用系统设计。

螺旋式模型沿着螺线进行若干次迭代，图 6-3 中的四个象限代表了以下活动：

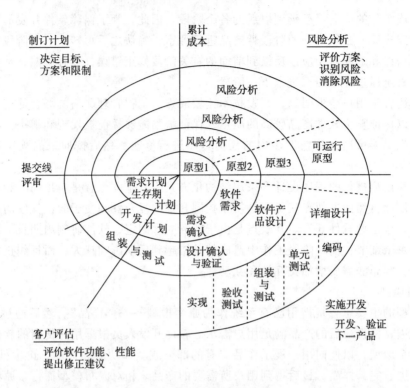

图 6-3　螺旋式模型示意图

制订计划：确定软件目标，选定实施方案，弄清项目开发的限制条件；

风险分析：分析所选方案，考虑如何识别和消除风险；

实施开发：实施软件开发；

客户评估：评价软件功能和性能，提出修正建议。

具体说来，采用螺旋式模型开发多媒体应用系统步骤主要有如下几步：

1）通过调研、访问用户和与用户面谈以及查阅有关的文件、资料，来获得用户需求意见。

2）在需求分析的基础上设计系统原型。

3）将原型交给最终用户使用。

4）从最终用户处获得反馈信息，进而更改用户需求。

5）考虑新的用户需求因素，建立新的原型。

6）重复上述过程，直到该应用软件完成或报废。

螺旋式模型有许多优点，主要表现在：对可选方案和约束的强调有利于已有软件的重用，也有助于把软件质量作为软件开发的一个重要目标，减少了过多测试或测试不足所带来的风险。缺点是：对管理团队的要求较高，管理成本很大，适合一些对安全要求特别高，成本未加特别限制的软件。

采用螺旋生命周期配合面向对象的程序设计方法，是开发多媒体应用设计的新动向。这种设计思想对多媒体应用系统的设计特别有用，采用这种方法，对象作为描述信息实体（如各种媒体）的统一概念，可以被看做是可重复使用的构件，为系统的重用提供了支持，修改也十分容易。

6.2　多媒体应用开发各阶段的目标与任务

用螺旋式模型开发多媒体应用系统的主要工作阶段有：

（1）需求分析

（2）应用系统结构设计（初步设计）

（3）建立设计标准和细则（详细设计）

（4）准备多媒体数据

（5）制作生成多媒体应用系统（编码与集成）

（6）系统的测试与应用

6.2.1　需求分析

需求分析是开发一种新软件产品的第一阶段。该阶段的任务就是确定用户对应用系统的具体要求和设计目标。需求分析的方法很多，如结构化程序设计。需求分析实际上就是在用户需求提出后，设计人员分析问题，并列出解决问题的各种策略，通过评估各种方案的可行性，找出一个可行性最高而创意新颖的方案。

6.2.2　应用系统结构设计

即构造应用系统结构。在多媒体应用系统设计中，要将交互的思想融于项目的设计之中，同时要充分地考虑软件系统的交互功能。软件交互功能是指用户能够通过操作计算机对系统进行控制，使人和计算机之间实现双向信息交流。交互功能可通过超文本和超媒体对象以热链接的方式实现。一个交互功能强大的多媒体应用软件，用户不需要专门学习其详细的使用方法，而只需按照屏幕提示，即可进行相关的操作。

需要确定组织结构是线性、层次、还是网状链接，然后着手脚本设计，绘制插图，确定屏幕样板和定型样本。

一般在结构设计中需要确定：目录主题（即项目的入口点）、层次结构和浏览顺序及交叉跳转等问题，这些都是脚本设计的内容。

6.2.3　建立设计标准和细则

对于多媒体作品，外观的协调、美观，各种媒体如何有机地组合在一起形成一个整体是很重要的。这就需要建立设计标准和细则，以确保多媒体设计具有一致的内部设计风格。这些标准主要有：

1）主题设计：遵循一致的准则，确立标准并遵循。当把表现的内容分为多个相互独立的主题或屏幕时，应当使声音、内容和信息保持一致的形式。

2）字体使用：选择文本字体大小、颜色和字型是要注意保证项目易读和美观。

3）声音使用：要注意内容清晰易懂、音量大小合适。

4）图像和动画的使用：图像应该很清晰地表达出意思，颜色使用恰当，遵循对比原则。在设计标准中要说明用途、显示方式及位置、分辨率、颜色数等其他因素。若采用动画则一定要突出动画效果。

6.2.4　准备多媒体数据

准备多媒体数据是多媒体应用设计中一项非常重要而又费时、复杂的工作。由于多媒体的媒体元素众多，开发多媒体软件时往往需要声音、图像、文本、动画、视频等多种素材。因此，一般来说原始的图像、动画、文本、声音视频等媒体素材都必须进行数字化处理、编辑。

例如对图像来说，不仅要进行剪裁处理，使之大小合适，而且往往还要再修饰图像、拼接合并等，以便能得到更好的效果。其他的媒体准备也十分类似。

最后，这些媒体都必须转换为系统开发环境下要求的存储和表示形式。

6.2.5　制作生成应用系统

在完全确定产品的内容、功能、设计标准和用户使用要求后，要选择适宜的创作工具和方法进行应用系统制作。将各种多媒体数据即经过处理后的素材，根据脚本设计进行编程连接，或者选用 Authorware 等媒体编辑工具实现集成，构造出由多媒体应用系统。

6.2.6　系统的测试与运行

当完成一个多媒体系统设计后，一定要进行系统测试。测试工作实际从系统设计一开始就可以进行，一般来说，每个模块都要经过单元测试及功能测试。还要在对各模块连接后进行总体功能测试。在开发周期的每个阶段都要经过一段时间的试用、完善后，才可进行商品化包装，以便上市发行。

例如用户界面测试。测试用户界面的风格是否满足用户要求、界面是否美观、界面是否直观、操作是否友好、是否人性化、易操作性是否较好。需要说明的是，软件发行后，测试还应继续进行。这些测试应包括可靠性、可维护性、可修改性、效率及可用性等。

6.2.7　多媒体软件的开发人员

一个多媒体项目的开发，不仅需要计算机专业人员，还需要其他领域的人员共同参与，共同协同工作才能开发出满意的多媒体作品。通常，一个多媒体项目开发组主要包括：

（1）项目经理　负责整个项目的开发、计划、进度和实施，决定系统整体的视听印象。

（2）多媒体设计师　负责协助项目经理为项目设计脚本和多媒体素材。人员组成：

1）脚本创作师（信息设计师、接口设计师、脚本写作人员）

2）专业设计师（美术师、动画师、图像处理专家、视频专家和音频专家）

（3）多媒体软件工程师　负责通过多媒体制作工具或编程语言把一个项目中的多媒体素材集成为一个完整的多媒体系统，同时负责项目的各项测试工作。

与螺旋式模型开发多媒体应用系统的主要工作阶段相对应，实际工作中，一个多媒体软件的开发要经过：需求分析（完成选题报告和需求规格说明书）、脚本设计（按照需求分析，将系统内容用具体的文字表示，并标注好所需要的媒体和表现的方式，对屏幕布局、图文比例、色调、音乐节奏、显示方式和交互方式进行设计，确定其相互关系、排列位置以及激活方式）、素材准备（根据脚本设计，了解有关信息的内容，由不同领域的专业人员使用不同的工具，处理包括文本、声音、图形、动画、图像和视频等）、系统集成（按照所设计的脚本将已经制成的各种多媒体素材连接起来，集成为完整的多媒体应用系统）和系统测试并发布。

6.3　多媒体应用设计的基本原则

6.3.1　多媒体应用设计的选题与分析报告

选题报告书应包括以下几种分析报告：

1）用户分析报告：调查和分析用户的具体情况。要说明用户对象是谁，在什么场合使用。用户的计算机应用水平以及还有哪些潜在用户，并对用户的一般特点进行分析。

2）软硬件设施分析：说明基本硬件需求、辅助设备需求及软件环境等，即需提供怎样的软硬件支持。

3）成本效益分析：该系统的预期的经济效益和市场潜力如何，开发系统需要投入的人力和资金预算，以及所需花费的时间，所用的资金及来源。还有，所提供信息的使用价值如何，使用系统中多媒体数据的预算等。

4）系统内容分析：系统总体设计流程，涉及的多媒体媒体元素，系统的组织结构等。

6.3.2　多媒体脚本设计

脚本是多媒体作品设计方案的具体体现，脚本设计包括原型设计、内容识别。原型设计解决系统功能流程描述和获取进一步用户的反馈；内容识别解决系统的数据信息以及信息类型、大小、规格等。在程序设计和数据集成之前，应设计一个程序界面原型，用于确认项目的所用内容。

脚本是多媒体应用系统的主干，它必须覆盖整个多媒体系统结构。各种媒体信息的结构需要仔细安排，是组织成网状形式，还是组织成层次结构形式，取决于应用的类型。脚本设计要兼顾多方面，要规划出各项内容显示的顺序和步骤，描述其间的分支路径和衔接的流程，以及每一步骤的详细内容。要兼顾系统的完整性和连贯性，既要考虑整体结构，又要善于利用多种媒体元素的组合达到最佳效果。

6.3.3　创意设计

创意设计非常重要，好的创意能极大提高系统的可用性和可视性。

创意设计要努力在屏幕设计和人机交互界面上下功夫。对屏幕进行设计时，要确定好各种媒体的排放位置、激活方式等。要给用户统一感觉，不觉得混乱。在时间上也要充分安排好，何时出音乐，何时出伴音和图像，要恰如其分。对于人机交互过程的设计，要充分发挥计算机交互的特点，充分利用其输入设备，使交互过程更灵活、人性化。应包括各种媒体信息在时间和空间上的同步表现，还要考虑到软硬件环境和创作工具的功能，避免脱离实际的应用设计水平。

6.3.4　人机界面设计原则

根据用户心理学和现阶段计算机的特点，人机界面交互的设计可以归纳成以下几条原则：

1. 面向用户的原则

人机界面设计首先要确立用户类型。划分类型可以从不同的角度，视实际情况而定。确定类型后要针对其特点预测用户对不同界面的反应。反馈信息和屏幕输出应面向用户、指导用户，以满足用户使用需求为目标。屏幕输出的信息是为了使用户获取运行结果，或者是获取系统当前状态，以及指导用户应如何进一步操作计算机系统。

2. 信息最小量原则

人机界面设计要尽量减轻用户记忆负担，采用有助于记忆的设计方案。在满足用户需要的情况下，首先应使显示的信息量减到最小，绝不显示与用户需要无关的信息，以免增加用户的记忆负担。

3. 一致性原则

是指从任务、信息的表达，界面的控制操作等方面与用户理解熟悉的模式尽量保持一致。

无论是控件使用，提示信息措辞，还是颜色、窗口布局风格，都应遵循统一的标准，做到真正的一致。给用户统一感觉，不觉得混乱，心情愉快。使用户使用起来能够建立起精确的心理模型，在使用熟练了一个界面后，切换到另外一个界面能够很轻松地推测出各种功能，语句也易于理解。遵照一致性原则，不仅支持度增加，而且可以降低培训和支持成本。

4. 帮助和提示原则

要对用户的操作命令作出反应，帮助用户处理问题。系统要设计有恢复出错现场的能力，在系统内部处理工作要有提示，尽量把主动权交给用户。

5. 媒体最佳组合原则

多媒体界面的成功并不在于仅向用户提供丰富的媒体，而应在相关理论指导下，注意处理好各种媒体间的关系，恰当选用。

6. 简洁性原则

界面的信息内容应该准确、简洁，并能给出强调的信息显示。准确，就是要求表达意思明确，不使用意义含混、有二义性的词汇或句子；简洁，就是词汇是用户习惯使用的，并用尽可能少的文字表达必需的信息。

具体来说，在设计人机交互界面时还要注意：颜色（Color）使用恰当，遵循对比原则，统一色调，针对软件类型以及用户工作环境选择恰当色调，例如绿色体现环保，蓝色表现时尚、紫色表现浪漫等，淡色可以使人舒适，暗色做背景使人不觉得累等。遵循对比原则：在浅色背景上使用深色文字，深色背景上使用浅色文字，蓝色文字以白色背景容易识别，而在红色背景则不易分辨，原因是红色和蓝色没有足够反差，而蓝色和白色反差很大。除非特殊场合，杜绝使用对比强烈，让人产生憎恶感的颜色。整个界面尽量少地使用类别不同的颜色。

对于人机交互界面中鼠标光标、图标以及指示图片、底图等，也需要遵循统一的规则，包括上述颜色的建立；有标准的图标风格设计；有统一的构图布局；有统一的色调、对比度、色阶，以及图片风格。图标、图像应该很清晰地表达出意思，遵循常用标准，或者用户极其容易联想到的物件。鼠标光标样式统一，尽量使用系统标准，杜绝出现重复的情况，例如某些软件中一个手的形状就有四种不同的样子。

使用统一字体，字体标准的选择依据操作系统类型决定。

提示信息、帮助文档文字表达遵循以下准则：警告、信息、错误，使用对应的表示方法、使用统一的语言描述，例如一个关闭功能按钮，可以描述为退出、返回、关闭，则应该统一规定。根据用户不同采用相应的词语语气语调，并制定标准遵循之。如专用软件，可以出现很多专业术语；用户为儿童，语气应亲切和蔼；针对老年用户，语气则应该成熟稳重。尤其要注意屏幕布局，让人看上去不能太拥挤，也不能太松散。

本章小结

本章内容介绍了多媒体应用开发的相关知识，包括软件工程开发模型、多媒体应用开发各阶段的目标与任务，以及多媒体应用设计的基本原则等。

思　考　题

6-1　用螺旋式模型开发多媒体应用系统的主要工作阶段有哪些？

6-2　人机界面交互的设计的基本原则有哪些？

6-3　画出软件开发的瀑布模型。

第7章 多媒体素材的准备、制作和集成

多媒体素材指多媒体作品中所用到的各种听觉、视觉材料。如上章所述，一个多媒体项目的开发，需要经历需求分析、应用系统结构设计（初步设计）、建立设计标准和细则（详细设计）、准备多媒体数据、制作生成多媒体应用系统（编码与集成）和系统的测试与应用等阶段。当对用户的需求明确后，开发者对于应用系统可能使用的素材也就明确了，因此需要收集和制作素材，即收集或从现有的各种资料中提取信息，将其转换为多媒体编辑工具可以引用的素材。本章介绍如何进行素材的准备、制作以及集成为多媒体作品。

在制作每个多媒体作品之前，首先必须了解其所需多媒体素材。常见多媒体素材包括文本、图形、图像、音频、动画、视频等。我们应掌握其相应的常见文件格式，了解其获得和处理方法。

7.1 文本素材的准备

在多媒体作品中，文本是最基本也是最常用的素材。一些说明、介绍、作品中的文字资料都会用到文本，作为多媒体系统的组成元素，它和其他素材同样重要。常见的文本格式有：TXT、RTF、DOC、WPS等。

文本素材的获取方法可采用：键盘输入方法（键盘输入方法是文本输入的主要方法）、手写输入方法（使用"输入笔"设备，在写字板上书写文字，来完成文本输入）、语音输入方法、扫描仪输入法以及从互联网上获取文本等多种方法。关于文本素材的获取方法，这里就不一一介绍了。

刚获取的文本素材一般需要经过编辑和排版，才能处理成多媒体作品中所需要形式。文本处理软件种类较多，下面介绍几种常用的文本制作处理软件：

1. Microsoft Word

Word是基于Windows平台的文字处理软件，具有良好的图形用户操作界面、功能强大的编辑排版和图文混排功能。使用它可以方便地编辑文档、生成表格、插入图片、动画和声音等。常用的Word 2003的向导和模板能快速地创建各种业务文档，提高文档编辑效率。如图7-1所示为Microsoft Word 2003应用程序主界面编辑窗口。

2. WPS Office

WPS Office也是深受用户欢迎的中文字处理软件。在WPS Office 2003中，含有四大功能模块：金山文字2003、金山表格2003、金山演示2003、金山邮件2003。"金山文字2003"是WPS Office 2003系列软件包中的一个文字处理程序，如图7-2所示。

"金山文字2003"采用先进的图文混排引擎，加上独有的文字竖排、稿纸方式，丰富的模板可以编排出更专业、更生动的文档，更加符合中文办公需求。

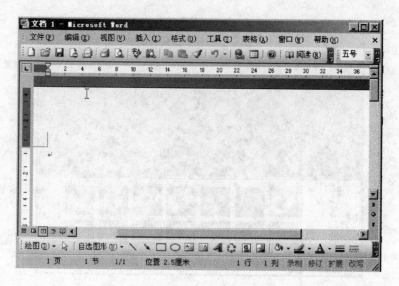

图 7-1　Microsoft Word 2003 应用程序主界面编辑窗口

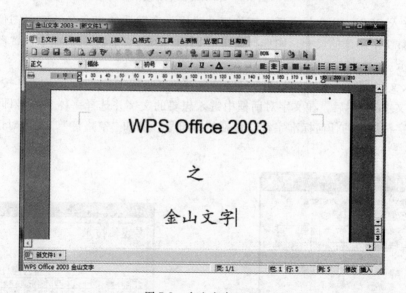

图 7-2　金山文字 2003

3. Ulead COOL 3D 三维文字制作软件

Ulead COOL 3D 作为一款优秀的三维立体文字特效工具，广泛地应用于平面设计和网页制作等多媒体领域。COOL 3D 主要用来制作文字的各种静态或动态的特效，如立体、扭曲、变换、色彩、材质、光影、运动等。它的主界面如图 7-3 所示。

使用 COOL 3D 制作三维文字和动画非常简单，其基本操作过程是：首先在新建的文件窗口工作区中，用文字工具输入要制作动画或特效的文字，然后用程序提供的多种效果设置工具进行文字修饰，最后保存文件。下边举例说明其使用方法：

例 7.1　用 COOL 3D 简体中文版制作 3D 三维文字素材。

操作步骤如下：

启动 COOL 3D，进入主界面。

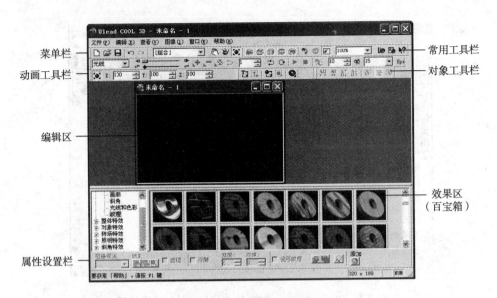

菜单栏
动画工具栏
编辑区
属性设置栏

常用工具栏
对象工具栏
效果区
（百宝箱）

图 7-3　COOL 3D 主界面

1）在进入 COOL 3D 主界面后，工作区会弹出一个默认的未命名的空白图像文件窗口。如果需要调整文字图像的尺寸，则选择菜单"图像/自定义"，在对话框中设置图像的尺寸，如图 7-4 所示。

2）插入文字对象：要加入文字，只要单击对象工具栏中的"插入文字"按钮，或选取"编辑/插入文字"，然后，在文字对话框中键入想要的文字并选择字体和字号即可。可使用选定字体的字符集中的任何标准字符，包括特殊符号，例如"空格键"，文字对话框如图 7-5 所示。

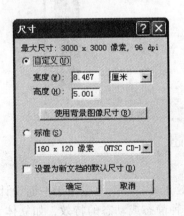

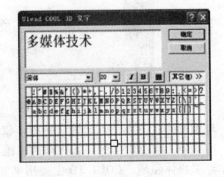

图 7-4　图像尺寸设置对话框　　　　　　　图 7-5　文字对话框

3）编辑文字对象：若要改变文字，选取"编辑/编辑文字"，然后在"Ulead COOL 3D 文字"对话框中以选定的字体来修改您的文字。单击如图 7-6 所示的标准工具栏上的"缩放"按钮"⊙"，可以缩放文字对象；单击"移动对象"按钮"✋"，鼠标变为手形，拖动图像，可以将文字对象移到合适位置；单击"旋转对象"按钮"↻"，鼠标变为环形箭头，拖动图像，可以使文字在空间旋转。

如果单字中的字母太靠近或隔太开了，可以通过文字工具栏上的"字间距"按钮"$\underline{AB}$"或"$\underline{\text{器}}$"，调整文字间的间距。

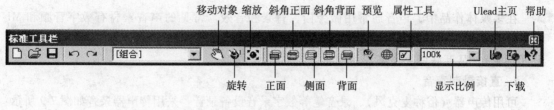

图 7-6 标准工具栏

同样地，如果文字列的间距太紧了，可以单击 $\underline{\text{器}}$ 和 $\underline{\text{器}}$ 来增加或减少文字列间距。也可以使用文字工具栏中的"对齐"按钮 $\underline{\text{器}}$、$\underline{\text{器}}$、$\underline{\text{器}}$，来让文字靠左、置中或靠右对齐。

4）修饰文字：百宝箱（效果工具栏）以略图图像形式、针对可以在 Ulead·COOL·3D 中创建的各种效果提供了许多样本和控制选项。只要单击文件夹，样本和属性工具栏就会改变，以反映选定的类别。若要将略图应用到自己的标题上，可双击略图将它们拖动到想要的标题上。

在效果工具区左边的效果类型列表中，单击"对象样式"选项左边的加号将其展开，选择"光线和色彩"，在右边色彩方框中，双击某个色彩图例可以为工作区中的当前文字对象设置合适的光线和色彩，还可通过光线与色彩的属性栏中"色调"滑块和"饱和度"滑块微调色彩。如图 7-7 所示为"光线和色彩"效果工具栏。

若要添加文字的阴影和光晕效果：在效果工具栏左边的效果类型列表中，单击"整体特效"选项左边的加号将其展开，选择"阴影"选项，从右边的阴影样式图例中挑选合适的阴影效果应用到文字对象上，然后在其属性栏进行微调，以达到满意的阴影效果，如图 7-8 所示。

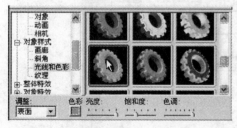

图 7-7 "光线和色彩"效果工具栏

图 7-8 "阴影"效果工具栏

另外，百宝箱还包含了很多预先提供的纹理。可以使用百宝箱中的"纹理"选项卡来应用纹理。将喜欢的纹理略图拖动到文字上。当应用了纹理之后，可以使用"属性工具栏"来调整它在文字中的尺寸、位置和外观。

5）制作完成后，单击标准工具栏上的保存按钮或菜单中的"文件/保存"进行保存，可将图像保存为 C3D 格式的文件。若需保存为 JPG 等图片格式，可选择菜单中"文件"|"创建图像文件"命令，选择图像格式进行保存。若制作的是文字动画，可选择菜单中"文件"|"创建动画文件"命令，选择以 GIF 动画文件或 AVI 视频文件格式保存。

7.2 声音素材的准备

在多媒体作品中，声音通常用做旁白、背景和音效。常见的声音素材有数字音频和 MI-DI 音乐两种。常见的声音素材的获取有多种途径：直接录制声音；从音频 CD 光盘中提取音乐（翻录）；从互联网上下载声音文件。

1. 直接录制声音

可用传声器（俗称麦克风）、录音笔等数字录音设备录音。采用传声器录音如图 7-9 所示：

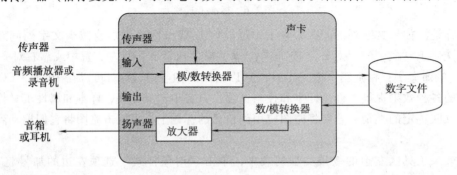

图 7-9 录音示意图

具体详细过程如第 2 章所介绍，可采用 GoldWave 或 Adobe Audition 等录音软件实现。

2. 从音频 CD 光盘中提取音乐

若采用 GoldWave，可通过选择菜单中"工具/CD 读取器"来实现，如图 7-10 所示。

图 7-10 CD 读取器对话框

3. 从互联网上下载声音文件

可通过搜索引擎，如"百度 MP3"或从专门的声音素材网站下载，如中国素材网 http://www.sucai.com，该网站可提供图片素材、声音素材等多种素材。可获得各种所需要的音效素材。若获得的声音素材格式与所需不同，可通过工具（GoldWave，Audition 等）进行声音文件的转换，若是通过录音得到的声音，还要经过进一步降噪处理后的声音素材，才可以等待最后进行项目集成时使用。

7.3 图像素材的准备

多媒体项目中经常要使用图形图像，对图像的采集主要有五种途径：扫描仪扫描、数码相机拍摄、从屏幕、动画、视频中捕捉、数字化仪输入、用软件创作等。这里以扫描仪和软件截取为例，简单介绍其使用方法。

7.3.1 用扫描仪获取图像

用扫描仪获取图像：用扫描仪获取图像是图像的数字化过程的方法之一。扫描仪（scanner）是一种图像输入设备，利用光电转换原理，通过扫描仪的移动，将信息原稿数字化后输入到计算机中。扫描仪主要由电荷耦合器件（CCD）阵列、光源及聚焦透镜组成。其主要的技术指标是光学分辨率及色彩位数。下面以 MiraScan6 为例，介绍用扫描仪扫描文字图像和将文字图像转换为文本文件的方法，其扫描设置界面如图 7-11 所示。

图 7-11　MiraScan6 扫描设置界面

按照扫描仪的说明书，将扫描仪和计算机连接好，并安装相应的软件和图像编辑软件（如照片编辑器、Ulead PhotoImpact 或 Photoshop 等）。然后接通扫描仪的电源，运行图像编辑软件。

1）打开扫描仪的上盖，将要扫描的图像正面朝下放入扫描仪中，并将图像的位置放正，合上盖子。

2）启动扫描仪运行程序后，单击"文件"│"扫描图像"菜单命令，调出"MiraScan"对话框。然后，对扫描图像的参数进行设置。

3）单击"PreScan"（预扫）按钮，进行预扫，预览扫描范围是否得当。若不得当，进一步进行调整图像的位置或设置参数。如果要扫描的都是一幅图的一部分，而不是描整幅图。在这种情况下，可以点一下"选择框"按钮，然后用鼠标拖出一个矩形区域，把需要扫描的部分用这个虚线框框住。这样，在扫描时，就只扫描选择的区域了。

4）单击"Scan"按钮开始扫描，出现扫描进度提示，此时扫描仪的指示灯不断闪烁。

5）扫描完成后，单击"结束"按钮，然后保存图像即可。

7.3.2　从数码相机中取得相片

数码相机是一种新兴的图像捕捉设备，在20世纪90年代初就已经有专业图像工作者开始使用。但当时由于它的成本过高，并没有获得广泛地应用。随着电子技术的不断成熟，数码相机也与计算机一样，开始步入普通人的生活。

现在流行的数码相机有许多种，比较著名的有 SONY、KODAK、CANON、HP、Epson和 Philips 等。获得照片后，一般可通过 USB 连接线的将数码相机和计算机相接，从而将图像下载至计算机，进而进行编辑处理。

7.3.3　用 HyperSnap 6 软件捕获图像

要想获得计算机屏幕上的图像，可以按"PrintScreen"键或者用"ALT + PrintScreen"组合键抓取当前窗口（整个屏幕）的画面，也可使用抓图软件，比较流行的抓图软件有 HyperSnap6，Super Capture 等。以下介绍如何用 HyperSnap6 软件截取图像：HyperSnap6 是一款非常出色的专业级屏幕抓图工具，它不仅能抓取标准桌面程序还能够抓取文字、DirectX、3Dfx Glide 游戏、视频及从 TWAIN 装置中（扫描仪和数码相机）抓图等。同时，HyperSnap6 还能以 20 多种图形格式（包括：BMP、GIF、JPEG、TIFF、PCX 等）保存并阅读图片。HyperSnap 6 启动后，其界面如图 7-12 所示。

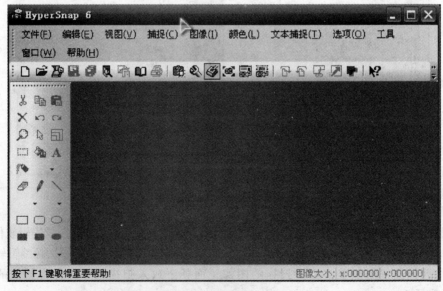

图 7-12　HyperSnap6 界面

HyperSnap6 捕捉图像的操作步骤如下：

1）启动 HyperSnap 6 工具。双击 HyperSnap 6 文件夹下的 HyprSnap6. exe，启动该软件。

2）常用到的是区域捕捉，可选择菜单中的"捕捉/区域"或快捷键"Ctrl + Shift + R"来选定。通过选择可以捕捉屏幕中部分区域。

3）把窗口切换到你想捕捉的窗口，按"Ctrl + Shift + R"快捷键后，会出现一个可以拖动的十字指针，单击鼠标定义指针的开始区域，然后在定义结束区域，再点一下鼠标，该区域的图像被抓取，出现在出现 HyperSnap 6 中。

4）然后按工具栏上的"另存为"按钮，选择"保存类型"选择框中可以选择保存的格式和位置，把该图片保存到所需要的位置。

如果要捕捉正在播放的视频图片，打开 HyperSnap 6 后，单击"捕捉"菜单，选择"启动视频和游戏捕捉"项，在打开新的对话框设置参数。然后按"确定"按钮。

7.3.4　用软件创作图像

此外，我们还可以通过图形图像编辑软件制作图像素材。一般来说，计算机图像分为两种类型，一种是位图图像，另一种是矢量图，也称图形；处理这两种类型的常用图形处理软件分别为：画图、Photoshop 和 CorelDraw。

Windows XP 的"画图"程序是一个位图编辑器，可以对各种位图格式的图画进行编辑，用户可以自己绘制图画，也可以对扫描的图片进行编辑修改，在编辑完成后，可以以 BMP，JPG，GIF 等格式存档，用户还可以将其发送到桌面和其他文本文档中。

Photoshop 是 Adobe 公司开发的最强大的图形创作、处理专业级软件，为专业设计和图形制作营造了一个功能广泛的工作环境，使人们可以创作出既适于印刷亦可用于 Web、无线装置或其他介质的精美图像。在多媒体软件制作过程中，位图素材经常需要用它来处理完成。关于 Photoshop 本章在此就不一一介绍，详细内容参看第 3 章。

CorelDraw 是 Corel 公司开发的图形图像软件，是集平面设计和计算机绘画功能为一体的专业设计软件。CorelDraw 被广泛地应用于平面设计、广告设计、企业形象设计、字体设计、插图设计、工业造型设计等多个领域。在制作多媒体作品时，可以将 CorelDraw 处理的图像导出成 EMY、WMF 等图形格式，然后直接使用此类图形素材。

7.4　动画和视频素材的准备

多媒体项目中经常要使用数字影像素材，包括动画和视频等。目前常用的视频素材的类型主要包括：Windows AVI 格式、MPEG 格式及流媒体格式。获得数字化的视频影像素材的方式通常有以下几种：①通过专用的视频采集卡对存放于录像中的视频信息进行采集，或通过电视卡实时采集正在播出的电视节目而获得；②通过光盘直接复制备份数字化的视频文件；③用超级解霸等工具软件从已经存储于计算机的数字化影像进行截取；④用 SnagIt、Hyper Cam 等工具进行屏幕活动画面的抓取，形成视频文件。

7.4.1　利用视频采集卡视频素材的采集

用采集卡来采集视频只是众多渠道中最常用的，通常是把拍好的电影转换到计算机中。用视频捕捉卡配合相应的软件（如 Ulead 公司的 Media Studio 以及 Adobe 公司的 Premiere）来采集录像带上的素材。要完成电影从摄像机到计算机的转换，需要有一块视频采集卡把摄像机与计算机连接起来。把采集卡的驱动程序安装好后，把录像机的视频输出线接到采集卡的视频输入口，把录像机的音频输出线也接到采集卡的音频输入口，再打开相应的抓取程序（一般购买采集卡时会赠送），然后播放录像机中的录像带，就可以把录像带上的内容采集到计算机中。

例如，使用 MIRO DC 20 采集卡（图 7-13）：

运行 "Mirovideo DC20" 下的 "VIDCAP32"。其视频捕捉窗口弹了出来，如图 7-14 所示。设置好图像的色彩、输入与视频制式就可以开始采集了。

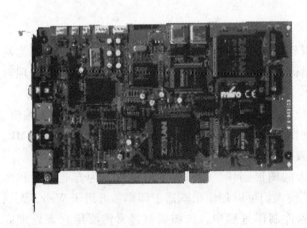

图 7-13　MIRO DC 20 采集卡　　　　　图 7-14　VIDCAP 视频捕捉窗口

7.4.2　利用超级解霸从 VCD、DVD 中获取视频素材

影像素材大多数是来自 VCD 光盘或录像带。VCD、DVD 是重要的影像文件资源库，但它们中的视频文件在多媒体作品中往往不能直接使用，必须用视频处理软件截取其一部分，或将它们转换为的 AVI、MPG 格式文件后才能将其导入 Authorware、Flash 等多媒体制作工具中使用。常用的视频处理软件有超级解霸、会声会影等。下面简单介绍一下如何利用豪杰超级解霸 3000 来截取 VCD 上的视频片段。豪杰超级解霸 3000 的界面如图 7-15 所示，用 "豪杰超级解霸 3000" 截取视频片断步骤如下：

1）启动 "豪杰超级解霸" 软件后，选择 "文件" ｜ "打开"，打开要截取的目标视频文件。

2）单击 "播放" 按钮，视频文件开始播放。单击 "循环/选择录取区域" 按钮。此时界面中间的播放进度条变深色 。

3）根据需要，使用 "选择开始点" 按钮选择素材剪切开始的位置，使用 "选择结束点" 按钮所要截取片段的结束位置。

4）单击 "录像指定区域为 MPG 或 MPV 文件" 按钮，弹出一个 "保存数据流" 对话框，在该对话框中指定保存的路径及名称后，即可保存所截取视频片断。

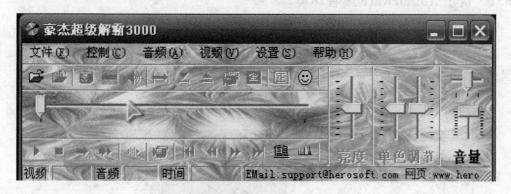

图 7-15　豪杰超级解霸 3000 的界面

　　对得到的 AVI 文件或 MPG 文件进行合成或编辑，可以使用 Adobe Premiere 软件。对于 Adobe Premiere 详细介绍见第 5 章内容。

7.5　多媒体制作工具 Authorware 的使用

　　多媒体制作工具是用来集成、处理和统一管理文本、声音、图像、视频、动画等多种媒体的编辑工具。它是基于图标和流程线为结构的多媒体制作软件，同时又融合了编辑系统和编程语言的特色，可以有效地简化多媒体作品的创作过程。

　　用 Authorware 创建的多媒体应用程序已广泛地应用于教学、商业演示等领域。如软件使用方法、机器的工作原理；介绍一种新产品的性能及实际操作过程，仅用文字说明，单调乏味，使用集文字、图像、声音和视频动画为一体的多媒体演示程序会收到很好的效果。

　　另外，目前许多多媒体光盘都是用 Authorware 开发的。Authorware 是美国 Macromedia 公司于 1991 年 10 月推出的多媒体制作工具。多年来，Authorware 从 1.0 版到现在的 7.0 版，一直是众多多媒体制作工具中的佼佼者，对于非专业开发人员和专业开发人员都是一个很好的选择。

　　Authorware 的主要特点：Authorware 是一种面向对象的，基于设计图标并以流程线逻辑编辑为主导、以函数变量为辅助、以动态链接库和 ActiveX 等为扩展机制的易学易用的多媒体创作工具软件。它操作简单、程序流程简明、开发效率高，并且能够结合其他多种开发工具，共同实现多媒体的功能。它不需要大量的编程，把众多的多媒体素材交给其他软件处理，本身主要承担多媒体素材的集成和组织工作，使得不具有编程能力的用户，也能创作出一些高水平的作品，使非专业开发人员创作多媒体作品成为现实。

　　Authorware 7.0 相对于其他版本，在界面、易用性、跨平台设计以及开发效率、网络应用等方面又有了很大改进。支持导入 Microsoft PowerPoint 文件；在应用程序中整合 DVD 视频文件；支持 XML 的导入和输出；支持 JavaScript 脚本；增加学习管理系统知识对象；一键发布的学习管理系统功能；完全的脚本属性支持。用户可以通过脚本进行命令，知识对象以及延伸内容的高级开发；Authorwave7.0 创作的内容可在苹果机的 Mac OSX 上播放。

　　下面对 Authorware7.0 特有的程序界面窗口和程序设计窗口进行简单的介绍。

7.5.1　认识 Authorware 编程环境

启动 Authorware7.0，其操作界面窗口如图 7-16 所示。Authorware7.0 的窗体结构主要包括：标题栏、菜单栏、工具栏、图标栏、流程编辑窗口、演示窗口、属性面板、函数面板、变量面板、知识对象面板等。

图 7-16　Authorware7.0 操作界面窗口

1. 标题栏

标题栏位于窗口的最上方，标题栏的左侧是该应用程序的图标 、应用程序的名称和当前正在编辑的文件的名称，右侧的 、 / 和 分别为最小化窗口、最大化/还原窗口和关闭窗口按钮。

2. 菜单栏

在 Authorware 7.0 的菜单栏中包含文件、编辑、查看、插入、修改、文本、调试、其他、命令、窗口和帮助等 11 个菜单。单击每个菜单都会弹出一个下拉菜单，在每个下拉菜单中又包含若干个菜单命令。

3. 工具栏

工具栏位于菜单栏的下面，它包含了一些最常用命令的快捷按钮（图 7-17）。从左至右分别是"新建"按钮、"打开"按钮、"保存"按钮、"导入"按钮、"撤销"按钮、"剪切"按钮、"复制"按钮、"粘贴"按钮、"查找"按钮、"文本风格"下拉列表框、"粗体"按钮、"斜体"按钮、"下划线"按钮、"运行"按钮、"控制面板"按钮、"函数"按钮、"变量"按钮和"知识对象"按钮等。

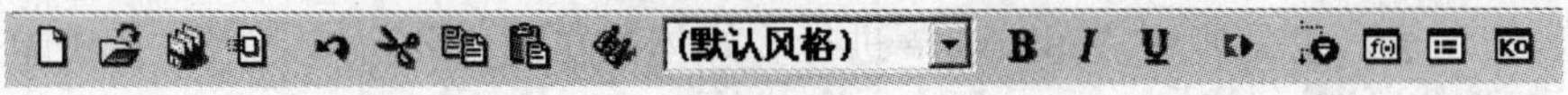

图 7-17 Authorware 7.0 的工具栏

工具栏中各按钮的含义如下:

- "新建"按钮 □: 新建一个 Authorware 文件。
- "打开"按钮 □: 打开一个已存在的 Authorware 文件。
- "保存"按钮 □: 保存当前正在编辑的 Authorware 文件。
- "导入"按钮 □: 用于导入外部的图像、声音、动画、文字或者 OLE 对象等。
- "撤销"按钮 □: 撤销最近一次的编辑操作。
- "剪切"按钮 □: 将选择的内容剪切到剪贴板上。
- "复制"按钮 □: 将选择的内容复制到剪贴板上。
- "粘贴"按钮 □: 将剪贴板上的内容粘贴到指定的位置。
- "查找"按钮 □: 实现对文本对象、图标名称、图标关键字或脚本代码查找和替换的功能。
- "文本风格"下拉列表框 (默认风格) □: 在该下拉列表框中可以选择一个文本风格并将其应用到当前选择的文本对象中。
- "粗体"按钮 **B**: 将选中的文本以粗体显示。
- "斜体"按钮 *I*: 将选中的文本以斜体显示。
- "下划线"按钮 U: 为选中的文本添加下划线。
- "运行"按钮 □: 运行当前正在编辑的 Authorware 文件。
- "控制面板"按钮 □: 用于控制程序的运行,对程序进行调试。
- "函数"按钮 □: 用于打开"函数"面板,在其中列出了所有的系统函数,并可以载入用户自定义函数。
- "变量"按钮 □: 打开"变量"面板,在其中列出了所有的系统变量,以及新建自定义变量。
- "知识对象"按钮 □: 打开"知识对象"面板,其中列出了所有的知识对象。

4. 图标栏

图标栏是 Authorware 特有的工具栏,其功能类似于 VB 等编程工具的工具箱。在其中一共列出了 14 种图标以及开始标志、结束标志和图标调色板,图标是使用 Authorware 进行多媒体创作的基本单元,每一个图标都有其独特的工作方式和功能。图标栏中各图标的功能在 7.5.3 小节详细介绍。

5. 流程编辑窗口

流程编辑窗口使用 Authorware 进行多媒体制作的主要窗口之一,主要用于编辑多媒体程序的流程。

6. 演示窗口

同样，演示窗口也是使用 Authorware 进行多媒体制作的主要窗口之一，其功能是用于演示和编辑各种可显示的对象，也是用户和程序交互的窗口。单击工具栏上的 ▣ 按钮可以打开演示窗口并运行当前正在编辑的多媒体程序。

7. 属性面板

属性面板用于设置文件或图标的属性，可以通过选择"修改"｜"文件"｜"属性"命令显示如图 7-18 所示的"属性：文件"面板对话框，在其中可以设置文件的属性，如背景颜色、大小、是否显示菜单等。

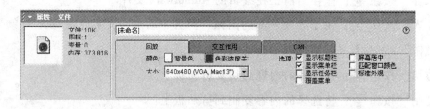

图 7-18 "属性：文件"面板

8. 函数面板

单击工具栏上的 ▣ 按钮、选择"窗口"｜"面板"｜"函数"可以打开如图 7-19 所示的"函数"面板，在"函数"面板中可以查看所有函数。

9. 变量面板

单击工具栏上的 ▣ 按钮或选择"窗口"｜"面板"｜"变量"命令。可以打开如图 7-20 所示的"变量"面板，在其中可以查看所有变量的详细参数（初始值、当前值、分类）和说明。

图 7-19 "函数"面板

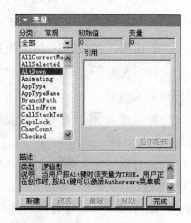

图 7-20 "变量"面板

10. 知识对象面板

知识对象模块实际上是一段已经编写完成的固定的图标流程程序图结构，它是为完成某一功能的一系列图标的一个组合。单击工具栏中的 ▣ 按钮可以打开"知识对象"面板，在其中可以查看所有的知识对象的分类和说明。

7.5.2　Authorware 7.0 的基本操作

熟悉了 Authorware 7.0 的工作界面之后，下面开始介绍 Authorware 7.0 的基本操作，包括文件的基本操作、编辑流程线。

1. 文件的基本操作

文件的基本操作主要包括新建文件、保存文件、打开文件和关闭文件等四种。

（1）新建文件　可以通过以下两种方式新建文件：

1）单击工具栏上的 按钮。

2）选择"文件"｜"新建"｜"文件"命令或按"Ctrl + N"组合键。

（2）保存文件　一般来说，我们使用 Authorware 时应经常保存文件，以免因计算机故障或其他原因导致数据丢失。Authorware 提供了四种保存方式，分别为"保存"、"另存为"、"压缩保存"和"全部保存"。

1）保存：保存当前正在编辑的文件，单击工具栏上的 按钮、选择"文件"｜"保存"命令或按"Ctrl + S"组合键即可保存文件。

2）另存为：将当前文件换一个文件名或位置保存。

3）压缩保存：在保存文件时会对数据进行压缩，使保存后的文件变小。选择"文件"｜"压缩保存"实现压缩保存文件。

（3）打开已存在文件　打开已存在文件有两种方法：

1）单击工具栏上的 按钮或选择"文件"｜"打开"｜"文件"命令，在"选择文件"对话框选择要打开的文件后，单击 打开(0) 按钮即可打开该文件。

2）直接双击要打开的 Authorware 文件即可。

（4）关闭文件　当一个文件不再需要编辑时，就可以关闭它，关闭文件的常用方法有两种：

1）选择"文件"｜"关闭"命令。

2）单击流程编辑窗口上的 按钮。

2. 编辑流程线

在使用 Authorware 编辑多媒体程序时，大部分的操作都是在编辑流程线，因此，掌握编辑流程线的方法是非常重要的。编辑流程线主要包括添加图标、选择图标、复制和粘贴图标、移动图标、删除图标和使用群组图标等几个方面，下面分别介绍。

（1）添加图标　一般来讲，编辑流程线首先是要在流程线上添加图标，在流程线上添加图标过程如下：拖拽图标栏上的图标到流程线上，用鼠标指针按住图标栏上的图标不放，拖动鼠标至流程编辑窗口后释放鼠标左键，即可把图标添加到流程线上，此时该图标的名称被自动命名为"未命名"，如图 7-21 所示。可以通过在名称处单击修改图标的名称。

（2）选择图标　在编辑流程线时，经常需要选择图标，用鼠标单击要选择的图标，即可选择它。选择

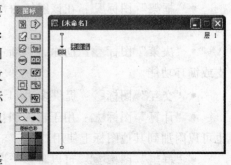

图 7-21　拖动图标到流程线上

多个图标可通过在流程编辑窗口中按住鼠标左键不放并拖动，这时弹出一个虚线矩形框，拖拽将需要选择的图标框入虚线矩形框时，释放鼠标左键即可选择这些被框住图标。

（3）复制和粘贴图标　　当某些图标需要重复使用时，可以采用复制和粘贴的方法。

1）复制图标：首先选择要复制的图标，然后单击工具栏上的圆按钮、或选择"编辑"｜"复制"命令，即可将选择的图标复制到剪贴板中。

2）粘贴图标：在流程线上需要粘贴图标的位置处单击，此时粘贴指针便会出现在该位置，再单击工具栏上的圆按钮或选择"编辑"｜"粘贴"命令即可将剪贴板中图标粘贴到粘贴指针所在的位置。

（4）移动图标　　用鼠标按住要移动的图标，并拖动到流程线上的目标位置释放鼠标即可。

（5）删除图标　　先选择要删除的图标，然后选择"编辑"｜"清除"命令或按"Delete"键即可将选择的图标删除。

（6）使用群组图标　　类似于程序设计里的模块化。当流程线非常复杂时，可以将一些功能相关的图标群组，这样可以使流程更加清晰、简洁。

1）建立群组：只有连续的图标才能够群组。首先选择一些连续的图标，然后选择"修改"｜"群组"命令或即可将选择的图标群组为一个图标。

2）取消群组：选择群组图标，然后选择"编辑"｜"取消群组"命令即可取消群组。

3）打开群组图标：双击该群组图标，会打开一个子流程编辑窗口，在该流程编辑窗口中即可对群组图标内的图标进行编辑。

7.5.3　图标栏简介

- "显示"图标圆：用于显示图形、图像、文本和 OLE 对象等。
- "移动"图标⬀：该图标用于移动显示图标以及插入的其他可显示的对象。
- "擦除"图标⬁：该图标用于按照指定的方式擦除图片、文字、动画和声音等对象，在擦除时可以设置擦除效果，如淡入淡出。
- "等待"图标⬡：该图标暂停程序的运行，等待用户再单击鼠标让其他事件发生后再继续运行程序。
- "导航"图标▽：必须与框架图标结合使用，使用该图标可以跳转到框架图标右侧的某个图标上继续运行。
- "框架"图标▢：在该图标内部包含了一组导航图标，主要用于创建程序的框架结构。
- "决策"图标◇：也称"判断"图标，用于创建分支、循环结构，可以实现多种分支或循环功能。
- "交互"图标⟨?⟩：提供多达 11 种的交互方式，能够实现强大的人机交互功能。
- "计算"图标▭：用于输入和执行脚本代码，以完成某个特殊功能，可以单独使用也可以附加到其他图标上使用。
- "群组"图标▤：可以将多个图标组合成一个单独的图标，可以使整个流程更加清晰、简洁。

- "电影"图标：使用该图标可以播放 *. avi、*. mpg、*. flc 等常见格式的数字电影文件。

- "声音"图标：该图标可以播放 *. wav、*. mp3 和 *. swa 等常见格式的声音文件。

- "DVD"图标：该图标用于在多媒体应用程序中控制视频设备的播放，同时还支持 DVD 的播放。

- "知识对象"图标：它是 Authorware 中一组特殊功能模块图标，用户使用它可以完成一系列特定的功能。

- "开始标志"：用于设置程序运行的起始位置。将"开始标志"拖放到流程线上，当选择菜单"调试/从标志旗处运行"或单击按钮执行程序时，Authorware 会从"开始标志"处开始执行。

- "结束标志"：用于设置程序运行的停止位置。将"结束标志"拖放到流程线上，当执行程序遇到该标志时，Authorware 将停止执行程序。

- "图标调色板"：可以为图标着上不同的颜色，用于区分不同功能的图标，它对程序的运行没有任何影响。

下面对其中比较重要的一些图标的用法简单介绍：

1. "显示"图标

"显示"图标使用的一般步骤：

（1）用鼠标从图标栏中拖拽一个显示图标到程序的主流程线上。

（2）双击流程线上的显示图标进入其演示窗口。

（3）在演示窗口中输入编辑的内容，包括输入文本、图形、图像，其具体实现过程如下。

输入文本：

1）双击打开显示图标，选择工具箱中的文字工具，输入文字，输完之后选中文字，执行"文本"|"对齐"命令，设定对齐方式。

2）选中文字，执行"文本"|"字体"命令，将字体设为所需字体。

3）执行"文本"|"大小"命令，将字体大小设为所需大小。完成后即可关闭演示窗口。

插入图片：

1）执行"文件"|"导入"命令或是工具栏上的导入按钮，弹出"导入哪个文件？"对话框，选中所需要的图片导入。

2）双击显示图标，打开演示窗口，选中图片，单击"修改"|"图像属性"打开"属性"|"图像"面板，单击"版面布局"面板，在"选项"列表中选择"原始"选项。在"位置"文本框中填入合适的坐标值。单击"确定"按钮关闭对话框。

绘制图形：

1）双击显示图标，弹出演示窗口和一个绘图工具栏。

2）在绘图工具栏中单击选取所需图形，在演示窗口中绘制图形。

3）双击椭圆工具，打开颜色面板，设置颜色。还可调整大小等。最后组合为一个图形。

2. "移动"图标

"移动"图标使用的一般步骤如下：

1）在设计窗口的流程线上，添加一个"移动"图标（一般在显示图标的后面），双击这个"移动"图标将"移动"图标的属性对话框打开，同时打开的还有一个展示窗口。如图 7-22 所示。

2）用鼠标单击展示窗口中的文本对象或图形对象，选择它来作为"移动"图标要设置动画的对象，同时，属性对话框中会有这个对象的预览。

3）在"移动"图标属性框中设置执行方式、时间等内容。

4）单击"确定"按钮完成设置。

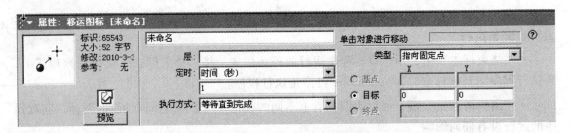

图 7-22　"移动"图标的属性对话框

Authorware 提供了几种不同移动方式：

（1）**指向固定点**　这种方式，可以将屏幕上任意位置的对象从当前位置沿直线移动到指定点。选择"指向固定点"是移动图标默认的运动类型，当用户设置了移动对象的目的位置之后，无论拖动对象的路径如何弯曲，Authorware 总是将移动对象沿着直线从当前显示的位置移动到对象拖动到的目的位置。如果需要经过最短的距离达到目标处时，这种移动方式是非常实用的。

（2）**指向固定直线上的某点**　将移动类型设置为"指向固定直线上的某点"时，可以将它移动到一条直线上的任意一点。在移动之前，必须确定移动的起点、终点，以及移动的直线。对象移动的起点就是对象在演示窗口的初始位置，终点是指对象在给定直线上停止移动的位置。关于移动对象停留的位置，它只是直线上的一点，Authorware 将自动按照线性插值的方法，计算出目的地坐标在直线上的相对位置。

（3）**指向固定区域内的某点**　指向固定区域内的某点是将对象从当前位置移动到通过网格上的某一点，它要求用户事先准备带有刻度的网格，然后，将网格的左上角定义为移动的起点，将网格的右下角定义为移动的终点。"指向固定区域内的某点"与"指向固定直线的某点"非常相似，唯一的区别是两者设置坐标的方法不同，前者由于是平面，因此需要设置 X 和 Y 坐标，后者由于是直线，仅需要设置 X 坐标，就能够完成指定点的设置。

（4）**指向固定路径的终点**　使用"指向固定路径的终点"作为对象的移动类型，将使对象从当前位置沿着一条设定的路径，移动到路径的终点，路径是由直线或曲线组成的。与指向固定点类型不同，路径起点可以不是对象在演示窗口的起始位置，这样当开始移动时，对象可能会从初始位置突然跳到路径起点。对象移动结束之后，它总是停留在设定路径的终点。

（5）指向固定路径上的任意点　将移动类型确定为"指向固定路径上的任意点"时，移动对象将沿着指定的路径，从当前位置移动到路径的某点上，这里的路径可是直线，也可以是曲线，或者是由它们混合组成的。路径是由用户拖动移动对象时产生的。在默认的情况下，拖动对象时每释放一次鼠标，都会在演示窗口内创建一个新的控制点，默认的控制点是三角形的，这就意味着相邻两点之间使用直线进行连接。双击控制点时，它将在三角形与圆形之间进行切换。一旦控制点成为圆形的，那么相邻的控制点之间将使用圆弧进行连接。

3."擦除"图标

"擦除"图标的作用是把显示在演示窗口的内容用丰富的动画效果擦除，可以擦除屏幕上已显示出的内容。"擦除"图标擦除的内容是图标中所有的内容，如果不想一次擦除一个图标内的所有内容，就必须将这个图标里的内容分别显示在不同的图标里。

"擦除"图标的使用步骤如下：

1）选中"擦除"图标，将其拖到流程线上指定的位置并命名。

2）双击"擦除"图标（或运行程序，遇到空的"擦除"图标时会自动打开），如图7-23 所示。

3）选择需要擦除的对象擦除，即在"擦除"图标对话窗口打开情况下，单击要擦除的对象，对象随之消失，而对话框中会出现要擦除对象的图标。

4）若要选择擦除效果，只需选中特效右侧选择对应效果。

5）单击预览按钮，看擦除效果。

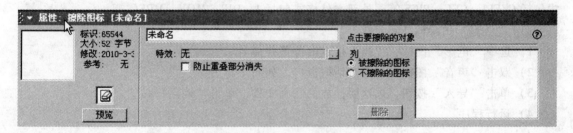

图 7-23　"擦除"图标属性对话框

4."等待"图标

它为控制演示的进度提供了方便。需要重新启动演示时，只需单击鼠标或按任意键，也可以经过一段时间的等待之后，演示就继续开始。

"等待"图标的使用步骤如下：

1）将"等待"图标拖动到自定的位置并命名。

2）双击"等待"图标，打开属性设置对话框。

3）在时限文本框内输入等待时间长度。

4）选择是否启用按钮复选框。

5."声音"图标

用于连接外部声音信息。可以使用"声音"图标加载并播放声音文件，给屏幕上展示的信息添加解说词或背景音乐，大大增加了多媒体作品的表现力。"声音"图标可以导入的声音文件类型有 MP3 、WAV 、VOX 、SWA 、AIFF 、PCM。其中 MP3 与 WAV 是比较常用的两种格式。

（1）"声音"图标的使用步骤

1）选中"声音"图标，将其拖到流程线上指定的位置并命名。

2）双击"声音"图标，打开对话框窗口，单击导入按钮，选中要选的声音文件。

3）再次单击"导入"按钮，导入声音文件。

4）单击"确定"按钮。

5）运行程序，可听到导入的声音文件效果。

（2）声音的属性窗口 利用"执行方式"选项可用来控制声音相对于文件中其他的事件何时播放。有以下几种选择：

1）直到完成：等待该声音文件播放完成后再继续执行流程线上的下一个图标。

2）同时：在播放声音的同时，继续运行声音图标后面的图标。

3）永久：Authorware 在程序运行中，时刻监测声音的播放条件，即播放选项"条件为真"下的文本框中的条件为真时，就开始播放声音。

6. "电影"图标

"电影"图标支持大多数动画与视频文件格式。不同格式的文件，Authorware 存储方式不一样，有些必须装载到 Authorware 中，作为内部文件来存储，作为内部文件装载到 Authorware 中的数字电影，执行速度快，可使用擦除效果，但会增加最终可执行文件的大小；有些文件只能以链接的方式来使用，作为外部文件来存储，外部文件执行速度慢，不能使用擦除效果，但不会增加最终可执行文件的大小。数字电影图标支持的文件格式：内部文件格式包括 C/FLI、CEL、PICS 等。外部文件格式包括 I、DIB、MOV、MPEG 等。

（1）"电影"图标的使用步骤

1）选中"电影"图标，程线上指定的位置并命名。

2）双击"声音"图标，打开对话框窗口，如图 7-24 所示。

3）单击"导入"按钮，选这要播放的动画文件，单击"确定"按钮。

4）运行程序。

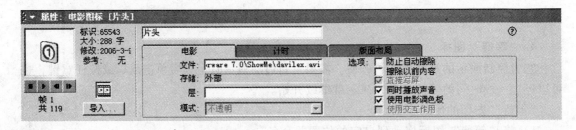

图 7-24   "电影"图标属性对话框

（2）"电影"图标属性对话框

1）电影选项卡：其各部分名称与功能如下：

● 文件：显示被导入数字电影文件的来源信息，如文件名称、存储路径等信息。

● 存储：显示被导入数字电影文件的存储方式，分为内部和外部。

● 层：用于显示、更改当前电影图标所在的层数，但外部电影的层数调整无效，总会自动处于最外层。

● 模式：对于内部文件格式的电影对象，Authorware 提供了四种显示模式，即不透明、遮隐、透明、反转等，该选项用于设置"电影"图标的文件对象与其他设计图标的文件对象的显示关系。

● 同时播放声音：如果选择的数字电影文件中包含音频文件，选择该项后将播放此数字电影文件中的声音。

● 使用电影调色板：选择该项，则所导入的数字电影文件的颜色调色板来代替 Authorware 自身的颜色调色板。此选项对一部分数字电影文件格式有效。

● 使用交互作用：选择该项，允许通过鼠标或键盘与 Director 数字电影文件对象进行交互操作。

2）"计时"选项卡："计时"选项卡用来设置数字电影文件的播放同步以及播放速率等。"计时"选项卡的属性选项如图 7-25 所示。

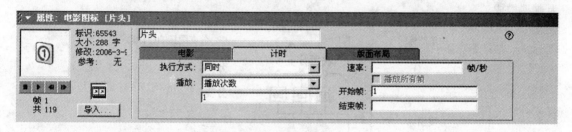

图 7-25　"计时"选项卡

① "执行方式"下拉列表：用来设置动画文件播放的同步问题。其中有三个选项："等待直到完成"、"同时"和"永久"。

● "等待直到完成"：在加载的数字电影播放完毕后，再沿程序流程线向下执行其他设计图标。

● "同时"：在播放数字电影的同时，程序流程不会在"电影"图标上等待，会继续执行流程线下面的图标。

● "永久"：选中该选项时，用户可以在 Authorware 退出"电影"图标时激活动画，系统将一直监控在"电影"图标属性对话框中所定义的变量，如果变量的值改变，系统将立即做出相应的调整。同时其他设计图标继续执行。利用这个选项，可以实现控制数字电影播放速度、播放次数和播放长度（帧数）等功能。

② "播放"下拉框：用户可以设置动画文件播放的次数。它包括以下三个选项：

● "重复"：重复播放动画，直到擦除或用"MediaPause"函数暂停。

● "播放次数"：在"播放"下拉框下面的文本框中输入动画文件播放的次数。如果为 0，系统将只显示第一帧动画。

● "直到为真"：动画文件将一直播放，直到下面文本框中的条件变量或者条件表达式值为真。比如，如果你输入系统变量"MouseDown"，动画文件将重复播放直到用户按下鼠标。

③ "速率"文本框：用户可以设置一个支持可调节速率形式的以外部文件存储方式的数字电影。通过输入一个数、变量名或者一个条件表达式来加快或减缓动画播放的速率。如果所设的速率太快，则无法按所设速率显示所有动画帧，除非用户选中"播放全部帧"选项，系统将略过部分动画帧从而以接近所设速率播放动画。

3）"版面布局"选项卡：可以在"版面布局"选项卡中设定动画对象在演示窗口中是否可以被移动，以及其可以移动的区域。在此不再介绍。

7. "决策"图标

也叫"判断"图标，它的主要作用是在 Authorware 中实现循环的操作，还可以实现选择其中的某个单元进行执行，可以实现类似分支的功能。

（1）创建决策路径的步骤

1）把"决策"图标拖放到流程线上。

2）把另一个图标（通常是群组）拖放到"决策"图标的右边，这时一条"决策"分支路径就创建好了，再根据需要修改"决策"图标的属性就可以了。

判断分支结构由"决策"图标和一条或多条与其相连的分支路径组成。如图 7-26 所示为典型构成。

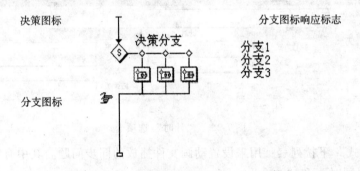

图 7-26　"决策"图标的判断分支结构

（2）"决策"图标的属性设置　如图 7-27 所示为"决策"图标的属性对话框。

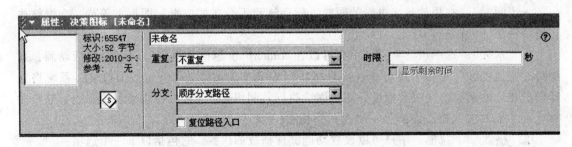

图 7-27　"决策"图标的属性

1）时限：限定决策（判断）图标及其所属分支的执行时间。

2）重复：控制决策图标的各个分支的执行次数，即循环结构。若选择重复下拉列表，有五种分支控制方式：其各个选项及功能如下：

- 固定的循环次数：执行分支的次数为一个固定值。
- 所有路径：每个分支至少执行一次。
- 直到单击鼠标或按任意键：执行分支直到单击鼠标或按任意键。
- 直到判断值为真：执行分支直到判断值为真。
- 不重复：只执行一个分支就退出。

- 不重复：只执行一个分支就退出。

3）分支：控制"决策"图标各分支执行的先后顺序。若选择分支下拉列表，有四种分支控制方式：

- 顺序分支路径：依次执行各个分支。
- 随机分支路径：每次从所有分支中随机选中其中一条分支来执行。
- 在未执行的路径中随机选择：每次从未执行过的分支中随机选中其中一条分支来执行。
- 计算分支结构：根据变量或表达式来执行。

8. "交互"图标

人机交互是多媒体演示软件一个最为重要的性质，是实现人机对话的主要途径之一 Authorware 是交互功能最强大的多媒体开发工具之一。它提供了热区交互、热对象交互、目标区域交互、下拉菜单交互、文本输入响应交互、按键响应交互、条件响应交互、重试限制响应交互、时间限制交互和事件交互等多种交互方式。只有了解和掌握这些交互方式，才能制作出高水平的多媒体作品。

Authorware 的交互性是通过"交互"图标来实现的，它不能单独工作，它必须和附着在其上的一些处理交互结果的图标一起才能组成一个完整的交互式的结构。

其工作流程如下：当 Authorware 遇到"交互"图标时，就在屏幕上显示"交互"图标中所包含的内容（文本和图像等），之后 Authorware 就会停下来等待用户的响应，当用户做出响应后，Authorware 会判断是否与某个分支目标响应相匹配。如果找到对应项，则程序流程转向该分支并执行相应的交互分支。

（1）交互结构的建立步骤

1）拖拽"交互"图标至流程线。

2）拖动一个图标（多为"群组"图标）放到"交互"图标的右侧，形成第一个分支，与此同时会弹出一个响应类型对话框，选定需要的某一种响应类型。

3）拖动另一个图标（多为"群组"图标）放到"交互"图标的右侧，形成第二个分支，此时其响应类型与第一个相同。

4）重复上步，进而建立若干分支。

在交互程序中，按钮响应是使用最广泛的交互形式，下面以按钮响应为例说明其使用。

（2）按钮交互响应实例

拖动一个图标（如"群组"）放到"交互"图标右边后，在弹出的交互类型对话框（图 7-28）中选择按钮单选框。

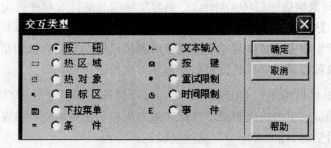

图 7-28　交互类型对话框

双击设计窗口交互结构中的按钮标志，在打开的按钮响应属性对话框中可输入按钮名称，并通过下面两个选项卡进行设置。

1）按钮选项卡，如图 7-29 所示。

● 响应类型：在下拉列表中，可以选择更换响应类型。

● 大小：用于定义按钮的大小，以像素为单位。

● 位置：用于定义按钮在屏幕上的位置。定义时使用屏幕坐标系，并且是以按钮的左上点为参照点的。在大小和位置两个输入框中都可以输入变量。

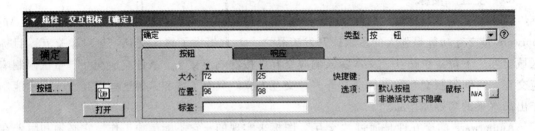

图 7-29　按钮选项卡

2）响应选项卡。

● 永久：选中该选项后，在属性对话框中定义的响应在整个文件中都保持可用，这样用户在设置文件中的其他"交互"图标时，不用每一次都重新设置。

● 激活条件：在输入框中可以输入一个条件，只有当条件被满足时，按钮响应才可用。

● 擦除：使用擦除中的选项可以决定分支执行完毕后，其显示内容被自动擦除所采用的形式。

3）各种交互响应类型介绍：

● ▭ "按钮响应"（Button）：按钮响应是使用最广泛的交互响应类型，它的响应形式十分简单，主要是根据按钮的动作而产生响应，并执行该按钮对应的分支。这里的按钮可以是系统自带的样式（通过执行菜单 WindowàButtons... 查看选择），也可以是用户自定义的。

● ▭ "热区响应"（Hot Spot）：热区响应也是使用频繁的交互响应类型之一，它是通过对某个指定范围区域的动作而产生响应。

● ▓ "热对象响应"（Hot Object）：热对象响应是通过对程序设定的某个对象的动作而产生响应类型。热对象响应和热区响应类似，它们的响应属性设置方式也几乎相同，唯一不同的就是热区产生响应的对象是一个规则矩形区域范围，而热对象则是一些实实在在的物体对象，这些对象可以是任意形状，例如圆形、不规则三角形状等。

● ▨ "目标区域响应"（Target Area）：目标区域响应是通过用户操作移动对象至目标锁定区域内而相应产生的响应类型。目标区域响应包括正确响应和错误响应，具体通过目标区域响应属性对话窗口的"Status"属性域设置。

● ▦ "下拉菜单响应"（Pull-Down Menu）：下拉菜单响应是通过用户对相应下拉菜

单的操作（菜单选取）而产生的响应类型。下拉菜单响应的建立与使用相对简单，其中下拉菜单响应分支所在的"交互"图标的名称即为下拉菜单的标题，"交互"图标下的各个下拉菜单响应分支的名称对应为该下拉菜单的菜单项。当选择某一菜单项时即响应执行对应分支的流程内容。

- ■ "条件响应"（Conditional）：条件响应是通过对条件表达式进行判断而产生的响应类型，即当某一条件变量表达式的数值满足条件交互分支的要求时，程序便开始执行条件分支所在的内容。

- ▶ "文本输入响应"（Text Entry）：文本输入响应是根据用户的输入文本而产生的响应类型，一般都通过它获取用户的文本输入内容而进一步进行相关的响应处理操作。

- ■ "按键响应"（Keypress）：按键响应是通过用户操作控制键盘上的按键或者组合键而产生的响应类型，即程序运行时，当用户进行键盘操作，按下的某一按键或者组合键与程序事先设定的响应按键匹配一致后，则程序产生响应而执行该分支内容。

- # "尝试限制响应"（Tries Limit）：尝试限制响应是一种限制用户进行可交互有效次数的响应类型。当用户进行的操作达到程序事先预定的可交互最大有效次数后，即马上响应尝试限制交互分支。

- ⊙ "时间限制响应"（Time Limit）：时间限制响应是一种限制用户进行可交互有效时间的响应类型。即只要用户在规定的时间内没有做出交互选择，"交互"图标就会执行符合条件的时间限制响应的分支。

- E "事件响应"（Event）：事件响应，顾名思义是根据某些特定事件而做出相应动作的响应类型。

以上对常见的图标进行了简单的介绍，Authorware 还有"框架"、"知识对象"等图标，这里就不一一介绍了。

7.6　多媒体软件制作实例

本实例通过制作一个古典音乐欣赏的多媒体作品来说明一个完整的多媒体软件的制作过程。

7.6.1　需求分析

由于音乐欣赏课程中"古典音乐欣赏"部分课程需要向学生介绍古典音乐历史、同时还要让学生欣赏名曲和现场演奏，这需要综合文本、声音、图像、视频等多方面素材，因此制作"中国古典音乐欣赏"多媒体项目，要通过一个交互式的方式来介绍古典音乐历史、作曲家、名曲、演奏视频等。

7.6.2　脚本设计

"中国古典音乐欣赏"的工作流程如图 7-30 所示、主界面任务脚本如图 7-31 所示，其他分支类似。

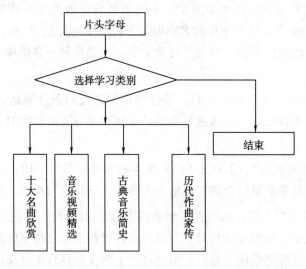

图 7-30　"中国古典音乐欣赏"工作流程

名称	古典音乐欣赏		设计者		××
使用对象		选修学生	编号	××	
设计日期		×××	备注		
屏幕设计布局					
十大名曲欣赏 音乐视频精选 古典音乐简史 历代作曲家传 退出			屏幕设计描述		
			屏幕呈现文本或配音解说词		
跳转描述		单击"十大名曲欣赏"按钮跳转到十大名曲欣赏分支 单击"音乐视频精选"按钮跳转到音乐视频精选 ……			
媒体呈现方式		背景图片、文字、背景音乐及视频等同时出现			

图 7-31　"中国古典音乐欣赏"主界面任务脚本

7.6.3　素材准备

1. 文本素材的准备

通过互联网上搜索获取古典音乐历史等文本、对于教材内的文字，通过键盘录入来实现。

2. 音频素材的准备

（1）古典音乐史旁白录音　采用 7.2 节的方法录入旁白"中国古典音乐发展久远，最早可追溯至黄帝时期，当时就有音乐作品的记载，而周朝制定六艺（礼、乐、射、御、书、数）中，乐也占了重要的地位……"，经过去噪等操作后，保存为音乐史旁白 . WAV 文件。

（2）准备乐曲　购买"古典十大金曲"CD，采用 goldware 抓取声音，可通过选择菜单中"工具"｜"CD 读取器"来转换为对应的 MP3 文件。分别为"高山流水"、"广陵散琴曲"、"平沙落雁"、"十面埋伏"等。同样方法制作"片头背景音乐"等其他素材。

3. 图片素材的准备

（1）利用 Photoshop 图像处理软件制作按钮图像　详细方法参看第 3 章。并存为对应的文件。

（2）搜集古典音乐史背景图片　这些图片作为背景部分图像的使用，分别存为主界面背景图片 . jpg、高山流水 . jpg、广陵散琴曲 . jpg、平沙落雁 . jpg、十面埋伏 . jpg 等，如图 7-32 ~ 图 7-35 所示。

图 7-32　"主界面"背景图

图 7-33　"十大名曲欣赏"背景图

图 7-34　"高山流水"背景图

图 7-35　"平沙落雁"背景图

4. 动画素材的准备

片头字幕"中国古典音乐欣赏"采用 COOL 3D 制作动画，具体方法详见 7.1 节。制作的素材取名"片头字幕 . avi"，如图 7-36 所示。

图 7-36　片头字幕

5. 视频素材的准备

使用超级解霸等工具从"古典音乐会"VCD 中截取"高山流水"等演奏视频。若效果不好，还需使用 Adobe Premire 进行进一步的编辑。详细参看第 5 章。

7.6.4　系统合成与测试

在进行需求分析、脚本设计、素材准备的工作之后，可以进行多媒体系统的合成以及测试。下面详细介绍如何通过 Authorware 进行多媒体集成的过程。

"古典音乐"欣赏包括"片头"和主体"古典音乐学习与欣赏"两部分。其中后者包括四大模块：分别为十大名曲欣赏、音乐视频精选、古典音乐简史、历代作曲家传四部分。分别为界面左侧四个图标按钮，分别单击后可进入四个分界面。使用 Authorware7.0 集成的具体实现步骤如下：

步骤 1：创建新文件，并从菜单中选择"修改"｜"文件"｜"属性"来设置文件属性。把大小设置为 800×600（SVGA），同时去掉显示标题栏和显示菜单栏选项。如图 7-37 所示。

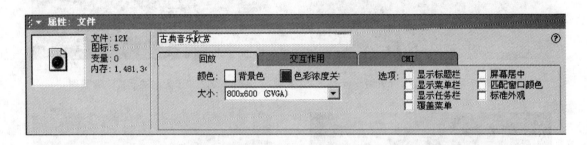

图 7-37　文件属性窗口

步骤 2：拖动一个"群组"图标到流程线上，命名为"封面片头"。双击打开"封面片头"群组图标进入下一层设计窗口。拖动一个"电影"图标到流程线，命名为"片头"。双击打开图标，打开"电影"图标属性窗口，单击左侧的"导入"按钮，在"导入文件"对话框内选择"片头字幕.avi"，单击导入按钮导入片头文件，单击"计时"选项卡，选择"执行方式"为"等待直到完成"，"播放次数"输入播放的次数为 1。拖动一个"声音"图标到流程线"片头"图表的右侧，创建内部包含声音的组合图标，命名为"片头背景音乐"，这样构成一个媒体同步结构。

双击"声音群组"图标，打开其设计窗口，这时流程线上已经有一个"声音"图标。双击打开"声音"图标，设定"计时"选项卡中"执行方式"为"同时"，"播放次数"输入播放的次数为 1。单击左侧的"导入"按钮，在"导入文件"对话框内选择"片头背景音乐.mp3"，单击"导入"按钮导入文件。双击"封面片头"组合上的◎，打开"媒体同步属性窗口"，设定"同步于"为"秒"，并输入开始同步的秒数。

回到"封面片头"设计窗口，拖动"擦除"图标到流程线上"电影"图标下方，双击打开"擦除"图标，选定电影对象作为删除对象。最终得流程如图 7-38 所示。

步骤 3：加入背景。拖动一个"显示"图标到主流程线"群组"图标下，并命名为"背景"，双击该图标进入编辑状态，选择菜单下"插入"｜"图像"，选择对话框下的导入命令导入"主界面背景图片.jpg"。

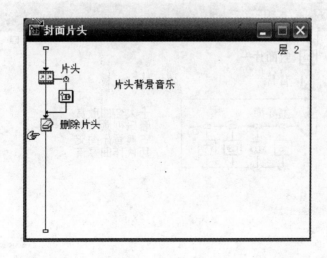

图 7-38　片头设计窗口流程

步骤 4：制作交互按钮。拖动一个交互图标到流程线上，命名为"主界面"，应用程序一共有四个模块，所以拖动四个"群组"图标到"主界面"图标的右下侧，在拖入第一个"群组"图标时，将弹出"交互类型"对话框，如图 7-39 所示。

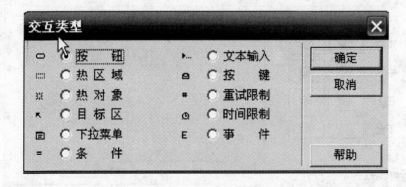

图 7-39　"交互类型"对话框

选中"按钮"单选框，单击"确定"按钮。接下来分别把这几个"群组"图标命名为"十大名曲欣赏"、"音乐视频精选"、"古典音乐简史"、"历代作曲家传"。将文件保存为"古典音乐欣赏"，如图 7-40 所示。

步骤 5：为按钮添加图片。双击"十大名曲欣赏"群组图标上的按钮图标，弹出"交互图标属性对话框"，选择单击左侧按钮，出现"按钮"选择对话框，再单击"添加"按钮，出现如图 7-41 所示"按钮编辑"对话框。在图案选项里导入事先做好的十大名曲欣赏图片，选择声音选项可导入按键效果音响。

同样的方法，对其他三个按钮添加图片。

以上是各主界面设计过程，接下来可以进入各分支界面的设计，这里主要介绍十大名曲欣赏和音乐视频精选两部分分支的实现，其他部分与此类似。

十大名曲欣赏部分实现过程：如图 7-41 所示。

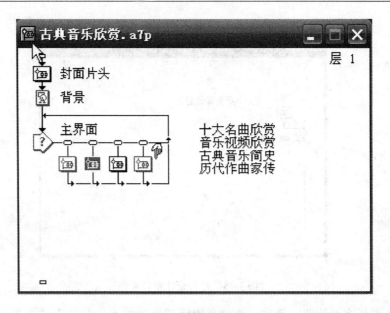

图 7-40　主界面流程线

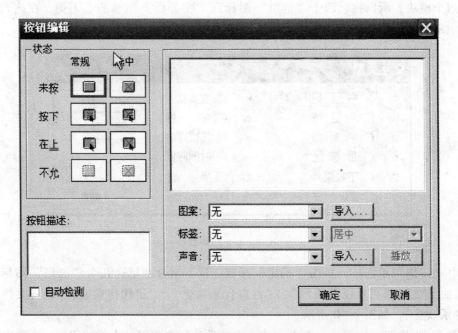

图 7-41　"按钮编辑"对话框

步骤 1：导入背景图片。双击"十大名曲欣赏"组图标进入下一层设计窗口，拖动一个"显示"图标到流程线上，命名为"背景——十大名曲欣赏"，双击打开，导入"十大名曲欣赏"背景图片。

步骤 2：建立分界面。根据脚本设计，把"十大名曲欣赏"分为"高山流水"、"平沙落雁"、"广陵散琴曲"、"十面埋伏"、"渔樵问答"、"夕阳箫鼓"、"汉宫秋月"、"梅花三弄"、"阳春白雪"和"胡笳十八拍"十个部分。

首先拖一个"交互"图标到流程线上命名为"十大名曲欣赏"，然后再拖动十个"群组"图标到"作品欣赏"的右侧，分别命名为"高山流水"、"平沙落雁"、"广陵散琴曲"、"十面埋伏"、"渔樵问答"、"夕阳箫鼓"、"汉宫秋月"、"梅花三弄"、"阳春白雪"和"胡笳十八拍"。为了能方便地回到主界面，要另加一个"返回"按钮，十大名曲欣赏流程线如图 7-42 所示。

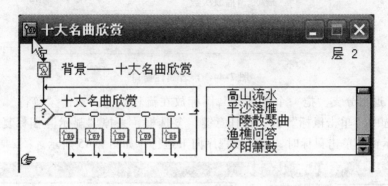

图 7-42　十大名曲欣赏流程线

为了有较好的视觉效果，需要为按钮添加已制定好的素材图片，方法请参照上面所述。

下面以"高山流水"为例说明如何进行"十大金曲"各部分模块的制作，这部分能实现的效果是：在"十大名曲欣赏"界面单击"高山流水"按钮，会出现一个演示界面，在上面通过字幕对"高山流水"曲子进行介绍，同时播放乐曲，鼠标单击画面则回到"十大名曲欣赏"界面。

步骤 3："高山流水"分支设计。双击"高山流水"群组图标，进入第三层设计窗口，在流程线上放置一个"显示"图标，命名为"背景——高山流水"，双击打开，导入"高山流水"背景图，并添加说明文字。选择文字工具，输入一段对"高山流水"乐曲的介绍文字，"高山流水"背景与文字效果如图 7-43 所示。

图 7-43　"高山流水"背景与文字效果

步骤 4：添加"高山流水"背景音乐。在流程线上放置一"声音"图标，命名为"背景音乐——高山流水"，双击打开，单击"导入"按钮，导入高山流水 . mp3，从"计时"的"执行方式"下拉菜单中选取"同时"选项，其他设置如图 7-44 所示。

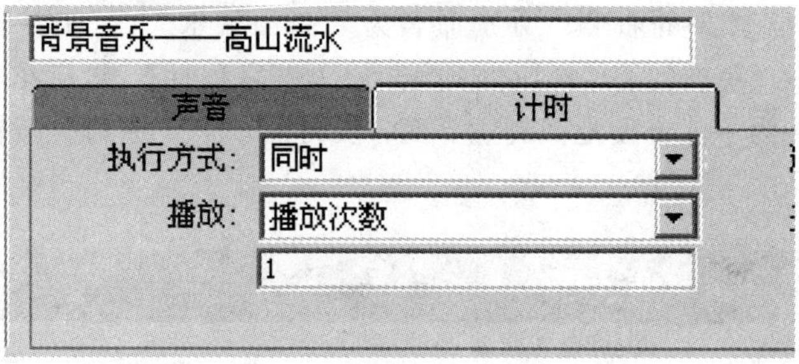

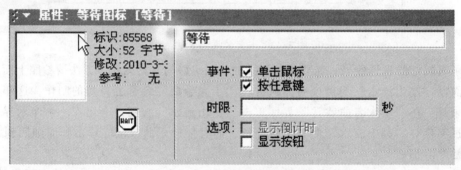

图 7-44 声音属性窗口

步骤 5：退出分支。拖一个"等待"图标放在流程线上，双击"等待"图标，在等待属性窗口中选中"单击鼠标"及"按任意键"复选框，去掉"显示"图标复选。这样按任意键或在显示窗中单击鼠标时，都会使程序向下运行，如图 7-45 所示。

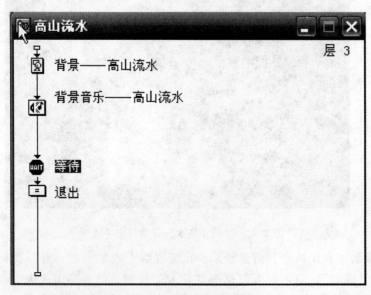

图 7-45 设置等待属性

最后在流程线上再放一个"计算"图标，命名为"退出"，双击"计算"图标，在打开的窗口中输入 GoTo（IconID@"背景——十大名曲欣赏"），这样当程序运行到"退出"时，就会自动跳转到"显示"图标"背景——十大名曲欣赏"上，"高山流水"分支流程线如图 7-46 所示。

图 7-46 "高山流水"分支流程线

　　以上详细介绍了"十大名曲欣赏"的流程设计。

　　回到主界面，可以进行"音乐视频精选"这一分支模块的设计。对于"音乐视频精选"的流程设计。也是先添加"显示"图标，加入背景图片，然后添加"交互"图标，添加多个"群组"图标，命名为"高山流水演奏视频"、"平沙落雁演奏视频"、"广陵散琴曲演奏视频"等。交互类型为按钮，这一过程与"十大乐曲部分"实现方法类似。

　　打开"高山流水演奏视频"等各个群组，进行分支设计，这一过程与片头视频设计类似，这里就不再阐述了。

　　类似的方法可以完成古典音乐简史、历代作曲家传分支的设计，这里就不一一赘述了。

　　退出分支的设计：拖动一个"计算"图标到流程线上，命名为"退出程序"，双击打开计算图标，在窗口输入：Quit（0）。如图 7-47 所示。

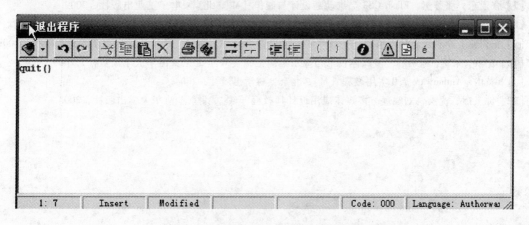

图 7-47　"退出程序"计算图标的代码窗口

　　这样就制作了一个简单而完整的多媒体作品，它还有很多方面可以完善，比如添加滚动字幕等，这里就不一一赘述了。

本 章 小 结

　　本章内容介绍了多媒体素材的准备，包括文本素材的准备、声音素材的准备、图像素材的准备、动画和视频素材的准备。本章还通过举例的方式详细讲解了一个完整的多媒体作品的开发过程。

思 考 题

7-1　Authorware 有哪些主要特点？

7-2　简述多媒体应用软件开发的流程。

7-3　使用 Authorware 设计一个个人电子相册。

参 考 文 献

[1] 林福宗. 多媒体技术基础 [M]. 北京：清华大学出版社，2009.

[2] 向华，徐爱芸. 多媒体技术与应用 [M]. 北京：清华大学出版社，2007.

[3] 赵子江. 多媒体技术应用教程 [M]. 6 版. 北京：机械工业出版社，2008.

[4] 陈天华. 数字图像处理 [M]. 北京：清华大学出版社，2007.

[5] 李金明，李金荣. 中文版 Photoshop CS4 完全自学教程 [M]. 北京：人民邮电出版社，2009.

[6] 朱耀庭，穆强. 数字化多媒体技术与应用 [M]. 北京：电子工业出版社，2006.

[7] 张亚东，张荟惠. Flash CS3 二维动画设计与制作 [M]. 北京：电子工业出版社，2009.

[8] 徐桂生. Premiere Pro 视频编辑白金教学 [M]. 北京：科学出版社，2004.

[9] 王树伟，李利建. 从零精通——3DS Max 2009 综合详解 200 例 [M]. 北京：电子工业出版社，2009.

[10] 沈洪，朱军，施明利. 多媒体技术与应用案例汇编 [M]. 北京：清华大学出版社，2009.

[11] 黄山. Authorware 7.0 实用教程 [M]. 北京：科学出版社，2004.

[12] 钟玉琢，沈洪，刘晓颖. 多媒体应用设计师教程 [M]. 北京：清华大学出版社，2005.